MW00788316

El Infierno Del Dante

EL

INFIERNO DEL DANTE

D'APRÈS ABOT

BARTOLOMÉ MITRE

EL

INFIERNO DEL DANTE

Traducción en verso ajustada al original

CON NUEVOS COMENTARIOS

TERCERA EDICIÓN DEFINITIVA CORREGIDA Y AUMENTADA

Imprenta, Litografía y Encuadernación de Jacobo Peuser

BUENOS AIRES
Esq. San Martín y Cangallo

LA PLATA
Boulevard Independen., esq. 53

ROSARIO
522 — San Martín — 524

1893

NOTA BIBLIOGRÁFICA

PUEDE decirse, que este es un nuevo libro, y que esta es la cuarta edición de mi traducción en verso, del "INFIERNO DEL DANTE," tres veces hecha y corregida con amor, paciencia y conciencia.

La primera edición,—fragmentaria—dedicada á los Arcades de Roma, se imprimió por vía de *specimen*, con el siguiente título: "*El Infierno de la Divina Comedia* de Dante Alighieri. Traducción en verso castellano ajustada al original" *Buenos Aires,* 1889, 8.° men. —Este pequeño libro fué objeto de críticas más ó menos favorables, así en Europa, como en América, que se recopilaron en un volumen con el título de: "*La Divina Comedia.* Juicios críticos sobre el ensayo de traducción del INFIERNO DEL DANTE por Bartolomé Mitre." París, 1891, 8.°

La segunda,—edición completa,—lujosamente impresa en París por el editor Félix Lajouane, en papel especial, con marcas de filigrana é ilustraciones compuestas y grabadas por los mejores artistas franceses, se publicó en Buenos Aires con este título: "EL INFIERNO DEL DANTE. Traducción de Bartolomé Mitre. Composiciones de Cornillier. Grabados al agua fuerte, por Abot." *Buenos Aires,* (París) 1891. 8.°

Al rever la edición de París, cuyas primeras pruebas correjí, pero á las que no tuve tiempo de dar la última mano, durante mi permanencia en aquella capital en 1890, advertí, que no siempre me había ajustado á las reglas establecidas en la teoría por mí expuesta, para seguir el original estrofa por estrofa y verso por verso, en su metro y ordenación, á fin de reproducir sus giros iniciales y su estilo, á la par de su nota tónica; y que además, había incurrido en errrores de concepto ó incorrecciones de forma, que requerían enmienda, siendo varias de sus partes susceptibles de mejora de fondo ó de forma, dentro de su propia medida.

Bajo el rubro de "Fé crítica de erratas y correcciones dantescas," hice entonces la crítica razonada de mi propia obra, que se publicó en tres números del folletín del periódico "*La Nación*" de Buenos Aires.

Como lo declaré en tal ocasión, generalmente los autores son los más incompetentes jueces de sus propias obras, pero cuando las ejecutan conscientemente, *cercando il vero*, son ellos los más descontentadizos y los que claramente se dan cuenta de sus partes débiles, como el padre, por mucho cariño que tenga á sus hijos, es el que más á fondo conoce sus defectos, porque es el más interesado en remediarlos.

Sucesivamente, publiqué dos opúsculos complementarios de la magnífica edición de París, en el mismo formato, para ser encuadernados junto con ella. El primero titulado: "Correcciones á la traducción del Infierno del Dante, por Bartolomé Mitre. Con notas complementarias." *Buenos Aires*, 1891, 8.° El otro: "Segundo Apéndice. Correcciones á la traducción del Dante por Bartolomé Mitre, con notas complementarias." *Buenos Aires*, 1891, 8.°

Nada tiene de extraño esto, tratándose de un texto *insondable*, como ha sido llamado el del Dante, que hace quinientos años es materia de comentarios, y en el cual cada dia se descubren cosas nuevas, suscitándose nuevas dudas acerca de su sentido místico, simbólico, histórico ó moral, ó respecto de sus elementos filolóficos ó gramaticales.

Hasta la operación aritmética mas cuidada, exije ser sometida á la comprobación para demostrar su exactitud matemática, y con mas razón el ensayo de una obra literaria tan complicada, en que intervienen tan diversos elementos, que deben ser sometidos así al método analítico como al sintético, para establecer una verdad relativa á través de una interpretación en lengua extraña.

Así, pues, la edición de París, juntamente con sus dos "Apéndices," puede decirse que constituían en su conjunto, una tercera edición, correjida y aumentada con notas complementarias. Pero por lo mismo, una nueva edición definitiva, que reuniese todo en un solo cuerpo, se hacía necesaria para fijar el texto de la versión; y tal es el objeto de la presente.

Al arreglar esta edición, he correjido las mismas correcciones de los Apéndices, agregando algunas nuevas, pues me sucede, que á pesar de haberme criticado á mí mismo cuatro veces consecutivas, después de un prolijo trabajo de revisión, no hay vez en que por acaso abra el libro de mi traducción, que no encuentre algo que enmendar, para ceñirla más estrictamente al original.

Resultado final: cerca *mil cuatrocientas* correcciones de fondo, de forma ó de detalle, en otros tantos versos de los *tres mil novecientos ochenta* y *cinco* que componen el poema. Puede decirse, pues, que es una nueva traducción.

Después de esta revisión definitiva, pienso que mi traducción tal como queda, y sin darle más valor que el de un ensayo, será la más literal y la más fiel que se haya hecho en verso, así en castellano como en otros idiomas, y que al reproducir según mi teoría expuesta, los giros del original, reflejará, aunque sea débilmente, el estilo dantesco, conservando la precisión de los conceptos, en cuanto es posible en una interpretación en lengua extraña. La analogía entre la lengua italiana y la castellana, ha facilitado mucho la tarea del *Traductor*.

Buenos Aires, Diciembre 1891.

TEORÍA DEL TRADUCTOR

E con paura il metto in metro.
(Canto XXXIV, verso 10).

UNA traducción,—cuando buena,—es á su original, lo que un cuadro copiado de la naturaleza animada, en que el pintor, por medio del artificio de las tintas de su paleta, procura darle el colorido de la vida, ya que no le es posible imprimirle su movimiento. Cuando es mala, equivale á trocar en asador una espada de Toledo, según la expresión del fabulista, aunque se le ponga empuñadura de oro.

Las obras maestras de los grandes escritores, — y sobre todo, las poéticas, — deben traducirse al pie de la letra, para que sean al menos un reflejo (directo) del original, y no una *bella infidel*, como se ha dicho de algunas versiones bellamente ataviadas, que las disfrazan. Son textos bíblicos, que han entrado en la circulación universal como la buena moneda, con su cuño y con su ley, y constituyen por su forma y por su fondo elementos esenciales incorporados al intelecto y la conciencia humana. Por eso decía Chateaubriand, á propósito de su traducción en prosa del *Paraíso perdido* de Milton, que las mejores traducciones de los textos consagrados son las interlineales.

Pretender mejorar una obra maestra, vaciada de un golpe en su molde típico, y ya fijada en el bronce eterno de la inmortalidad; ampliar con frases ó palabras parásitas un texto consagrado y encerrado con precisión en sus líneas fundamentales; compendiarlo por demás hasta no presentar sino su esqueleto; arrastrarse servilmente tras sus huellas, sin reproducir su movimiento rítmico; lo mismo que reflejarlo con palidez ó no interpretarlo racionalmente según la índole de la lengua á que se vierte, es falsificarlo ó mutilarlo, sin proyectar siquiera su sombra.

Cuando se trata de transportar á otra lengua uno de esos textos que el mundo sabe de memoria, es necesario hacerlo con pulso, moviendo la pluma al compás de la música que lo inspiró. El traductor, no es sino el ejecutante, que interpreta en su instrumento limitado las creaciones armónicas de los grandes maestros. Puede poner algo de lo suyo en la ejecución, pero es á condición de ajustarse á la pauta que dirige su mano y al pensamiento que gobierna su inteligencia.

Son condiciones esenciales de toda traducción fiel en verso, — por lo que respecta al proceder mecánico, — tomar por base de la estructura, el corte de la estrofa en que la obra está tallada; ceñirse á la misma cantidad de versos, y encerrar dentro de sus líneas precisas las imágenes con todo su relieve, con claridad las ideas, y con toda su gracia pristina los conceptos; adoptar un metro idéntico ó análogo por el número y acentuación, como cuando el instrumento acompaña la voz humana en su medida, y no omitir la inclusión de todas las palabras esenciales que imprimen su sello al texto, y que son en los idiomas lo que los equivalentes en química y geometría. En cuanto á la ordenación literaria, debe darse á los vuelos iniciales de la imaginación toda su amplitud ó limitarlos correctamente con la concisión originaria; imprimir á los giros de la frase un movimiento propio, y al estilo su espontánea simplicidad ó la cualidad característica que lo distinga; y cuando se complemente con algún adjetivo ó explanación la frase, hacerlo dentro de los límites de la idea matriz. Por último, tomando en cuenta el ideal, el traductor, en su calidad de intérprete, debe penetrarse de su espíritu, como el artista que al modelar en arcilla una estatua, procura darle no sólo su forma externa, sino también la expresión reveladora de la vida interna.

Sólo por este método riguroso de reproducción y de interpretación, — mecánico á la vez que estético y psicológico, — puede acercarse en lo humanamente posible una traducción á la fuente primitiva de que brotara la inspiración madre del autor en sus diversas y variadas fases.

Tratándose de la *Divina Comedia,* la tarea es más ardua. Esta epopeya, la más sublime de la era cristiana, fué pensada y escrita en un dialecto tosco, que brotaba como un manantial turbio del raudal cristalino del latín, á la par del francés y del castellano y de las demás lenguas románicas, que después se han convertido en ríos. El poeta, al concebir su plan, modeló á la vez, la materia prima en que la fijara perdurablemente. Esto, que constituye una de sus originalidades y hace el encanto de su lectura en el original, es una de las mayores dificultades con que tropieza el traductor. Las lenguas hermanas de la lengua del Dante, muy semejantes en su fuente originaria, se han modificado y pulido de tal manera, que traducir hoy á ellas la *Divina Comedia*, es lo mismo que vestir un bronce antiguo con ropaje moderno; es como borrar de un cuadro de Rembrandt, los toques fuertes que contrastan las luces y las sombras, ó en una estatua de Miguel Ángel limar los golpes enérgicos del cincel que la acentuan. Todo lo que pueda ganar en corrección convencional, lo pierde en fuerza, frescura y colorido. Si el lenguaje de la *Divina Comedia* ha envejecido, ha sido regenerándose, pues su letra y su espíritu se han rejuvenecido por la rica savia de su poesía y de su filosofía.

El problema á resolver según estos principios elementales, y tratándose de la *Divina Comedia* considerada desde el punto de vista lingüístico y literario, es una traducción fiel y una interpretación racional, matemática á la vez que poética, que sin alterar su carácter típico, la acerque en lo posible del original al vestirla con un ropaje análogo, si no idéntico, y que refleje, aunque sea pálidamente, sus luces, y sus sombras, discretamente ponderadas dentro de otro cuadro de tonos igualmente armónicos, representados por la selección de las palabras, que son las tintas en la paleta de los idiomas que, según se mezclen, dan distintos colores.

El sabio Littré,—que á pesar de ser sabio, ó por lo mismo, era también poeta,—dándose cuenta de este arduo problema, se propuso traducir la *Divina Comedia* en el lenguaje contemporáneo del Dante, tal como si un poeta de la lengua del *oil*, hermana de la lengua del *oc*, la hubiese concebido en ella ó traducido en su tiempo con modismos análogos. Esta es la única traducción del Dante que se acerque al original, por cuanto el idioma en que está hecha, lo mismo que el dialecto florentino aun no emancipado del todo del latín ni muy divergentes entre sí, se asemejaban más el uno al otro, y dentro de sus elementos constitutivos podían y pueden amalgamarse mejor.

Según este método de interpretación retrospectiva, me ha parecido, que una versión castellana calcada sobre el habla de los poetas castellanos del siglo XV, —para tomar un término medio correlativo,—como Juan de Mena, Manrique ó el marqués de Santillana, cuando la lengua romance libre de sus primeras ataduras empezó á fijarse, marcando la transición entre el período ante-clásico y el clásico de la literatura española, sería quizás la mejor traducción que pudiera hacerse, por su estructura y su fisonomía idiomática, acercándose más al tipo del original. Es una obra que probablemente se hará, porque el castellano, por su fonética y su prosodia, tiene mucha más analogía que el viejo francés con el italiano antiguo y moderno, y puede reproducir en su compás la melopea dantesca, con sus sonidos llenos y su combinación métrica de sílabas largas y breves, como en el latín de que ambos derivan.

Aplicando estas reglas á la práctica, he procurado ajustarme al original, estrofa por estrofa y verso por verso, como la vela se ciñe al viento, en cuanto da; y reproducido sus formas y sus giros, sin omitir las palabras que dominan el conjunto de cada parte, cuidando de conservar al estilo su espontánea sencillez á la par de su nota tónica y su carácter propio. A fin de acercar en cierto modo la copia interpretativa del modelo, le he dado parcialmente un ligero tinte arcáico, de manera que, sin retrotraer su lenguaje á los tiempos ante-clásicos del castellano, no resulte de una afectación pedantesca y bastarda, ni por demás pulimentado su fraseo según el clasicismo actual que lo desfiguraría. La introducción de algunos términos y modismos anticuados, que se armonizan con el tono de la composición original, tiene simplemente por objeto darle cierto aspecto nativo, para producir al menos la ilusión en perspectiva, como en un retrato se busca la semejanza en las líneas generatrices acentuadas por sus accidentes.

Tal es la teoría que me ha guiado en esta traducción.

El Dante ha sido por más de cuarenta años uno de mis libros de cabecera, con la idea desde muy temprano de traducirlo; pero sin poner mano á la obra, por considerarlo intraducible en toda su intuición, bien que creyese haberme impregnado de su espíritu. Pensaba que las obras clásicas de este género, que hacen época y que nutren el intelecto humano, debieran asimilarse á todas las lenguas como, variando su cultivo, se aclimatan las plantas útiles ó bellas en todas las latitudes del globo. La *Divina Comedia* es uno de esos libros que no pueden faltar en ninguna lengua del mundo cristiano, y muy especialmente en la castellana, que hablan setenta millones de seres, y que á la par de la inglesa, —como que se dilatan en vastos territorios,—será una de las que prevalezcan en ambos mundos. Esto, que explica la elección de la tarea, no la justificaría empero, si existiese en castellano alguna traducción que reflejase siquiera débilmente las inspiraciones del gran poeta, pues entonces sería inútil, cuando no perjudicial.

Cuando por la primera vez me ensayé por vía de solaz en la traducción de algunos cantos del *Infierno* del Dante, con el objeto de pagar una deuda de honor á la Academia de los Arcades de Roma, no conocía sino de mala fama la versión en verso castellano del general Pezuela, más conocido con el glorioso título de conde Cheste. Después, vino por acaso á mis manos este libro. Su lectura me alentó á completar mi trabajo, con el objeto de propender, en la medida de mis fuerzas, á la labor de una traducción, que verdaderamente falta en castellano. La del general Pezuela, elogiada por sus amigos, ha sido justamente criticada en la misma España, por inarmónica como obra métrica, enrevesada por su fraseo, y bastarda por su lenguaje. Sin ser absolutamente infiel, es una versión contrahecha, cuando no remendona, cuya lectura es ingrata, y ofende con frecuencia el buen gusto y el buen sentido. Es como la escoria de un oro puro primorosamente cincelado, que se ha derretido en un crisol grosero. Esto justifica por lo menos la tentativa de una nueva traducción en verso. La mía, puede ser tan mala ó peor que la de Pezuela; pero es otra cosa, según otro plan y con otro objetivo. Si se comparan ambas traducciones, se verá, que á pesar de la analogía de las dos lenguas, difiere tanto la una de la otra, que sólo por acaso coinciden aun en las palabras. Diríase que los traductores han tenido á la vista diversos modelos. Quizás dependerá esto del punto de vista ó del temperamento literario de cada uno.

El único poeta español moderno que pudiera haber emprendido con éxito la traducción del Dante, es Núñez de Arce. En su poema la *Selva oscura,* ha mostrado hallarse penetrado de su genio poético; pero tan sólo se ha limitado á imitarlo. Es lástima; pues queda siempre este vacío en la literatura castellana, que la traducción Pezuela no ha llenado.

He aquí los motivos que me han impulsado á llevar á término esta tarea, emprendida por vía de solaz y continuada con un propósito serio. Una vez puesto á ella, pensé que no sería completa si no la acompañaba con un comentario que ilustrase su teoría y explicara la versión ejecutada con arreglo á ella. Tal es el origen de las anotaciones complementarias, todas ellas motivadas por la traducción misma, dentro de su plan, que pueden clasificarse en tres géneros: 1.º Notas justificativas de la traducción, en puntos literarios que pudieran ser materia de duda ó controversia. 2.º Notas filológicas y gramaticales con relación á la traducción misma. 3.º Notas ilustrativas respecto de la interpretación del texto adoptado en la traducción.—No entro en citas históricas, sino cuando la interpretación del texto lo exige, ni repito lo que otros han dicho ya.—Si alguna vez me pongo en contradicción con las lecciones de los comentadores italianos del Dante, que con tanta penetración han ilustrado el texto en muchas partes oscuras de la *Divina Comedia,* es tributándoles el homenaje á su paciente labor debido, pues con frecuencia me han alumbrado en medio de las tinieblas dantescas que los siglos han ido aclarando ó condensando.

Apenas habían transcurrido veinte años después de publicada la primera edición del Dante (ed. de 1342), y ya el texto dantesco era casi ininteligible, aun para los mismos florentinos (en 1373). Fué entonces necesario que el gobierno municipal de la república de Florencia, encomendase al Boccacio la tarea de explicarlo, y éste fué el primer comentario de la *Divina Comedia.* Han transcurrido más de cuatrocientos años, y los comentarios continúan. No pasa día, sin que se descubran cosas nuevas en el "insondable poema", como ha sido llamado, se susciten nuevas dudas acerca de su sentido místico, histórico ó moral, ó se corrijan con nuevos documentos las erradas interpretaciones de sus comentadores. No es de extrañar, pues, la variedad de lecciones contradictorias. Por mi parte, al separarme algunas veces de los comentadores italianos más acreditados, he cuidado de dar las razones de mi interpretación en las notas complementarias, que siendo un modesto contingente para el comento del texto original, pueden quizás ser de alguna utilidad como estudios para una correcta traducción del Dante en castellano, de que la mía no es sino un ensayo.

El objetivo que me he marcado, es más fácil de señalar que de alcanzar; pero pienso que él debe ser el punto de mira de todo traductor concienzudo, así como de todos los extraños á la lengua italiana, que se apliquen con amor á la lectura del Dante, repitiendo sus palabras:

O degli altri poeti onore e lume,
Vagliami il lungo studio e il grande amore
Che m'han fatto cercar lo tuo volume.

Dante es el poeta de los poetas y el inspirador de los sabios y de los pensadores modernos, á la vez que el pasto moral de la conciencia humana en sus ideales. Carlyle ha dicho, que la *Divina Comedia* es en el fondo el más sincero de todos los poemas, que salido profundamente del corazón y de la conciencia del autor, ha penetrado al través de muchas generaciones en nuestros corazones y nuestras conciencias. Humboldt lo reconoce como al creador sublime de un mundo nuevo, que ha mostrado una inteligencia profunda de la vida de la tierra, y que la extremada concisión de su estilo aumenta la profundidad y la gravedad de la impresión. Su espíritu flota en el aire vital y lo respiran hasta los que no lo han leído.

BARTOLOMÉ MITRE.

Buenos Aires, Enero 1889.

CANTO PRIMERO

LA SELVA OSCURA

CANTO PRIMERO

LA SELVA OSCURA

La selva oscura. — El Poeta se extravía en ella en medio de la noche. — Al amanecer, sale á un valle, y llega al pie de un monte iluminado por el Sol. — Se atraviesan en su camino tres animales simbólicos. — Retrocede, y se le aparece la sombra de Virgilio que lo conforta, y le ofrece llevarlo al linde del Paraíso, al través del Infierno y del Purgatorio. — Los dos Poetas prosiguen su camino.

En medio del camino de la vida,
Errante me encontré por selva oscura,
En que la recta vía era perdida. 3

¡Ay! que decir lo que era, es cosa dura,
Esta selva salvaje, áspera y fuerte
Que en la mente renueva la pavura! 6

¡Tan amarga es, que es más solo la muerte!
Mas al contar el mal que allí encontrara,
El bien diré, que hallara por mi suerte. 9

No podría explicar como allí entrara,
Tan soñoliento estaba en el instante
En que el cierto camino abandonara. 12

Llegué al pie de un collado dominante,
Donde aquel valle lóbrego termina,
De pavores el pecho zozobrante. 15

Miré hacia arriba, y ví ya la colina
Vestida con los rayos del planeta,
Que por doquier á todos encamina. 18

Entonces la pavura un poco quieta,
Del corazón el lago serenado,
Pasó la angustia de la noche inquieta. 21

Y como quien, con hálito afanado
Sale del mar á orillas, jadeante,
Y mira atrás con ánimo azorado; 24

Así también, mi espíritu fluctuante
Volvió á mirar el temeroso paso
Que vivo no cruzó ningun viandante. 27

Cuando hube reposado el cuerpo laso,
Volví á seguir por la región desierta,
El pie más firme siempre en más retraso. 30

Y casi al pie de la subida incierta,
Una móvil pantera hacia mí vino,
Que de piel maculosa era cubierta. 33

Como no se apartase del camino
Y continuar la marcha me impedía,
A veces hube de tornar sin tino. 36

Era la hora en que apuntaba el día,
Subía el Sol al par de las estrellas,
Como el Divino Amor, en armonía 39

Movió al nacer estas creaciones bellas.—
Y hacíanme esperar suerte propicia,
De la pantera las pintadas huellas, 42

La hora y dulce estación con su caricia:
Cuando un león que apareció violento,
Trocó en pavor esta feliz primicia. 45

Venía en contra el animal, hambriento,
Rabioso, alta la testa, y parecía
Hacer temblar el aire con su aliento. 48

Y una loba asomó que aparecía,
De apetitos repleta en su flacura,
Que á muchos en miseria mantenía. 51

De sus ardientes ojos la bravura
De tal modo turbó mi alma afligida,
Que perdí la esperanza de la altura. 54

Y como el que gana de seguida,
Al tiempo de perder llora y desmaya,
Y queda con la mente entristecida, 57

Así la bestia, me tenía á raya,
Y poco á poco, inquieta, repelía
Hacia la parte donde el Sol se calla. 60

Mientras que al hondo valle descendía,
Me encontré con un ser tan silencioso,
Que mudo en su silencio parecía. 63

Al encontrarle en el desierto umbroso,
—"*¡ Miserere* de mí!—clamé afligido,
Hombres seas ó espectro vagaroso." 66

Y respondió:—"Hombre no soy: lo he sido;
Mantua mi patria fué, y Lombardía
La tierra de mis padres. Fuí nacido. 69

" Sub Julio, aunque lo fuera en tardo día,
Y á Roma ví, bajo del buen Augusto,
En tiempo de los Dioses de falsía. 72

" Poeta fuí; canté aquel héroe justo,
Hijo de Anquises, que de Troya vino
Cuando el soberbio Ilión quedó combusto. 75

" ¿Pero por qué tornar al mal camino?
¿Por qué no vás al monte refulgente,
Principio y fin del goce peregrino?" 78

—" ¡Tú eres Virgilio, la perenne fuente
Que expande el gran raudal de su oratoria!
—Le interrumpí con ruborosa frente.— 81

" ¡Oh! de poëtas luminar y gloria,
¡Válgame el largo estudio y el afecto
Que ha buscado en tus libros mi memoria! 84

" ¡Oh mi autor y maëstro predilecto!
De tí aprendí tan sólo el bello estilo
Que tanto honor ha dado á mi intelecto. 87

" Esa bestia me espanta, y yo vacilo:
De ella defiéndeme, sabio famoso,—
Que hace latir mis venas intranquilo!" 90

Al verme tan turbado y tan lloroso,
Me dijo:—"Te conviene una otra vía,
Para salir de sitio tan fragoso." 93

"La bestia que tu marcha contraría
No permite pasar por su apretura
Sino al que se le rinde en agonía. 96

"Es tan maligna, empero su magrura,
Que de apetitos y de cebo henchida,
Hambrea más cuanto mayor hartura. 99

"Con muchos animales hace vida,
Y muchos más serán, hasta que encuentre
Al Lebrel que la inmole dolorida. 102

"Éste no vivirá de tierra y güeltre,
Sino de amor, virtud, sabiduría,
Y su nación será de Feltro á Feltre. 105

"Él salvará la humilde Italia un día,
Por quien murió Camila y Eurialo,
Y Niso y Turno heridos en porfía. 108

"Perseguirá doquier sin intervalo
Esa bestia feroz, hasta el Infierno,
Que de la envidia fué el enjendro malo 111

" Mejor que tú por tí pienso y discierno;
Sigue, seré tu guía en la partida
Hasta alcanzar otro lugar eterno. 114

" Oirás allí la grita dolorida,
Y verás los espíritus dolientes
Que claman por perder segunda vida. 117

" Después verás, en llamas siempre ardientes,
Vivir contentos, llenos de esperanza,
Los que suspensos sufren penitentes, 120

" Porque esperan gozar la bienandanza;
Y si quieres subir, alma más digna,
Te llevará á celeste lontananza; 123

" Pues el Emperador que allá domina,
Porque desconocí su ley eterna,
Me veda acceso á su ciudad divina. 126

" El universo desde allí gobierna,
Ese es su trono y elevado asiento:
¡Feliz el que á sus plantas se prosterna!" 129

— "Poeta, dije en suplicante acento:
Por el Dios que te fué desconocido,
— Sálvame de este mal y de otro evento, 132

"Llévame donde tú me has ofrecido,
De San Pedro á la puerta luminosa,
Al través de ese mundo dolorido." 135

Siguió, y seguí su marcha cautelosa.

CANTO SEGUNDO

BEATRIZ

CANTO SEGUNDO

BEATRIZ

El camino del Infierno.—El Poeta hace examen de conciencia.—Sobrecogido, trepida en proseguir el viaje. Virgilio le dice que es enviado por Beatriz para salvarle.—Le relata la aparición de Beatriz en el Limbo.—El Poeta se decide á seguirle al través de las regiones infernales.

Ibase el día, envuelto en aire bruno,
Aliviando á los seres de la tierra
De su fatiga diaria, y yo solo, uno, 3

Me apercibía á sostener la guerra,
En un camino de penar sin cuento,
Que trazará la mente, que no yerra. 6

¡Oh musas! ¡oh alto ingenio, dadme aliento!
¡Oh mente, que escribiste mis visiones
Muestra de tu nobleza el nacimiento! 9

"¡Oh Poeta, que guías mis acciones!
Prorrumpí,--mide bien mi resistencia,
Antes de conducirme á esas regiones. 12

"Si el gran padre de Silvio, en existencia
De hombre mortal, bajo feliz auspicio,
De este siglo inmortal palpó la esencia; 15

"Si el adversario al mal le fue propicio,
Fué sin duda midiendo el gran efecto
De sus altos destinos, según juicio, 18

"Que no se oculta al hombre de intelecto;
Que alma de Roma y de su vasto imperio
En el empíreo fué por padre electo. 21

La que y el cual (según vero criterio)
Se destinó á los grandes sucesores
Del gran Pedro en su sacro ministerio. 24

" En ese viaje, digno de loores,
Púdose presentir la gran victoria
Que cubre papal manto de esplendores. 27

" Pablo, vaso de dicha promisoria,
Al cielo fue á buscar la fe del pecho,
Principio de una vida meritoria. 30

"No soy Pablo ni Eneas. ¿Qué es lo que he hecho
Para que pueda merecer tal gracia?
Menos que nadie tengo ese derecho. 33

"Si te siguiera acaso por desgracia,
Presiento que es demencia mi aventura:
Más lo alcanza tu sabia perspicacia." 36

Y como el que anhelando una ventura,
Por contrarios deseos trabajado,
Abandona su intento en la premura, 39

Así al tocar el límite buscado,
Reflexionando bien, retrocedía
Ante la empresa que empezé animado. 42

La gran sombra me habló con valentía:
— "Si bien he comprendido, tu alma es presa
De un acceso de nímia cobardía 45

"Que á los hombres retrae de noble empresa,
Como bestia que ve torcidamente
Retrocede asombrada en su sorpresa. 48

"Disiparé el temor que tu alma siente,
Diciéndote como hasta aquí he venido
Cuando supe tu trance, condoliente. 51

"Me encontraba en el limbo detenido,
Y una mujer angélica y hermosa
Llamóme así, y me sentí rendido. 54

"Cada ojo era una estrella fulgorosa;
Y así me habló con celestial acento
Dulce y süave en su habla melodiosa: 57

" Alma noble de Mantua, cuyo aliento
" Con el renombre que los mundos llena,
" Durará lo que dure el movimiento: 60

" Mi amigo — no de dichas, sí de pena, —
" Solo se encuentra en playa abandonada,
" Y desanda el camino que lo apena. 63

" Temo se pierda en senda abandonada,
" Y tarde ya para salvarle acorro,
" Según, allá en el cielo, fuí avisada. 66

" Por eso ansiosa en tu demanda corro;
" Sálvale con tu ingenio en su conflicto;
" ¡Consuélame, prestándole socorro! 69

" Yo soy Beatriz, que á noble acción te incito:
" Vengo de lo alto do tornar anhelo:
" Amor me mueve, y en su hablar palpito. 72

" Cuando ante Dios me encuentre allá en el cielo,
" Grata te haré presente á todas horas!"
Callóse, y yo la dije por consuelo: 75

" Alma, que las virtudes atesoras,
Y el bien mayor de todos los creädos
En el mundo inferior en que no moras, 78

" Tus mandatos me son tan agraciados,
Que me tarda cumplirlos con afecto;
Y no me digas más, serán colmados. 81

" Mas díme, ¿cómo y por qué raro efecto
Has descendido hasta este bajo centro,
De la mansión que anhela el sér dilecto? 84

" —Pues penetrar pretendes tan adentro,
" —Respondió:—Te diré muy brevemente
"Por qué sin miedo alguno aquí me encuentro. 87

"Toda cosa se teme solamente
" Por su potencia de dañar dotada:
" Cuando no hay daño, miedo no se siente. 90

" Por la gracia de Dios, estoy formada,
" Que ni me alcanza la miseria agena,
" Ni me quema esta ardiente llamarada. 93

"Virgen del cielo de bondades llena,
"Del trance de mi amigo condolida,
"Del duro fallo obtuvo gracia plena. 96

"Llamó á Lucía, y dijo enternecida:
"—Tu fiel adepto tu asistencia espera:
"Yo lo encomiendo á tu bondad cumplida." 99

"Lucía, de bondades mensajera
"Vino do tengo, en el inmenso cielo,
"A la antigua Raquel por compañera. 102

"—Beatriz,—dijo,—como ángel de consuelo,
"Acorre al hombre que elevaste tanto
"Y que tanto te amara allá en el suelo. 105

"¿No oyes acaso su angustioso llanto?
"¿No ves le amaga muerte lastimosa
"En río que ni al mar desciende un tanto?" 108

"Nadie en el mundo fue tan apremiosa
"Cual yo lo fuí á contrastar el daño,
"Después de oír aquella voz piadosa. 111

"Y vine aquí, desde mi excelso escaño,
"Confiada de tu ingenio en la cultura,
"Que la verdad expresa sin engaño.— 114

"Después que así me hablara con dulzura,
Volvió hacia mí sus ojos lagrimosos,
Y vine diligente en tu procura. 117

"Cumpliendo sus deseos afectuosos,
Te he precavido de la bestia horrenda
Que te cerraba el paso al monte hermoso. 120

"¿Por qué, pues, te detienes en tu senda?
¿Por qué tu fortaleza así quebrantas?
¿Por qué no sueltas al valor la rienda? 123

"Cuando te amparan tres mujeres santas
Que allá en el cielo tienen su morada,
Y cuando te prometo dichas tantas?" 126

Cual florecilla que nocturna helada
Dobla y marchita, y luego brilla erguida
Sobre su tallo por el sol bañada, 129

Así se reanimó mi alma abatida:
Súbito ardor el corazón recorre,
Y prorrumpo con voz estremecida: 132

– "¡Bendita *La* que pía me socorre!
¡Gracias á tí, que, fiel á su mandato,
Con la verdad á la aflicción acorre! 135

"Me ha llenado de bríos tu relato;
Siento mi corazón fortalecido:
Vuelvo á mi empresa y tu palabra acato. 138

"Por una misma voluntad unidos,
Sé mi maestro, mi señor, mi guía."—
Así dije, y entramos decididos. 141

En la silvestre y encumbrada vía.

CANTO TERCERO

LA PUERTA DEL INFIERNO

CANTO TERCERO

LA PUERTA DEL INFIERNO

Llega el Poeta á la puerta del Infierno y lee en ella una inscripción pavorosa. — Confortado por Virgilio, penetra en las sombras de los condenados. — Encuentra á la entrada á los cobardes que de nada sirvieron en la vida. — Siguen los dos Poetas su camino, y llegan al Aqueronte. — Caronte, el barquero infernal, trasporta las almas al lugar de su suplicio á la otra margen del Aqueronte. — Un terremoto estremece el campo de las lágrimas y un relámpago rojizo surca las tinieblas. — El Poeta cae desfallecido en profundo letargo.

Por mí se va tras la ciudad doliente;
Por mí se va al eterno sufrimiento;
Por mí se va con la maldita gente. 3

Movió á mi Autor el justiciero aliento:
Hízome la Divina Gobernanza,
El Primo Amor, el Alto Pensamiento. 6

Antes de mí, no hubo jamás crianza,
Sino lo eterno: yo por siempre duro:
¡Abandona al entrar toda esperanza! 9

Esta leyenda de color oscuro,
Que vide inscripta en lo alto de una puerta,
Me hizo exclamar: "¡Cual su sentido es duro!" 12

Habló el Maëstro, cual persona experta:
"Todo temor deseche tu prudencia;
Toda flaqueza debe aquí ser muerta. 15

"Es el sitio de que hice ya advertencia,
Donde verás las gentes dolorosas
Que perdieron el don de inteligencia." 18

Y tendiendo sus manos cariñosas,
Me confortó con rostro placentero,
Y me hizo entrar en las secretas cosas. 21

Llantos, suspiros, aúllo plañidero,
Llenaban aquel aire sin estrellas,
Que me bañó de llanto lastimero. 24

Lenguas diversas, hórridas querellas,
Voces altas y bajas en son de ira,
Con golpeos de mano á par de ellas, 27

Como en tumulto, en aire negro gira,
Siempre, por tiempo eterno, cual la arena
Que en el turbión remolinear se mira. 30

De incertidumbres la cabeza llena,
Pregunté:—"¿Quién con voz tan dolorosa
Parece así vencido por la pena?" 33

El Maëstro:—"Es la suerte ignominiosa
De las míseras almas que vivieron,
Sin infamia ni aplauso, vida ociosa. 36

"En el coro infernal se confundieron
Con los míseros ángeles mezclados,
Que fieles ni rebeldes, á Dios fueron; 39

"Los que del alto cielo desterrados,
Perdida su belleza rutilante,
Son por el mismo infierno desechados." 42

Y yo:—"Maëstro, ¿qué aguijón punzante
Les hace rebramar queja tan fuerte?"
Y él respondió:—"Te lo diré al instante. 45

"No tienen ni esperanza de la muerte,
Y es su ciega existencia tan escasa,
Que envidian de otros réprobos la suerte. 48

"No hay memoria en el mundo de su raza;
Caridad y Justicia los desdeña;—
¡No hablemos de ellos; pero mira y pasa!" 51

Entonces vide una movible enseña,
Revolotear tan temblorosamente,
Que de quietud no parecía dueña. 54

Detrás de ella, venía tal torrente
De muertos, que á no haberlo contemplado,
No creyera á la muerte tan potente. 57

Luego que algunos hube señalado,
La sombra vi del que cobardemente
La gran renuncia hiciera de su estado; 60

Y comprendí de luego, ciertamente,
Era la triste secta, renegada
Por Dios y su enemigo juntamente. 63

Esta turba que viva no fue nada,
Iba desnuda, en nubes incesantes,
De tábanos y avispas, hostigada, 66

Que regaban de sangre sus semblantes,
Y á sus piés con sus lágrimas caía,
Chupándola gusanos repugnantes. 69

A otro lado tendí la vista mía,
Y ví gente á la orilla de un gran río
Que en tropel á su margen acudía. 72

— "Puedo saber, porque tanto gentío,
—Interrogué, — al paso se apresura?
Según columbro en este sitio umbrío?" 75

Y él: — "Lo sabrás, cuando la orilla oscura
Del Aqueronte triste, la ribera
Pisemos con la planta bien segura." 78

Temiendo que mi hablar molesto fuera,
Bajé los ojos, y calladamente
Seguimos hasta el río la carrera. 81

Y en una barca, vimos de repente,
Un viejo blanco con antiguo pelo;
Que así gritaba: — "Guay! maldita gente! 84

"¡No esperéis más volver á ver el cielo:
Vengo á llevaros á la opuesta riba,
Á la eterna tiniebla, al fuego, al hielo! 87

"Y tú, que aquí has venido, ánima viva,
Vete; no es tu lugar entre los muertos."
Y viendo que suspenso no me iba, 90

Dijo: — "Por otra playa y otros puertos
Encontrarás esquife más liviano,
Que te conduzca por caminos ciertos." 93

Y el Maëstro: — "Depón tu empeño vano;
No preguntes, ni turbes su jornada;
Lo quiere Allá quien manda soberano." 96

Quedó inmóvil, barbuda la quijada
Del nauta de la lívida laguna,
Con dos cercos de fuego su mirada. 99

Pero las almas lasas que él aduna,
Pálidas y desnudas baten dientes
Al escuchar su acento cada una. 102

Blasfeman de su Dios, de sus parientes,
Del tiempo, del lugar y su crianza,
Y de la especie humana y sus simientes. 105

Y amontonada, aquella grey se avanza,
Gimiendo, á la ribera maldecida
Que espera al que en su Dios no tuvo fianza. 108

Caronte, de ojos de ascua enrojecida,
Da la señal, y al río las arroja
Con el remo, si atardan la partida. 111

Como vuelve el otoño hoja tras hoja
Sus despojos al suelo, cuando rasa
El mustio gajo que al final despoja, 114

Así de Adán la pervertida raza
Obedece la voz de su barquero,
Como el ave al reclamo de la caza; 117

Y así las sombras van en hervidero
Por las oscuras ondas, y al momento
Las reemplaza en la orilla otro reguero. 120

—"Hijo mío,—prorrumpe el Maestro atento,
Los que la ira de Dios señala en muerte,
Acuden en continuo movimiento, 123

"Para vadear el río de esta suerte:
La justiciera espuela los desfrena,
El temor convirtiendo en ansia fuerte. 126

"Por aquí nunca pasa ánima buena,
Y si á Caronte irrita tu venida,
Ya sabes tú lo que su dicho suena." 129

Y aquí, la negra tierra estremecida
Tembló con furia tal, que aun el espanto
Baña en sudor mi mente espavorida. 132

La tierra lacrimosa sopló un viento
Que hizo relampaguear una luz roja,
Que me postró, y caí sin sentimiento, 135

Cual hombre á quien el sueño le acongoja.

CANTO CUARTO

EL LIMBO

CANTO CUARTO

EL LIMBO

Un trueno despierta al Poeta de su letargo. — Sigue el viaje con su guía. — Desciende al Limbo, que es el primer círculo del Infierno. — Encuentra allí las almas que vivieron virtuosamente pero que están excluídas del Paraíso por no haber recibido el agua del bautismo. — Los grandes Poetas. — Los espíritus magnos. — Después, desciende al segundo círculo.

El Infierno dantesco es un gran valle de figura cónica con su punta en el centro de la tierra, cuya superficie le sirve de tapa. Está dividido en nueve grandes círculos, que de grado en grado se van estrechando, de manera que el conjunto ofrece en cierto modo la imagen de un anfiteatro. En las mesetas de estos círculos (que encierran entre sus bordes un espacio muy grande) se hallan las almas condenadas. Los Poetas, siguiendo siempre á la izquierda, recorren cierta porción de cada círculo, hasta que ven la especie de pecadores que se encuentran allí y el género de pena, y reconocen algún condenado. Después, se encaminan hacia el centro y, hallada el abra, bajan por ella al círculo siguiente. Y de esta manera hacen su viaje hasta lo hondo.

Rompió mi sueño un trueno estrepitoso
Que me golpeó con fuerza la cabeza,
Y en mí volví, cual quien despierta ansioso. 3

Puesto de pie, pasada la sorpresa,
Giré los ojos en contorno mío
Por conocer el sitio con fijeza, 6

Y vi que estaba en el veril sombrío
Del valle del abismo doloroso,
Y ayes sin fin subían del bajío. 9

Era tan negro y hondo y nebuloso,
Que hundiendo con fijeza la mirada,
No alcanzaba su fondo tenebroso. 12

Mi guía con la faz amortajada,
Dijo:—"Bajemos á ese mundo ciego:
Primero yo: tú, sigue mi pisada." 15

Yo, que su palidez vi desde luego,
Respondí:—"Si el bajar á tí te espanta,
¿Quién á mi pecho infundirá sosiego?" 18

—"Es la angustia,—dijo él—por pena tanta,
Y la piedad pintada en mi semblante;
No pienses que es temor que me quebranta. 21

"Vamos: el trecho es largo y apremiante."
Y entramos en el círculo primero,
Que ceñía el abismo colindante. 24

Aquí volvía el grito lastimero
De suspiros sin fin, mas no de llanto,
Que en aire eterno tiembla plañidero. 27

Era rumor de pena sin quebranto,
De hombres, niños, mujeres, numerosos,
Que en turba iban girando sin espanto. 30

—"Quiero sepas, que espíritus llorosos
Son esos que tu ves, - el Maestro dijo,—
Antes de ir á otros antros tenebrosos. 33

"No pecaron, ni el cielo los maldijo;
Pero el bautismo nunca recibieron,
Puerta segura que tu fe predijo. 36

"Antes del Cristianismo ellos nacieron;
No adoraron al Dios Omnipotente,
Y uno soy yo de los que así murieron. 39

"Por tal culpa aquí yacen solamente,
Y el castigo es desear sin esperanza
Piadosa remisión del inocente." 42

Un gran dolor al pecho se abalanza
Al hallar en el limbo tanta gente
Digna de la celeste bienandanza. 45

— "Dime, Maëstro, dime ciertamente, —
— Pregunté, para estar más cerciorado,
De la fé que al error vence potente: — 48

"¿Salió de esta mansión algún penado,
Por méritos que el cielo le abonaba?"
Y comprendiendo el razonar velado, 51

Me respondió: — "Apenas aquí entraba,
Cuando miré venir un Prepotente
Que el signo de victoria coronaba. 54

"Sacó la sombra del primer viviente,
De su hijo Abel, y de Noé el del Arca,
Y de Moisés que legisló obediente; 57

"Con la de Isaac, la de Abrahan patriarca;
Y á Jacob con Raquel, por la que hizo
Tanto, y su prole; y á David monarca; 60

"Y muchos más á quienes dió el bautizo;
Que hasta entonces, jamás alma nacida
Subió de esta región al paraíso." 63

Sin parar nuestra marcha de seguida,
Íbamos al través de selva espesa,
Digo, selva de gente dolorida. 66

Casi vencida la primera empresa,
Un fuego vi, que en forma de hemisferio
Vencía de la sombra la oscureza. 69

Sin comprender de lejos el misterio,
Bien pude discernir, siquiera en parte,
Que era de noble gente cautiverio. 72

—"¡Oh tú! que honras la ciencia á par del arte,
Quienes tienen tal honra y en qué nombre
De las almas la vida así se parte?" 75

Y respondióme: -- "El caso no te asombre;
La fama que publica tu planeta
Se propicia en el cielo con renombre." 78

"¡Honremos al altísimo poeta!
Su sombra vuelve á hacernos compañía"—
Clamó una voz, y se calló discreta. 81

Al expirar la voz que así decía,
Vi cuatro grandes sombras por delante,
Que ni dolor mostraban ni alegría. 84

—"¡Míralos en su gloria fulgurante!—
Dijo el Maestro: El que la espada en mano
Se adelanta á los otros arrogante, 87

"Es Homero, el poeta soberano:
El otro Horacio: Ovidio es el tercero;
Y el que les sigue se llamó Lucano. 90

"Como cada uno cree merecedero,
El nombre que me dió la voz aislada,
Me honran con sentimiento placentero." 93

Así la bella escuela ví adunada
Del genio superior del alto canto,
Aguila sobre todos encumbrada. 96

Luego que hubieron departido un tanto,
Hacia mí se volvieron placenteros,
Y el Maëstro sonrióse con encanto. 99

Mayor honor me hicieron lisonjeros;
Y dándome un lugar en compañía,
El sexto fuí contado entre primeros. 102

Y así seguimos, hasta ver del día
La dulce luz, en cuento razonado,
Que es bien callar, y allí muy bien venía. 105

Un castillo encontramos, rodeädo
Con siete muros de soberbia altura,
De un hermoso arroyuelo circundado. 108

Paso el arroyo dió cual tierra dura;
Siete puertas pasamos, y seguimos
Hasta pisar de un prado la verdura. 111

Gentes de tardos ojos allí vimos,
De grande autoridad en su semblante,
Y que muy bajo hablaban, percibimos. 114

Montamos una altura dominante
Que campo luminoso dilataba,
Y que á todos mostraba por delante; 117

Y en el prado que todo lo esmaltaba
Los espíritus vi del genio magno,
Y de sólo mirarlos me exaltaba. 120

Á Electra vi en un grupo soberano:
Á Héctor reconocí, y al justo Enea;
Y armado, César, de ojos de milano. 123

Y vi á Camila, y vi á Pentisilea,
Á la otra parte; y vide al rey Latino
Que con su hija Lavinia se parea. 126

Y vide á Bruno, que expelió á Tarquino;
Lucrecia y Julia y Marcia, y á Cornelia;
Y solo, aparte, estaba Saladino. 129

Y ante la luz que mi mirada auxilia,
Vi al Maëstro que el saber derrama,
Sentado, en filosófica familia: 132

Todos le admiran: se honra y se le aclama,
De Platón y de Sócrates cercado,
Y de Zenón, y otros de excelsa fama: 135

Demócrito, que al caso todo ha dado;
Diógenes, Anaxágoras y Tales,
Y Heráclito de Empédocles al lado; 138

Dioscórides, en ciencias naturales
El gran observador; y vide á Orfeo,
Y á Tulio y Livio y Séneca morales: 141

Al sabio Euclídes cabe á Tolomeo;
Hipócrates, Galeno y Avizena,
Y Averroes de la ciencia corifeo. 144

Mas á todos nombrar fuera gran pena,
Y así, debo dejar interrumpido
Este discurso que no todo llena. 147

Quedó á dos nuestro grupo reducido:
Por otra senda me llevó mi guía
Del aura quieta al aire estremecido, 150

Para volver á la región sombría.

CANTO QUINTO

MINOS—FRANCESCA DE RÍMINI

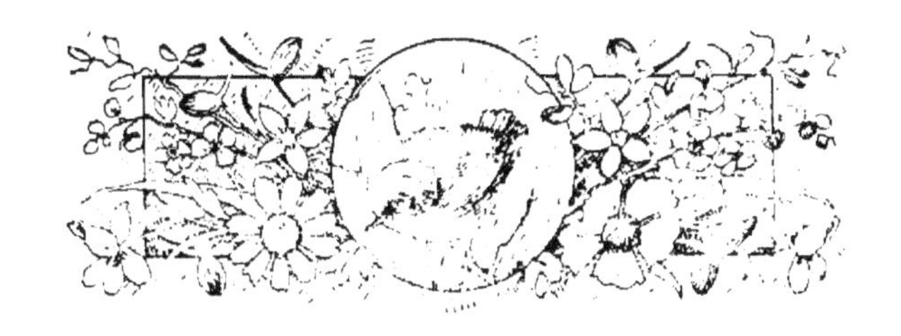

CANTO QUINTO

MINOS — FRANCESCA DE RÍMINI

Segundo círculo del Infierno. — Minos examina las culpas á la entrada, y señala á cada alma condenada el sitio de su suplicio. — Círculo de los lujuriosos, donde comienza la serie de los siete pecados capitales. — Francesca de Rímini.

Así bajé del círculo primero,
Al segundo, en que en trecho más cerrado
Más gran dolor aúlla plañidero. 3

Allí, Minos, horrible, gruñe airado;
Examina las culpas á la entrada:
Juzga y manda según ciñe el pecado. 6

Digo, que cuando el alma malhadada,
Ante su faz, desnuda se confiesa,
Aquel conocedor de la culpada, 9

Ve de que sitio del Infierno es presa,
Y se ciñe la cola, y cada vuelta,
Marca el grado á que abajo la endereza. 12

Presente hay siempre multitud revuelta:
Cada alma se declara ante su juicio;
La escucha, y al abismo baja vuelta. 15

—"¿Qué buscas del dolor en el hospicio?
Gritó Minos, mirando de hito en hito,
Y suspendiendo su severo oficio. 18

"¡Guay de quien fías, y no seas cuito!
¡No te engañe la anchura de la entrada!"
Y mi guía le dijo:—"¿A qué ese grito? 21

"No le interrumpas su fatal jornada:
Lo quiere así Quien puede y ha podido
Lo que se quiere.—¡No preguntes nada!" 24

Ora comienza el grito dolorido
Á resonar en la mansión del llanto,
Y el corazón golpea y el oído. 27

Era un lugar mudo de luz, en tanto
Que mugía cual mar embravecida
Por encontrados vientos, con espanto. 30

La borrasca infernal, siempre movída,
Los espíritus lleva en remolino,
Y los vuelca y lastima en su caída. 33

Y en el negro confín del torbellino,
Se oyen hondos sollozos y lamentos,
Que niegan de virtud el don divino. 36

Eran los condenados á tormentos,
Los pecadores de la carne presa,
Que á instintos abajaron pensamientos. 39

Cual estorninos, que en bandada espesa
En tiempo frío el ala inerte estiran,
Así van ellos en bandada opresa. 42

De aquí, de allá, de arriba abajo giran,
Sin esperanza de ningún consuelo:
Ni á menos pena ni al descanso aspiran. 45

Como las grullas que en tendido vuelo
Hienden el aire al son de su cantiga,
Así van arrastrados en su duelo, 48

Por aquel huracán que los fustiga.
—"Quiénes son, - pregunté,—que en giro eterno
El aire negro con furor castiga?" 51

— "La primera que ves en este infierno, —
Me dijo, — emperatriz fué de naciones
De muchas lenguas, con poder superno: 54

"De la lujuria insana las pasiones
Hizo su ley, para borrar la afrenta
Que en vida puso estigma á sus acciones: 57

"La Semíramis fué, de quien se cuenta
Que á Nino sucedió y fué su esposa,
Donde hoy el trono del Soldán se asienta. 60

"La otra que ves, se suicidó amorosa,
Infiel á las cenizas de Siqueo:
La otra es Cleopatra, reina lujuriosa." 63

Y á Helena ví, bello y fatal trofeo
De larga lucha, y víctima de amores
Al grande Aquiles, hijo de Peleo; 66

Y á Páris y á Tristán, y de amadores
Las sombras mil por el amor heridas,
Víctimas al morir de sus dolores. 69

Luego que supe las antiguas vidas,
Sentí de la piedad el soplo interno,
Quebrantado por tantas sacudidas. 72

— "Hablar quisiera con lenguaje tierno, —
Dije, — á esas sombras que ayuntadas vuelan,
Tan leves como el aire, en este infierno." 75

Y díjome: — "Por el amor que anhelan
Pídeles que se acerquen, y á tu ruego
Vendrán, cuando los vientos las impelan." 78

Y cuando el viento nos las trajo luego,
Interpelé á las almas desoladas:
— "Venid á mí, y habladme con sosiego." 81

Cual dos palomas por amor llevadas
Con ala abierta vuelan hacia el nido,
Por una misma voluntad aunadas, 84

Así del grupo donde estaba Dido
Cruzaron por el aire malignoso,
Tan simpático fué nuestro pedido. 87

Y exclamaron: — "¡Oh! ser tan bondadoso,
Que buscas al través del aire impío
Las víctimas de un mundo sanguinoso! 90

"Si Dios escucha nuestro ruego pío,
Por tu paz rogaremos en buen hora,
Pues que te apiada nuestro mal sombrío. 93

"Escuchando tu voz consoladora,
Diremos nuestra historia dolorida,
Mientras el viento calla, como ahora. 96

"Se halla la tierra donde fuí nacida
En la marina donde el Po desciende,
Con secuaces en paz á su caída. 99

"Amor, que el alma noble pronto enciende,
A este prendó de mi gentil persona,
Que quitada me fué, ¡cual aun me ofende! 102

"Amor que amado alguno amar perdona,
Me ató á sus brazos con placer tan fuerte,
Que como ves, ni aún muerta me abandona. 105

"Amor llevónos á la misma muerte.
—Al matador en vida, Caín espera."—
Las dos sombras me hablaron de esta suerte. 108

Al escuchar aquella ánima herida,
Bajé la frente, y el poeta amado,
—"¿Qué piensas?" preguntóme, y dolorida 111

Salió mi voz del pecho atribulado:
"¡Qué deseos, qué dulce pensamiento,
Les trajeron un fin tan malhadado!" 114

Y volviéndome á ellos al momento,
Díjeles:—"¡Oh Francesca! tu martirio
Me hace llorar con pío sentimiento! 117

"¡Mas, del dulce suspiro en el delirio,
Como te dió el Amor tímido acuerdo,
Que abrió al deseo de tu seno el lirio?" 120

Y ella: "¡Nada mas triste que el recuerdo
De la ventura en medio á la desgracia!
¡Muy bien lo sabe tu Maëstro cuerdo! 123

Pero si tu bondad aún no se sacia,
Te contaré como quien habla y llora,
De nuestro amor la primitiva gracia. 126

"Leíamos un día en grata hora,
Del tierno Lanceloto la aventura,
Solos, y sin sospecha turbadora. 129

"Nuestros ojos, durante la lectura
Se encontraron: ¡perdimos los colores,
Y una página fué la desventura! 132

"Al leër que el amante, con amores
La anhelada sonrisa besó amante,
Éste, por siempre unido á mis dolores, 135

"La boca me besó, todo tremante.
—¡El libro y el autor... —Galeoto han sido!...
—¡Ese día no leímos adelante!" 138

Así habló el un espíritu dolido,
Mientras lloraba el otro; y cuasi yerto,
De piedad, me sentí desfallecido, 141

Y caí, como cae un cuerpo muerto.

CANTO SEXTO

EL INFIERNO DEL CANCERBERO

CANTO SEXTO

EL INFIERNO DEL CANCERBERO

Tercer círculo del Infierno.—Tormentos de los glotones, en un pantano infecto, azotados eternamente por una lluvia helada.—El Cancerbero.—El florentino Ciacco.—Reseña de algunos florentinos famosos.—Ciacco predice al Poeta las desgracias de Florencia y su destierro.—El juicio final, la vida futura, las penas infernales y la perfectibilidad humana en el bien y en el mal.—Los dos Poetas descienden al cuarto círculo.

Al retornar á la razón, perdida
De los tristes amantes al lamento,
Que de piedad llenó mi alma transida, 3

Nuevos atormentados y tormento
Miro en contorno, sea que me mueva,
Ó me revuelva, ó busque abrigamiento. 6

Era el círculo tercio, fría greva
De eterna lluvia, habitación maldita
Donde ninguna vida se renueva. 9

Grueso granizo allí se precipita,
Y nieve y agua negra en aire turbio
Pudre la tierra y todo lo marchita. 12

El Cerbero, animal feroz y gurvio,
Por sus tres fauces ladra de contino,
Y es de los abnegados el disturbio. 15

De negro hocico y ojo purpurino,
El vientre obeso y manos unguladas,
Muerde á las almas con furor canino. 18

Las sombras por las lluvias maceradas,
Ladran también cual can, y se resguardan
Unas contra las otras apiñadas, 21

Cuando el ataque del Cerbero aguardan;
Y al verle abrir la boca sanguinosa,
Temblorosas se esconden, y acobardan. 24

El Maëstro, con mano cautelosa
Cogió tierra del suelo, y arrojóla
Del Cerbero en la boca espumajosa. 27

Y cual perro que hartado por la gola
Sólo atiende á tragar el alimento,
Y acalla su canina batahola, 30

Así quedó el Cerbero endemoniado
Que las almas aturde, con ladridos,
Que sordo ser quisiera el condenado. 33

Pasamos sobre sombras de aflijidos
Que marchita la lluvia, y nuestra planta,
Hollando vanas formas de dolidos. 36

Del suelo, allí ninguno se levanta,
Y uno tan solo se incorpora incierto
Al notar que mi paso se adelanta. 39

—"¡Oh, tú, que cruzas este infierno yerto!
—Me dijo—Reconóceme, yo era
Después de tú nacido, triste muerto." 42

Y yo á él —"Tu angustia lastimera
Quizá te desfigura de tal suerte,
Que estás de mi memoria al pronto, fuera. 45

"Dime quien eres, y porque la muerte
Á este sitio te trajo de la pena,
Y si á la culpa cabe otra más fuerte." 48

Y respondió — "La tu ciudad que llena
De vil envidia ya colmó su saco,
Me vió vivir allí vida serena. 51

"Los ciudadanos me llamaban Ciaco:
Por la dañosa culpa de la gula
Aquí me ves bajo la lluvia, flaco; 54

"Mas no tan solo mi alma se atribula,
Que todos estos igual pena lloran,
Por culpa igual, que á pena se acumula." 57

Le repuse: — "Tus voces que me imploran
Me hacen, Ciaco, llorar con simpatía;
Mas di, sabes que espera á los que moran. 60

"En la ciudad que parte la porfía?
Si un justo tiene, y cual la causa sea
De su discordia y tanta bandería?" 63

Y él á mí: — "Tras de larga y cruel pelea
Los Blancos triunfarán por varias veces,
Proscribiendo de Negros la ralea. 66

"Tres Soles pasarán, y entre reveses
Los Negros subirán con los adeptos
Que los halaguen; y con nuevas creces 69

"Por largo tiempo de mandar repletos
Al abatido oprimirán por ende,
Con dolor y censura de discretos. 72

"Solo hay dos justos, que ninguno atiende:
La envidia, la soberbia y la avaricia
Son las tres teas que la furia enciende." 75

Calló la voz llorosa, sin caricia,
Y yo dije: — " Si quieres ser benigno
Bríndame tu palabra y da noticia 78

"De Arrigo y de Teguiao de fama digno,
De Rusticucio, Mosca y Farinata,
Y otros que bien obrar fuera el destino. 81

"Dime si yacen en mansión ingrata;
Házmelos conocer, pues mucho anhelo
Saber si el cielo con bondad los trata." 84

—"Se hallan,—dijo,—con almas sin consuelo,
Por grandes culpas todos condenados:
Abajo los verás en hondo duelo. 87

"Cuando pises las playas anheladas
Del dulce mundo, piensa en mí contrito;
Y no te digo más." - Y con miradas 90

Siniestras, me miró muy de hito en hito:
Cayó en el fango, doblegó la frente,
Y entre los ciegos se perdió el maldito. 93

Y el guía díjome: — "Tan solamente
Cuando suene la angélica trompeta
Despertarán ante su juez potente; 96

"Encontrarán su triste tumba quieta;
Revestirán su carne y su figura,
Y el fallo eterno, oirán con alma inquieta." 99

Dejando atrás esta infernal mixtura
De lluvia y sombras, con el paso lento,
Nos ocupó tratar vida futura: 102

— "Maëstro, — dije, — ¿este infernal tormento
Se aumentará, tras de la gran sentencia?
¿Será menor, ó acaso más violento?" 105

Y respondió — "Pregúntalo á tu ciencia,
Que quiere que los seres más perfectos
Sientan mejor el bien y más dolencia. 108

"Estos réprobos, entes imperfectos,
Si la alta perfección no han alcanzado,
Esperan mejorar cual los electos." 111

Recorrimos el cerco condenado,
Hablando de otras cosas que no digo;
Y descendimos hasta el cuarto grado: 114

Pluto está allí, del hombre el enemigo.

CANTO SETIMO

PLUTO—LA ESTIGIA

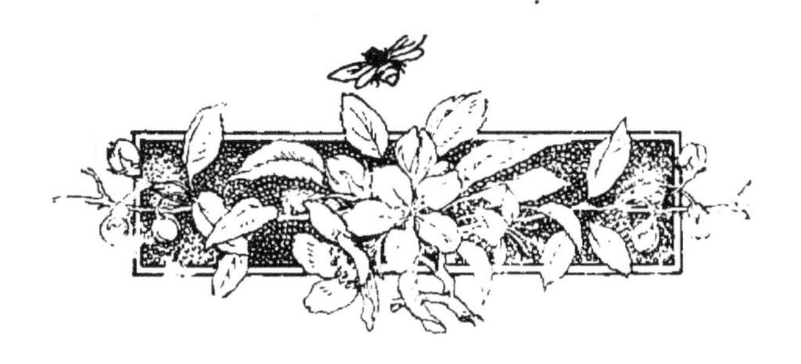

CANTO SÉTIMO

PLUTO—LA ESTIGIA

Cuarto círculo del infierno dantesco, presidido por Pluto. — Virgilio y Pluto. — La avaricia castigada. — Los avaros y los pródigos hacen rodar pesadas masas con el pecho. — Razonamiento de Virgilio sobre la fortuna y los agentes celestes en la tierra. — Los dos Poetas descienden al quinto círculo. — La laguna Estigia, donde yacen sumidos en el fango los iracundos. — El himno de los tristes.

"*¡Pape Satan, pape Satan aleppe!*"
Grita Pluto con voz estropajosa;
Y el grande sabio, sin que en voz discrepe, 3

Me conforta diciendo: — "No medrosa
Tu alma se turbe, porque no le es dado
Impedir que desciendas á esta fosa." 6

Y al demonio feroz de labio hinchado
Le grita: — "Calla, lobo maldecido,
Y devora tu rabia, atragantado. 9

"No sin razón el viaje está emprendido:
Se quiere en lo Alto, do Miguel glorioso
Tomó vindicta del estupro infido." 12

Cual vela inflada de aire tormentoso,
Revuelta cae del mástil que ha flaqueado,
Así cayó en el suelo aquel furioso. 15

Y descendimos hasta el cuarto grado,
Adentro del abismo doloroso,
Que todo el mal del mundo se ha tragado. 18

— ¡Oh Dios! que en tu justicia, poderoso,
Amontonas cual ví, tanta tortura!
¿Por qué el fallo es aquí más riguroso? — 21

Cual de Scyla y Caribdis á la altura
Onda con onda choca procelosa,
Tal se choca esta gente en apretura. 24

Aquí una turba hallé más numerosa,
Que de una y otra parte en sus revueltas
Con el pecho empujaba clamorosa, 27

Pesos enormes; y en contínuas vueltas,
Volvían hacia atrás, cuando chocaban,
Gritando: *¿por qué agarras? ¿por qué sueltas?* 30

Así en el cerco tétrico giraban
Del uno y otro lado retornando,
Y las mismas injurias se gritaban. 33

Y luego, el medio cerco contorneando,
Se chocaban de nuevo.—Yo afligido
Sentí el pecho, la lucha contemplando. 36

Dije al Maëstro: — "Por favor te pido
Me digas, si las sombras tonsuradas
Sacerdotes en vida acaso han sido." 39

— "Son vizcas, como ves, tan dementadas,
Cual fueron — dijo, — en vida torticeras,
Y en gastar su peculio inmoderadas. 42

"Claro lo ladran sus palabras fieras;
Y al venir de los dos puntos postremos,
Su opuesta culpa lleva á sus esferas. 45

"Esos sin pelo, que de un lado vemos,
Fueron clérigos, papas, cardenales,
Que la avaricia lleva á sus extremos." 48

Y pregunté al Maëstro: — "Entre estos tales,
¿Puedo quizá reconocer alguno
De los manchados con inmundos males?" 51

Y él: — "No podrás reconocer ninguno:
Su mala vida, si antes fueron albos,
Los cubre á todos con su tinte bruno. 54

"Eternamente chocarán no salvos,
Y aun en la tumba apretarán el puño
Los unos, y los otros serán calvos. 57

"Mal dar y mal tener si dan terruño,
Quitan el cielo, en riñas tan procaces,
Que no merecen de palabra el cuño. 60

"Así puedes ver, hijo, cuán fugaces
Son los bienes que alarga la Fortuna,
Y de que son los hombres tan rapaces. 63

"Todo el oro que está bajo la luna,
Y el que esa grey de sombras retenía
La paz no le dará siquiera á una." 66

Y yo insistí: — "Mas dime todavía:
Esa fortuna de que tanto me hablas,
¿Cómo aferra del mundo la cuantía?" 69

Y él sonriendo:—"¡Qué cuestión entablas!
Quiero hacerte mamar una sentencia,
¡Oh ignorante! y apúntala en tus tablas. 72

"El Sapiente, en su vasta trascendencia,
Hizo el cielo, y nombróle su regente,
Que en todo resplandece su alta ciencia. 75

"Distribuyó las luces igualmente,
Y así también al explendor mundano
Una alta potestad dió providente. 78

"Ésta, permuta vuestros bienes vanos
De gente en gente, y quita ó los conserva,
Magüer la previsión de los humanos. 81

"Á unos abate y á otros los preserva,
Según la voluntad que yace oculta,
Cual silenciosa sierpe entre la yerba. 84

"No toma en cuenta vuestra ciencia estulta,
Cuando juzga, dispone, da ó cercena,
Como deidad que solo á sí consulta. 87

"Ninguma tregua su carrera enfrena:
Necesidad su marcha multiplica,
Pues cada instante nueva cosa ordena. 90

"De mala fama el mundo la sindica,
Cuando debiera tributarle culto,
Y el vulgo la maldice y crucifica. 93

"Pero ella es buena y sorda al torpe insulto,
Leda con las criaturas primitivas,
Gira su rueda en medio del tumulto. 96

"Entramos á región más aflictiva:
Ya bajan las estrellas que alumbraban,
Y la jornada debe ser activa." 99

Cruzamos los ribazos que cerraban
Los dos cercos, y hallamos una fuente
De hirvientes aguas turbias, que bajaban 102

Por un barranco abierto en la pendiente:
Orillando su margen enfangada,
Descendimos por vía diferente. 105

Esta triste corriente, despeñada,
Forma en oscura playa maldecida
La laguna de Estigia nominada. 108

Yo miraba con vista prevenida,
Y ví gente fangosa en el pantano,
Desnuda y con la faz de ira encendida. 111

Golpeábanse entre sí, no con la mano,
Mas con los pies, el pecho y la cabeza,
Y se mordían con furor insano. 114

El buen Maëstro dijo: — "Aquí está presa
La grey de poseídos por la ira:
Pero quiero que sepas con certeza, 117

"Que bajo el agua hay gente que suspira,
Y la hace pulular, cual ahora vimos,
Por donde quiera que la vista gira. 120

"Del fango claman: — Siempre tristes fuimos!
"¡En aire dulce donde el Sol se alegra
"De humo acidioso en lo interior vivimos! 123

"¡Tristes lloramos en la charca negra!" —
Este himno balbuceado en voz traposa
Con el acento del dolor se integra." 126

Por el contorno de la inmunda poza
Un arco describiendo, así giramos,
Viendo la turba que en el fango goza. 129

Y de elevada torre al pie llegamos.

CANTO OCTAVO

EL PASO DE LA ESTIGIA

LA CIUDAD ARDIENTE

CANTO OCTAVO

EL PASO DE LA ESTIGIA
LA CIUDAD ARDIENTE

Los dos Poetas llegan al pie de una torre elevada, y ven brillar en ella una luz de señal á que responde otra lejana. — Flegias acude con su barca para trasportarlos por la Estigia á la ciudad infernal de Dite. — En el tránsito encuentran á Felipe Argente. — Los demonios de la ciudad maldita se oponen furiosos á su entrada.— El Maestro asegura que saldrá triunfante de la prueba, porque el auxilio divino está cercano.

Digo, que prosiguiendo la jornada,
Luego que de la torre al pie vinimos,
Fijamos en su cima la mirada. 3

Dos lucecillas encenderse vimos,
Y otra que á ellas al punto respondía,
Tan lejana, que apenas distinguimos. 6

Y aquel mar de total sabiduría
Interrogué: — "Con quienes corresponde
Esta luz? quién las otras encendía?" 9

— "Ya puedes ver, — mi guía me responde, —
Lo que aquí nos espera, si ese velo
De brumas del pantano, no lo esconde." 12

Como el arco despide flecha á vuelo,
Que el aire hiende toda estremecida,
Miré venir un frágil barquichuelo 15

Surcando la laguna corrompida,
Gobernado por un solo remero,
Que gritaba: "¡Llegaste, alma perdida!" 18

— "¡Flegias! Flegias! — en vano, vocinglero,
Serás por esta vez; — le dijo el guía, —
Nos pasarás tan sólo al surgidero." 21

Como quien engañado se creía,
Burlado, Flegias al tocar la orilla,
Sofocaba el furor que en sí tenía. 24

Descendió mi Maëstro á la barquilla,
Y me hizo entrar después junto á su lado,
Mas solo con mi carga hundió la quilla 27

Así que el leño hubimos ocupado,
Fué por la antigua proa el agua abierta
Con surco más profundo y nunca usado. 30

Mientras cruzaba por el agua muerta,
—"¿Quién eres tú que vienes antes de hora?"—
Uno lleno de fango, clamó alerta. 33

Yo repuse:—"Si vengo, es sin demora.—
¿Mas tú, quién eres, ser embrutecido?"
Y él:—"Mírame! yo soy uno que llora!" 36

Y yo á él:—"En luto, maldecido,
Quédate con tus llantos inhumanos;
Te conozco, aun de barro ennegrecido." 39

De la barca se asió con ambas manos,
Y el guía dijo, pronto en el rechazo:
—"¡Vete do están los perros, tus hermanos!" 42

Luego ciñó mi cuello en un abrazo,
Y me besó, diciendo:—"¡Alma briosa
Bendita sea quien te dió el regazo! 45

"Ese que ves, un alma fué orgullosa
Sin la bondad que abona la memoria;
Por eso vaga así, sombra furiosa. 48

"¡Cuántos reyes de necia vanagloria,
Como cerdos que buscan el sustento,
Vendrán aquí, dejando vil escoria!" 51

—"Maëstro,—dije —fuera gran contento,
Hundirse verle en el inmundo cieno
Antes de que alcancemos salvamento." 54

— "Antes que toques puerto más sereno,
— Me dijo — quedarás bien complacido;
Tu deseo será del todo lleno." 57

Poco después vi al ente maldecido
Despedazado por fangosa gente.
¡Momento que por mi fué bendecido! 60

Gritaban todos: "A Felipe Argente!"
Y el florentino espíritu, furioso,
En sí propio clavaba el fiero diente. 63

Lo dejamos; y hablar de él es ocioso.—
Mas un clamor golpeábame el oído,
Y abrí los ojos, y miré anheloso. 66

Y el Maëstro me dijo: — "Hijo querido,
Es la ciudad de Dite; en insosiego
La habita inmenso pueblo maldecido. 69

—"Ya veo sus mezquitas,—dije luego—
En el fondo del valle, enrojecidas
Cual si salieran del ardiente fuego." 72

Y él respondió:—"Están así encendidas
Por los eternos fuegos tormentosos
Que afocan sus entrañas maldecidas." 75

Cuando alcanzamos los profundos fosos
Que cierran esta tierra desolada,
Creí de fierro sus muros poderosos. 78

No sin andar aún larga jornada,
Llegamos do el remero gritó, alerto:
—"Vamos! Afuera! Estamos en la entrada!" 81

Como llovidas desde cielo abierto,
Vi almas mil, gritar airadamente:
—"¿Quién es aquel, que vivo, sin ser muerto, 84

"Va por el reino de la muerta gente?"
Y mi guía, sereno en el empeño,
Hizo señal de hablar secretamente. 87

Y gritaron, depuesto un tanto el ceño,
—"Ven tu solo. Quien tuvo la osadía
De entrar vivo á este reino, sea dueño, 90

"De retornar por la extraviada vía,
Si es que lo puede; y tú que le has guiado,
Quédate siempre en la mansión sombría." 93

Piensa como quedé desconsolado,
Oh lector! al oír esta sentencia!
Pensé no ver ya más al suelo amado! 96

—"¡Oh mi guía! que has sido providencia
Al través de este mundo pavoroso,
Del peligro salvando mi impotencia, 99

"¡No me abandones!—díjele afanoso,—
Y si avanzar no fuese permitido,
Vuelve hacia atrás con paso presuroso." 102

Y él, que aparte me había conducido,
Me dijo:—"Nada temas, nuestro paso
No puede ser por malos impedido. 105

"Espera aquí: reposa el cuerpo laso;
Tu ánimo fortalezca la esperanza;
No pienses te abandone así al acaso." 108

Y fuése el dulce padre con bonanza,
Y yo quedé en soledad sombría,
Entre el sí y entre el no de la confianza. 111

No pude oír qué cosa les decía,
Pero temí de pronto algún siniestro
Al ver que aquella gente se escondía. 114

Las puertas le cerraron al Maëstro
Sobre el pecho, con golpe estrepitoso;
Y á mí volviendo con el paso indiestro, 117

Con mirar abatido, no orgulloso,
Al suspirar, exclama ensimismado:
"¿Quién me arroja del antro doloroso?" 120

Y díjome: — "Aunque me ves airado,
No temas nada; venceré esta prueba,
Sea quien fuere el que se oponga osado. 123

"Esa arrogancia, para mí no es nueva;
Me la mostraron en la negra entrada
Que cerradura para mí no lleva. 126

"Viste allí la leyenda pavorosa
De muerte. Viene el que abrirá la puerta
Bajando solo á esta región sombrosa. 129

"Sigue: la fortaleza será abierta."

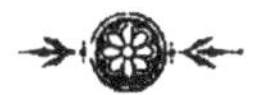

CANTO NOVENO

LAS FURIAS Y EL ÁNGEL

CANTO NOVENO

LAS FURIAS Y EL ANGEL

Virgilio narra al Dante su anterior bajada á los Infiernos, y le explica los cuatro grados más que hay que descender. — Aparición de las Furias en lo alto de la torre de Dite, que llaman á Medusa. — Virgilio tapa los ojos del Dante para preservarlo de la vista maléfica de la Gorgona. — Aparición de un ángel que interviene en favor de los Poetas y abre con un golpe de su vara las puertas cerradas de Dite. — Bajada de los Poetas al sexto círculo. -- Los incrédulos y los heresiarcas. — Tumbas ardientes con las tapas levantadas, donde yacen los sectarios del error.

Mi palidez que el miedo reflejaba
Al ver que mi Maëstro se volvía,
Contuvo la expresión que le turbaba. 3

Como quien oye y mira, así tendía
Su mirada, no larga en el alcance,
En niebla espesa y en la noche umbría. 6

—"Pues vencer es forzoso en este lance...
A menos que...—prorrumpe,— está ofrecido...
Mucho tarda el auxilio en este trance!" 9

Bien comprendí que estaba confundido,
Pues sus vagas palabras encerraban,
Doble contradicción en su sentido; 12

Pero, ellas, por lo mismo me alarmaban,
Y yo les di el sentido temeroso
Que talvez más peligros ocultaban. 15

—"¿Al fondo de este abismo misterioso
Alguno descendió del primer grado,
Sin otra pena que esperar dudoso? 18

"¿Y quiénes?"—El Maëstro interrogado,
Respondió:—"Pocas veces como ahora
Hemos este camino transitado. 21

"Verdad, que alguna vez y en mala hora,
Bajé obligado por la Ericto cruda
De espíritus á cuerpos llamadora. 24

"Mi alma estaba de carne ya desnuda
Cuando ella me hizo traspasar el muro,
Buscando un alma en la mansión de Juda. 27

"Es el cerco más bajo y más oscuro,
El más lejano de los altos cielos;
Mas conozco el camino: está seguro. 30

"Este pantano con inmundos velos
Envuelve en torno la mansión doliente
Donde no se penetra sin desvelos." 33

Si algo más dijo, no lo tengo en mente,
Pues de mis ojos la atención llamaban
Los resplandores de la torre ardiente; 36

Y tres furias que súbito se alzaban,
Tintas en sangre, de espantosas formas,
Que miembros femeniles semejaban: 39

Ceñido el vientre de hidras muy verdosas,
Y en las sienes, cual sueltas cabelleras
Cerastos y serpientes venenosas. 42

Y él, que reconoció las mensageras
De la que es reina del eterno llanto,
Díjome:—"¡Guarda! las Erinis fieras!" 45

"Esa es Megera, de siniestro canto;
Alecto es la otra que á la diestra llora;
Y en medio Tisifone.—Calla en tanto!" 48

Laceraban con uña torcedora
Sus pechos, y con furia tal gritando,
Que me acogí á mi sombra protectora. 51

—"¡Venga Medusa!—gritannos, mirando:—
¡Será de dura piedra frío bulto,
De Teseo el asalto vindicando!" 54

—"Vuelve á la diestra, con el rostro oculto;
Porque si viene y ves á la Gorgona,
De este lugar no subirás exulto." 57

Así mi guía habló, y mi persona
Hace girar, me coge de las manos
Y mis ojos cerrados precauciona. 60

—¡Oh los que sois de entendimiento sano,
Comprended la doctrina que se encierra
De mi velado verso en el arcano!— 63

Sordo rumor que el corazón aterra
Las ondas turbias puso en movimiento,
Y estremecióse con fragor la tierra: 66

No de otro modo el encontrado viento
Que del verano mueven los ardores,
Sacude el bosque en soplo turbulento; 69

Los gajos troncha lleno de furores,
Y en polvareda los arrastra envueltos
Haciendo huir á fieras y pastores. 72

Dejóme entonces ambos ojos sueltos
Mi guía, y dijo: — "Ve la antigua espuma
En esos humos densos y revueltos." 75

Como las ranas cuando ven contigua
A la serpiente que se avanza astuta,
En fango ocultan su cabeza exigua, 78

Así también toda la turba hirsuta
Huyó delante de uno que avanzaba
Marchando por la Estigia á planta enjuta. 81

Del rostro, el aire espeso se apartaba
Con la siniestra mano hacia adelante,
Y al parecer, sólo esto le cansaba. 84

Comprendí que del cielo era anunciante,
Y el Maëstro, al mirarle, me hizo seña
De quedo estar, y me incliné tremante. 87

En torno suyo todo lo desdeña:
Llega á la puerta, y con varilla leve
La abre al instante, y del umbral se adueña. 90

— "¡Desterrados del cielo! raza aleve!
—Así exclamó sobre el umbral terrible,—
¿Qué loco intento esta arrogancia mueve? 93

"La voluntad de Dios es invencible:
¿Por qué ponéis vuestro destino á prueba
Ante el que mide hasta la pena horrible? 96

"¿Quién contra su alto fallo se subleva?
Recordad, que pelado todavía
Cuello y hocico el cancerbero lleva." 99

Y retornóse por la inmunda vía
Sin fijarse en nosotros, con semblante
Que un cuidado más íntimo mordía 102

Que el presente que estaba por delante.
Nos dirigimos á la ignota tierra,
Fiados en su palabra dominante, 105

Adonde entramos sin señal de guerra;
Y yo, anhelando conocer el centro
Y lo que aquella fortaleza encierra, 108

Al encontrarme de sus puertas dentro,
Giro los ojos, y una gran campaña
Llena de duelo y de tormento encuentro. 111

Como en Arles, do el Ródano se encaña,
Y en Pola de Quarnaro, se relevan,
En el confín que á Italia cierra y baña, 114

Viejos sepulcros que el terreno elevan,
Tal aquellos sepulcros se elevaban;
Pero de más crueldad señales llevan. 117

Las llamas de uno á otro serpenteaban,
Y en fuegos más intensos abrasados
Que los que el hierro funden, se inflamaban. 120

Los sepulcros estaban destapados,
Y del fondo salían clamorosos
Los lamentos de tristes torturados. 123

Pregunté: — "¿Quiénes son los dolorosos
Que sepultados en ardientes arcas
Hacen oír gemidos tan penosos?" 126

Y me dijo: — "Ahí están los heresiarcas,
Y turba de secuaces blasfemante,
Y que son más de los que en mente abarcas. 129

"Ahí están, semejante y semejante;
Sus tumbas más ó menos son ardientes."
Y girando á la diestra, fué adelante 132

Entre muros y tristes penitentes.

CANTO DECIMO

LOS SEPULCROS ARDIENTES Y FARINATA

CANTO DÉCIMO

LOS SEPULCROS ARDIENTES Y FARINATA

Siguen los dos Poetas su camino entre los muros y los sepulcros.— Dante manifiesta el deseo de hablar con uno de los sepultados allí.—Una sombra que se alza de uno de los sepulcros ardientes le llama.—La aparición de Farinata degli Uberti.—Mientras habla Farinata con Dante, aparece la sombra de Cavalcante Cavalcanti, que pregunta por su hijo, amigo del Dante.—Vuelve á hundirse en el sepulcro pensando que su hijo hubiese muerto.—Sigue el diálogo entre Dante y Farinata, en que éste predice oscuramente su próximo destierro al primero.

Ora el Maëstro sigue estrecha calle,
Y yo sigo á su espalda con retraso,
Entre el muro y los mártires del valle. 3

—"Suma virtud,—prorrumpo,—que mi paso
Guías en cerco impío cual te place,
Responde á mi deseo en este caso. 6

"¿Puede verse la gente que aquí yace?
Cada tapa se encuentra levantada,
Y nadie guardia á los sepulcros hace." 9

Y él: — "Cada tumba quedará cerrada,
Cuando del Josafá el cuerpo yerto
Vuelva á buscar el alma abandonada. 12

"Yacen aquí los que creyeron cierto
Con Epicuro y todos sus secuaces,
Que el alma muere con el cuerpo muerto. 15

"En cuanto á la pregunta que tu me haces,
Y aun á la que me callas, prontamente,
Satisfarán las tumbas, cuando pases." 18

Y yo: — "Te abro mi pecho plenamente:
Si acaso soy conciso en mi discurso,
En esto sigo tu lección prudente" 21

— "¡Oh toscano! que sigues vivo el curso
De esta mansión de fuego, tan discreto,
Detén en este sitio tu trascurso; 24

"Tu locuela me dice tu secreto:
Has nacido en la tierra bien querida,
De que tal vez, de males hice objeto" 27

De súbito, de un arca encandecida
Salió esta voz, y yo, tímidamente,
Junto á mi guía procuré guarida. 30

Él me dijo: — "Retorna diligente;
Contempla á Farinata levantado:
Entero está, mostrando cinto y frente." 33

Yo, mi rostro tenía en él fijado:
Él erguía su pecho y su cabeza,
Como en desprecio del infierno airado. 36

El Maëstro me impele con presteza
Hacia la tumba, y dice cauteloso:
— "En tus palabras pon gran sutileza." 39

Al llegar á la sombra, temeroso,
Demandó:— "¿Quiénes fueron tus abuelos?" —
Mirándome con gesto desdeñoso. 42

Yo que de obedecer tenía anhelos
No le oculté lo que saber deseaba,
Y él contrajo las cejas con recelos. 45

Luego me dijo: — "Cuando yo bregaba,
Fueron tus padres fieros adversarios: —
Tu familia por mí fué desterrada." 48

—"Si fueron exilados por contrarios,
—Le respondí—volvieron del destierro:—
Este arte no aprendieron tus sectarios." 51

Surgió del borde de aquel duro encierro
Otra sombra, mostrando la cabeza,
Y estaba arrodillada, si no yerro, 54

Cual si esperase ver, de duda presa,
Algún otro mortal; y defraudado
Viendo su anhelo, dijo con tristeza: 57

—"Tú que cruzas el mundo condenado
Á que por alto ingenio has descendido,
¿Por qué no te acompaña mi hijo amado?" 60

Y yo á él:—"No solo aquí he venido:
Ese que ves allí, mis pasos guía,
A quien tal vez menospreciaba Guido." 63

Su palabra, el dolor que le afligía
Revelaban el nombre del que hablaba,
Por eso respondí con tal certía. 66

De súbito clamó:—"*¿Menospreciaba?*
Dijiste? Mi hijo no disfruta ahora
La dulce luz que el ojo le alumbraba?" 69

Notando á su pregunta mi demora,
Se desplomó en su fosa, lastimero,
Y más no ví su faz conmovedora. 72

Pero el otro magnánimo, el primero
Que me llamara, sin mudar semblante
Ni doblar la cerviz, alzóse fiero, 75

Y continuó:— "Si un arte semejante
No aprendieron los míos en su vida,
Más me duele que el lecho atormentante. 78

"Cuando cincuenta veces encendida
Gire su luz la reina de este imperio,
De tu arte la virtud verás fallida. 81

"Y tú al salir del mundo del misterio,
Di ¿por qué el pueblo en leyes sin templanza
Contra los míos decretó el dicterio?" 84

Y yo:—"Por el ejemplo y la matanza
Que enrojeció del Arbia la corriente,
Se reza en nuestro templo la venganza." 87

Sacudió la cabeza, tristemente:
Y dijo: "Solo, allí no estuve, —y cierto,
No sin razón me puse frente á frente. 90

"Empero, solo estuve en el acierto,
Cuando quisieron arrasar Florencia,
Y solo yo me opuse á rostro abierto." 93

—"¡Pueda gozar de paz tu descendencia!
—Le dije,—Mas desata prevenido
El nudo que reata mi conciencia. 96

"Paréceme, si acaso bien te he oído,
Que tu vista los tiempos ultrapasa,
Aunque el presente se halle oscurecido." 99

—"Miramos, como el que es de vista escasa,
Dijo,—más solamente lo lejano,
Que aún esta luz del cielo nos abraza. 102

"Lo que existe ó apremia de cercano,
Nuestro intelecto, á penetrar no acierta
Para saber de vuestro estado humano. 105

"Y bien comprendes, yacería muerta
Nuestra conciencia, desde el mismo instante
Que nos cerrara el porvenir su puerta." 108

Entonces, de mi culpa contristante,
Repuse:—"Le dirás á ese caído
Que su hijo de la luz es habitante; 111

"Y que si mi respuesta he contenido,
Fué, porque mi cabeza preocupaba
La duda que tú me has esclarecido." 114

Mas viendo que el Maëstro me llamaba,
Le demandé,—razones abreviando—
Decirme quien allí le acompañaba. 117

—"Más de mil—dijo—están aquí penando:
Con Federico, al cardenal contiguo,
Y otros que ni nombrar quiero, callando." 120

Y se acostó en su tumba, y al antiguo
Poëta, me dirijo, meditando
Esta amenaza de sentido ambiguo. 123

Al seguir por la vía caminando,
Me pregunta: - "¿Por qué tan afligido?"—
Y sin reserva el corazón expándo. 126

—"Guarda en tu mente lo que aquí has oído,
Aún contra ti,—me ordena sabiamente.—
Ora atiende,—agregó con dedo erguido. 129

"Cuando el ojo te alumbre dulcemente
De LA que vé en el viaje de tu vida,
Tú sabrás tu destino ciertamente." 132

Á la izquierda del muro, de seguida,
Tomamos, por sendero que llevaba
A hondo valle de atmósfera podrida, 135

Cuya hediondez del fondo reventaba.

CANTO UNDÉCIMO

LA ESCALA DE LOS PECADOS

CANTO UNDÉCIMO

LA ESCALA DE LOS PECADOS

Primer recinto del círculo sétimo, de cuyo fondo se desprenden hediondas exhalaciones. — Tumba del papa Anastasio. — Virgilio explica á Dante la condición de los tres círculos que tiene que recorrer, según el orden y la gravedad de los pecadores y de los pecados. — En el primer círculo á recorrer que es el sétimo en el orden general del Infierno, están los violentos. — El segundo círculo, ó sea el octavo en el mismo orden general, es el de los fraudulentos, dividido en tres girones, en cada uno de los cuales son atormentados otras especies de violentos. — El tercer círculo, ó sea el noveno, es el de los traidores, dividido en cuatro departamentos concéntricos. — Virgilio explica á Dante la categoría de los pecados según la distinción escolástica.

Llegamos al reborde de una altura
De peñascos enormes circundada,
Donde se encierra una mayor tortura. 3

La hediondez que del fondo reventaba
Nos obligó á buscar sitio abrigado
Tras un peñón que un túmulo marcaba. 6

—"Aquí el Papa Anastasio está enterrado,
Á quien desvió Fotín de su camino."—
Este epitafio estaba allí grabado. 9

—"Conviene descender con mucho tino,
—Dijo el Maëstro,—á fin que nuestro olfato
Á este aire se acostumbre, tan dañino." 12

—"Compensa, dije,—este momento ingrato,
—Y el tiempo aprovechemos útilmente."
Y él:—"En eso pensaba.-Oye el relato.— 15

"Hijo mío, este círculo doliente
Tres circuitos comprende bien graduados,
Cual los que antes bajamos en pendiente. 18

"Están llenos de espíritus malvados:
Y que te baste al verlos en su duelo
Saber como y porque son castigados. 21

"Toda maldad es repugnante al cielo,
Y sobre todo el fraude y la violencia
Que á otros causa desgracia ó desconsuelo. 24

"Y como vuestra humana fraudulencia
Más desagrada á Dios, los fraudulentos
Sufren en proporción mayor dolencia.— 27

"En el primero, yacen los violentos,
Y purgan tres delitos diferentes,
Divididos en tres compartimentos. 30

"A Dios, á sí y al prójimo, inclementes,
Los hombres atropellan y las cosas,
Cual te dirán razones evidentes. 33

"Muerte violenta, herida dolorosa
En sí y en los demás, y en heredajes
Ruinas, incendio, expoliación dañosa; 36

"El homicidio, el que comete ultrajes
Hiriendo ó depredando, es tormentado
En el primer girón, según linajes. 39

"El hombre que así mismo se ha matado,
No le vale el estar arrepentido,
Y en el girón segundo está enclavado. 42

"Quien se priva del mundo en que ha vivido,
Y el que juega ó disipa patrimonio,
Llora la dulce dicha que ha perdido. 45

"Se hace violencia á Dios, cuando el demonio
Nos hace blasfemar, dando al olvido
De bondosa natura el testimonio. 48

"Y yacen en girón más reducido
Con signo de Cahors y de Sodoma,
Los que en desprecio á Dios le han ofendido. 51

"Sigue el fraude, que muerde cual carcoma,
De que la buena fe no se recata,
Y al desconfiado de sorpresa toma; 54

"Porque es fraude alevoso, que desata
El vínculo de amor que hace natura.—
En el segundo cerco se maltrata: 57

"La hipocresía, el robo, la impostura,
Lisonja, augurios, dolo, simonía,
Y rufianes, y toda acción impura. 60

"Y como el fraude aleve desafía
La ley de la natura, contra fianza
Que el mutuo acuerdo hace nacer y cría, 63

"Bajo Dite, hasta el fondo que se alcanza
Del universo, gimen los traidores
En consunción, perdida la esperanza." 66

Y yo: — "Son tus palabras resplandores
Que alumbran este abismo tenebroso,
Y el rigor de estos grandes pecadores. 69

"Mas dime: los que en lago cenagoso,
Que lluvia y viento azotan duramente,
Y chocan en lenguaje tan furioso, 72

"Por qué no están en la ciudad ardiente
Si los castiga del Señor la ira?
Si nó ¿por qué es la pena diferente?" 75

Y de él á mí: — "¡Cuál tu magín delira!
Niegas la ley que todo lo calcula
Porque tu mente vacilante gira. 78

"Olvidas la lección que se formula
En tu Ética, que encierra tanta ciencia,
Que en tres grados los crímenes regula: 81

"Bestialidad, malicia, incontinencia. —
La incontinencia acaso es más solvente?
Ofende á Dios con menos reverencia? 84

"Si meditas el punto atentamente,
Y recuerdas los tristes condenados
Que más arriba están en penitencia, 87

"Ya verás porque se hallan separados
Estos perversos, que justicia eterna
Martilla con sus golpes más airados." 90

"Oh sol! que sanas toda vista interna!
Es tu elocuencia para mí tan grata,
Que en dudar y saber el gozo alterna. 93

"Mas explica,—añadí,—si no es ingrata
Esta tarea ¿por qué á Dios la usura
Es más odiosa?—El nudo me desata." 96

—"Filosofía, enseña, al que la apura,
—Replicóme,—y en más de una sentencia,—
Cual procede en su curso la natura 99

"Del arte, en la divina inteligencia:
Y hallarás, con tu Física en la mano,
Con solo hojear su texto, la evidencia, 102

"Que el arte vuestro tentaría en vano
De ser más que discípulo obediente,
Que es cual nieto de Dios el arte humano. 105

"El Génesis lo dice claramente
En su principio: Trabajar la vida
Y progresar con ánimo valiente.

"Ya ves como la usura maldecida
Viola el precepto, y más á Dios ofende,
Pues de natura la lección olvida. 111

"Mas el Carro hacia Coro ya desciende,
Y me place seguir nuestra jornada
Al ver á Piscis que al oriente asciende; 114

Que larga del tramonte es la bajada."

CANTO DUODECIMO

EL MINOTAURO, LOS CENTAUROS
Y EL RÍO DE SANGRE

CANTO DUODÉCIMO

EL MINOTAURO, LOS CENTAUROS Y EL RÍO DE SANGRE

La bajada del sétimo círculo.—El Minotauro de Creta, guardián de los violentos.—Virgilio recuerda el estado de la bajada antes de que pasase por ella el Cristo á los Limbos del Infierno para rescatar las almas selectas.—El río de sangre en que yacen sumergidos los violentos contra el prójimo y los tiranos sanguinarios, asaetados por una legión de Centauros.—Los Poetas siguen su camino por la margen del río sangriento conducidos por el Centauro Neso que hace la enumeración de los tiranos.—El vado del río de sangre, acrecentado por las lágrimas de los condenados.

Llegamos al lugar de la bajada,
Y es tan hondo y alpestre su barranco
Que la vista rehuye horrorizada. 3

Como el derrumbe, que de Adige al flanco
De este lado de Trento, se desploma
Por terremoto ó sin apoyo franco, 6

Y de lo alto del monte en que se aploma,
Al contemplar aquel despeñadero
No ve camino alguno el que se asoma, 9

Tal la cuesta de aquel derrocadero,
En cuya cima rota está acostado
El oprobio de Creta, monstruo fiero, 12

Que en torpe y falsa vaca fué engendrado,
Y al mirarnos, mordióse furibundo,
Por impotente rabia devorado.— 15

El sabio le gritó:—"Engendro inmundo,
¿Piensas mirar al príncipe de Atenas
Que con su mano te inmoló en el mundo? 18

"Anda bestia! quien cruza tus arenas,
No ha tomado lecciones de tu hermana:
Viene tan sólo á ver las grandes penas." 21

Cual bosco toro, que en su rabia insana
Rompe sus lazos al sentirse herido,
Y en brincos torpes al morir se afana, 24

El Minotauro se sintió vencido:
Y el guía me previno: "Salva el paso
Mientras el monstruo brama enfurecido." 27

Y descendimos por sendero eriazo,
Entre espeso pedrisco que rodaba
Bajo la nueva carga de mi paso. 30

Iba pensando, y él, en tanto hablaba:
—"Tu mente acaso por las ruínas gira,
Que la domada bestia mal guardaba. 33

"Quiero que sepas, que en la antigua gira
Cuando bajara al fondo del infierno,
Rota no era la roca que te admira; 36

"Pero poco antes, según bien discierno,
Que AQUEL viniere, y hubo rescatado
Grandes almas de Dite, á lo superno, 39

"Tembló todo este valle soterrado;
Pensé que el Universo palpitara
Por el amor, que algunos han pensado 42

"Una vez más el mundo al caos tornara;
Y entonces fué cuando esta vieja roca
Aquí, y aun más allá, se derrumbara. 45

"Mas mira en hondo valle, que ya toca
Nuestra planta, ese río sanguinoso
Do la violencia hirviendo se sofoca." 48

—¡Ciega codicia, dementor furioso,
Que aguijonea pasajera vida
Y se abisma en tormentos sin reposo!— 51

Amplia fosa ví en arco contraída;
Cual la que el llano todo circundaba,
Según dijo mi escolta prevenida. 54

En torno de ella una legión giraba
De Centauros, armados de sus flechas,
Como en el mundo á caza se aprestaba. 57

Al vernos descender por estas brechas,
Se desprendieron tres en el momento,
Con las saëtas hacia nos derechas; 60

Y uno nos grita: — "¿Cuál es el tormento
Que buscando venís?" — y el arco apresta
Con gesto que responde al fiero acento. 63

Y el Maëstro repuso: — "La respuesta
Daremos á Quirón, no á ti, poseso
De la violencia que pesar te cuesta." 66

Tocóme el hombro, y dijo: — "Mira á Neso,
Que murió por la bella Deyanira
Y en sí mismo vengó su loco exceso. 69

"Ese del medio, que su pecho mira,
Es el grande Quirón, ayo de Aquiles;
El otro es Folos, que palpita en ira. 72

"Esos que en torno al foso van por miles,
Asaetean las almas anegadas
Que exceden, según culpa, sus perfiles." 75

Cerca ya de estas fieras agitadas,
Quirón coje una flecha con que choca
Sus barbas, que echa atrás de las quijadas; 78

Y descubierto que hubo su gran boca,
Dijo á los suyos: — "Quién es el que advierto
Que mueve todo cuanto al paso toca? 81

"De ese modo no marcha el pie de un muerto." —
Y mi guía, que el pecho había tocado
De aquel monstruoso natural concierto, 84

Le respondió: — "Un vivo que ha bajado
Hasta el fondo del valle tormentoso,
No por placer, mas por deber llamado. 87

"Una santa, que el cántico glorioso
Suspendió de aleluya, dió este encargo:—
No es un ladrón, ni soy un criminoso. 90

"Por esta gran virtud, que sin embargo
Mueve los pasos míos, dame un guía
Que de enseñar la ruta se haga cargo, 93

"Y nos indique el paso de la vía,
Llevando á la gurupa este viviente,
Que no es sombra que al aire desafía." 96

Quirón volvió á la diestra prontamente,
Y dijo á Neso:— "Guárdalos cuidoso
Contra quien detener su marcha intente." 99

Con tal escolta, á paso presuroso
Recorrimos aquel lago bermejo,
De condenados sitio doloroso, 102

Que á unos la sangre llega al entrecejo;
Y el gran Centauro dice:— "Son tiranos
De sangre y robo por su mal consejo, 105

"Que así lloran sus daños inhumanos:
Alejandro, Dionisio de alma fiera,
Que tristes años dió á los sicilianos; 108

"Y esa frente de negra cabellera,
Es Azzolino; el rubio que está al lado,
Obizzo de Este, que por voz certera 111

"Se dice por su hijastro asesinado."
Y el Poeta me dijo: — "Yo te sigo:
Vé delante por Neso custodiado." 114

A poco trecho, vi, por gran castigo
Gente anegada en sangre, que asomaba
Su lívida cabeza sin abrigo. 117

Sola, una sombra solitaria estaba,
Y el Centauro me dijo: — "Este malvado
Partió el pecho que el Támesis amaba." 120

A muchos conocí, bien que turbado,
Que asomaban no sólo la cabeza,
Sino también el busto ensangrentado. 123

Como el río de sangre va en bajeza
Y al pie de los Centauros sólo alcanza,
Ezguazamos el vado muy de priesa. 126

— "Si ves que el río por aquí se amansa,
— Me dijo Neso -- entiende que adelante,
Es más profundo cuanto más se avanza. 129

"Allá en su fondo, gime agonizante
La tiranía, y llora su pecado
Cual conviene á su especie malignante. 132

"La divina justicia, así ha penado
Á ese Atila flajelo de la tierra,
Y á Pirro y Sexto; y con color doblado, 135

"Exprime en el hervor que el río encierra,
A uno y otro Rinier su lloro hirviente,
Por pena á sus salteos en su guerra." 138

Y el vado repasó ligeraménte.

CANTO DÉCIMOTERCIO

LA SELVA DOLOROSA

CANTO DÉCIMOTERCIO

LA SELVA DOLOROSA

El bosque estéril. — El nido de las arpías. — Los árboles doloridos. — Segunda zona de los violentos contra sí mismos y su castigo. — Diálogo con Pedro de las Viñas. — Dos almas perseguidas por perros hambrientos. — Castigo de los suicidas y de los destructores de bienes. — Estado futuro y tormento perpetuo de los suicidas después del juicio final.

No bien el río repasara Neso,
A un bosque entramos en la riba opuesta,
Al que ningún sendero daba acceso. 3

Fosco, sin el verdor de la floresta,
Ni sus frutos, en ramas anudadas
La ponzoñosa espina todo infesta. 6

No más ásperas son ni enmarañadas
De Checino á Corneto, las sombrías
Guaridas de las fieras ahuyentadas. 9

Allí, forman su nido las arpías,
Que echaron de Estrofade á los troyanos
Con amagos de tristes profesías. 12

Tienen alas, con cuello y rostro humanos;
Vientre plumoso, pies con garras duras,
Y se quejan con gritos deshumanos. 15

"Antes de penetrar á otras honduras,
Debes saber, — comienza el buen Maëstro, —
Que del segundo cerco las tristuras 18

"Te han de seguir hasta arenal siniestro;
Que si bien ves, te servirán de guía
Para dar fe de la verdad de mi estro." 21

Doquier hondos lamentos percibía,
Sin ver á nadie en torno, de manera
Que desmarrido el paso detenía. 24

Yo creo que él creyó que yo creyera,
Que las voces las daban las gargantas
De gente que á la vista se escondiera, 27

Y así me habló: —"Si de una de esas plantas
Tronchas un gajo, tú verás cuan vanos
Son los presentimientos que adelantas." 30

Rompí una frágil rama con mis manos:
En negra sangre las miré bañadas,
Y el tronco nos gritó: "¿Por qué, inhumanos, 33

"Me destrozáis?"—Y en voces desoladas,
Vertiendo sangre, repitió lloroso:
"¿Por qué me herís con manos despiadadas? 36

"Hombres fuimos en tiempo más dichoso;
Lo debieras saber, más apiadado,
Aun del alma de un áspid venenoso." 39

Tal como leño verde arde de un lado,
Y llora por el otro, y juntamente
Chirrea por el aire dilatado, 42

De tal manera el vástago doliente
Sangre y palabras á la vez vertía,
Y lo solté como quien miedo siente. 45

Y mi guía le dijo: —"Él no creía
Que laceraba tu alma, despiadado,
Porque acaso olvidara lección mía. 48

"Si su mano inconsciente yo he guiado,
Fué para hacerle creer en lo increible:
Perdona por haberte lastimado, 51

"Y dile quien tú fuiste, alma sensible,
Para que pueda hacer en desagravio
En el mundo tu fama revertible." 54

Y el tronco dijo: — "Tú hablas como sabio
Tan dulcemente con palabras graves,
Que aun dolorido se desata el labio. 57

"Yo soy aquel que tuvo las dos llaves
Del corazón de Federico, en ansa,
Que abrían y cerraban manos suaves. 60

"Á todos alejé de su confianza,
Y mi oficio cumplí con tal desvelo
Que la vida gasté con la privanza. 63

"La meretriz, que impúdica en su anhelo,
En los palacios clava la mirada,
Vicio de cortes y de todos duelo, 66

"Inflamó contra mí la turba airada,
Y del favor del César despojado
En luto mi fortuna fué trocada. 69

"Y en mi despecho al verme despreciado,
Yo pensando rehüir mi suerte triste,
Injusto contra mí, me he castigado. 72

"Por la raíz del arbol que me viste,
Juro fuí siempre fiel á los favores
Del César que de honor todo reviste. 75

"Y si vuelves á ver los esplendores
Del mundo, desagravia mi memoria,
Que la envidia manchó con sus negrores." 78

—"Pues que te habla con voz conciliatoria,
Pregunta á tu sabor—dijo mi guía,—
Aprovechando la hora transitoria." 81

Y yo á él:—"Pregunta todavía
Lo que debo saber, pues persuasivo,
En mi congoja hacerlo no podría." 84

Y díjole:—"Espíritu cautivo,
Este, por mi intermedio te pregunta
Al acoger tu ruego, compasivo, 87

"Que, pues que tu alma doble ser asunta,
¿Si libre de nudosas ataduras
Puede volar del tronco á que se junta?" 90

El árbol suspiró con ansias duras,
Y convirtióse en voz aquel resoplo,
Clamando: — "Te diré mis amarguras. 93

"Cuando un alma feroz lanza su soplo
Y abandona su cuerpo, Minos fiero
La echa al sétimo grado en que me acoplo: 96

"Cae en la selva, sin lugar certero,
Allí donde el acaso la derrama,
Como grano de trigo tardatero. 99

"Surge un arbusto de silvestre rama;
Las arpías que se hartan con su hoja,
Abren ventanas al dolor que clama. 102

"Como el alma del cuerpo se despoja,
La sombra buscará su vestidura
Que no es justo revista el que la arroja. 105

"Aquí la arrastrará, y en la espesura
De la selva infernal, será colgada
Á la sombra del arbol de tortura." 108

Á la espera que el alma tormentada,
Prosiguiese, rumor estrepitoso
Sentimos con sorpresa en la enramada, 111

Como el que escucha cazador celoso,
Cuando siente los perros y la fiera
Y el ramaje crujir del bosque umbroso; 114

Que rompiendo á la izquierda la barrera
Vimos venir, desnudos y sangrientos,
Dos condenados en veloz carrera. 117

— " Ven ¡oh muerte!"—con lúgubres acentos,
Grita el uno, y el otro grita ansioso
— "Lano, tus pies no fueron tan violentos 120

"De Toppo en el combate desastroso."
Y exánime, la sombra retardada
Confúndese con un arbusto hojoso. 123

Á la espalda la selva vi poblada
De perras negras, flacas, deshambridas,
Cual lebreles, jauría desatada, 126

Que al mísero escondido, enfurecidas
Clavan el diente, y parten en pedazos,
Y arrastran sus reliquias doloridas. 129

Mi guía entonces me ofreció sus brazos,
Y me mostró el arbusto, que vertía
Llanto de sangre por sus hondos trazos. 132

— "Jacobo Santa Andrea — le decía
Á la sombra, — ¿por qué te has amparado
De mi tronco, si culpa no tenía?" 135

Habló el Maëstro, y se paró á su lado:
— "¿Quién fuiste tú que por tus llagas lloras
Con la sangre que sopla tu costado?" 138

Y él respondió: — "Oh! almas bienhechoras,
Que contempláis este doliente estrago
Y miráis esas hojas voladoras, 141

"¡Volvedlas al redor del tronco aciago!
Yo fuí de la ciudad, que en el Bautista
Cambió el primer patrón, quien con su amago, 144

"Por eso, siempre, en guerra, la contrista;
Y á no ser que del Arno sobre el puente
Aun quedan de él vestigios á la vista, 147

"Al refundarla su patricia gente,
Sobre cenizas, — que de Atila es traza, —
Habría trabajado vanamente. 150

— Yo en horca mía convertí mi casa."

CANTO DÉCIMOCUARTO

LA LLUVIA DE FUEGO

CANTO DÉCIMOCUARTO

LA LLUVIA DE FUEGO

Tercer girón del círculo sétimo.—El arenal estéril y la lluvia de **fuego**.—Castigo de los violentos contra Dios, contra la naturaleza y contra el arte.—Las sombras condenadas.—Capaneo desafiando las penas del Infierno.—Río sanguinoso y bullente.—Virgilio explica al Dante el origen de los ríos misteriosos del Infierno —Los dos Poetas continúan su viaje infernal.

Por amor patrio y caridad movido,
Recogí aquellas hojas esparcidas
Y las volví á aquel arbol dolorido. 3

Estamos en las zonas repartidas
Del segundo girón, que va al tercero,
Y son de alta justicia las medidas. 6

Y como, bien manifestar yo quiero,
Cosas nuevas que vi, digo, llegamos
A una landa, de plantas no criadero. 9

La dolorida selva que dejamos
Le sirve de guirnalda, á par del foso,
Y el fatigado pie aquí asentamos. 12

Arido el suelo, ardiente y arenoso,
Como lo fuera el campo, que otros días
Holló la planta de Catón famoso. 15

¡Oh venganza del Cielo! tú debías
El pecho estremecer de mis lectores
Al relatar estas visiones mías! 18

Almas desnudas vi, que entre dolores
Lloraban miserables, soportando
De leyes diferentes los rigores. 21

Las unas sin cesar andan girando,
Yacen otras tendidas en el suelo,
Ó sentadas el cuerpo doblegando; 24

Las del contorno, sufren sin consuelo,
Y las del centro menos, el tormento,
Pero su lengua es más intensa en duelo. 27

El arenal bañaba un fuego lento,
Que llovía en tranquilas llamaradas
Como en los Alpes cae nieve sin viento. 30

Así Alejandro contempló abrasadas
De la India en las cálidas regiones
Las tierras por su ejército ocupadas, 33

Y ordenó prevenido á sus legiones,
Á medida que el fuego les llovía,
Extinguirlo debajo sus talones. 36

Así el eterno incendio descendía:
Cual bajo el pedernal yezca se enciende,
El arenal doliente se encendía. 39

De un lado y otro aquella grey se extiende
Para rehuír las llamas fulgorosas,
Y con las pobres manos se defiende. 42

—"Maëstro, pues que sabes tantas cosas,
—Salvo de Dite á los demonios fieros,
—Le dije,—abrir las puertas sigilosas, 45

"¿Quién es aquel de gestos altaneros
Que el fuego desafía allá tendido,
Sin quejarse entre tantos lastimeros?" 48

Como si hablara de él fuese entendido,
Al Maëstro gritó con ceño fiero:
— "Como muerto me ves, tal he vivido. 51

"Bien puede Jove fatigar su herrero,
Al que el rayo le dió de punta aguda
Con que me hirió en momento postrimero: 54

"Que llame uno por uno de remuda
Su negra gente, horror de Mongibelo,
Y que grite: — *Vulcano ayuda! ayuda!* 57

"Como hizo en Flegra, en gigantesco duelo,
Que por todos sus rayos fulminado,
Nunca humillarme logrará su anhelo." 60

Con acento severo y esforzado
Dijo mi guía: — "¡Ni aun aquí depones,
Capaneo, tu orgullo desalmado! 63

"Á tu arrogancia tu castigo impones:
Ningún martirio puede en su inclemencia
Alcanzar á la rabia que le opones." 66

Y vuelto luego á mí, con complacencia,
Me dijo: — "Es uno de los siete reyes,
Que á Tebas asedió, y en su demencia, 69

"Aun desprecia de Dios las altas leyes;
Y por su propio orgullo es castigado.
—Mas tú te cuida que la arena huelles; 72

"Rehuye el pie del círculo inflamado;
Marcha siempre del bosque por la vera,
Y sígueme con paso recatado." 75

Y vi brotando de la selva afuera,
Un arroyuelo de aguas sanguinosas,
Cuya vista mi pecho estremeciera. 78

Cual Bulicamo de aguas vaporosas
Que comparte entre sí la prostituta,
Cruzaba aquellas playas arenosas, 81

Con márgenes y fondo en piedra bruta;
Y vi, que libres de la ardiente arena
Por allí seguiría nuestra ruta. 84

— "De todo cuanto tu cabeza llena
Desde que entramos por la puerta aciaga,
Que á nadie niega su franquicia plena, 87

"Nada verás que más pensar te haga
Como las aguas del presente río,
Que en su corriente toda llama apaga." 90

Estas palabras dijo el Maestro mío,
Y le rogué me diera generoso
El moral alimento por que ansío. 93

—"En medio al mar se halla un país ruinoso,
—Me dijo entonces,—Creta era su nombre:
Casto fué el pueblo bajo un rey famoso. 96

"De Ida el monte está allí con su renombre,
Que antes tuvo sus aguas y verdores,
Aunque al presente su aridez asombre. 99

"La cuna allí de su hijo, en sus dolores,
Puso de Rhea el maternal cuidado,
Sus llantos apagando con clamores. 102

"Dentro del monte, un viejo agigantado,
Se halla, la espalda hacia Damieta dada,
Y á Roma como á espejo está encarado. 105

"De oro puro la testa está formada;
Los brazos son de plata, como el pecho,
Y de cobre del pecho á la horcajada. 108

"De fierro el resto de su cuerpo es hecho,
Excepto un pie, que lo es de tierra-cota;
Sobre él gravita, y éste es el derecho. 111

"Esta armazón, por grietas está rota,
—Excepto el oro, y lágrimas derraman
Que la gruta perforan con su gota. 114

"Á esta parte del valle se esparraman:
De aquí, Aqueronte, Estigia, y asímismo
El Flegetón; que al cabo se derraman. 117

"Por un canal que baja hasta el abismo,
Y forman el Cocito, triste lago,
Y que muy pronto mirarás tu mismo." 120

Yo le observé:—"Pues este arroyo aciago
Deriva así de nuestro propio mundo,
Porque solo aparece en curso vago?" 123

—"Esta región, va en ámbito rotundo,
—Repuso,—y vamos por su izquierdo lado
Antes de descender á lo profundo. 126

"Aun el círculo entero no has andado;
Y si algo nuevo acaso se presenta,
No debes tú quedar maravillado." 129

Y yo á él:—"¿Do Flegetón se asienta?
¿Do el Leteo, que acaso has olvidado,
Y el que con esta lluvia se acrecienta?" 132

— "Tu preguntar en mucho es de mi agrado;
—Dijo,— mas, el color del agua roja
Debe haberte por mí ya contestado. 135

"El Leteo verás, donde se arroja
Para lavarse el alma arrepentida,
Cuando la culpa ya no la acongoja. 138

"Ya es hora que emprendamos la partida
Para salir del bosque; la pendiente
Bajarás del arroyo, en mi seguida, 141

"Que allí se extingue este vapor ardiente."

CANTO DECIMOQUINTO

BRUNETO LATINO Y EL DANTE

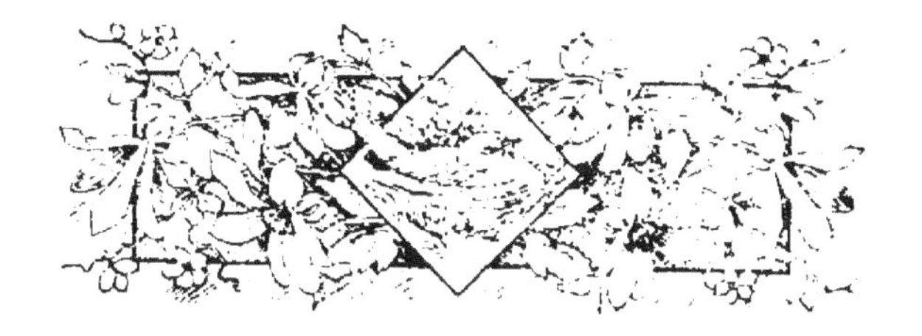

CANTO DÉCIMOQUINTO

BRUNETO LATINO Y EL DANTE

Marcha de los dos Poetas por la margen de un arroyo, rodeando el sétimo círculo ardiente de la tercera sección del Infierno. — Castigo de los violentos contra la naturaleza, ó los sodomitas. — Encuentro con una banda de condenados. — Bruneto Latino, Maestro del Dante. — Diálogo entre el Dante y Bruneto Latino. — Bruneto Latino predice al Dante su porvenir. — Le da noticia de algunos doctos y literatos que le acompañan en su tormento.

Ora marchamos por la margen dura
Del sombrío arroyuelo, que humeänte
Salva del fuego el agua y su cintura. 3

Cual los Flamencos entre Bruge y Gante,
Contra marea que su costa aventa,
Forman reparos, y huye el mar delante; 6

Y como los Paduanos en el Brenta,
Defienden sus hogares y sus muros,
Antes que el Chiarentana calor sienta: 9

Á imagen tal, aquellos ante muros,
Eran, si no tan gruesos y elevados,
Cual labraran artífices oscuros. 12

Ívamos de la selva distanciados,
Tanto, que al revolver la vista errante,
No alcanzara sus bordes sombreados. 15

Aquí encontramos una banda errante
De condenados, que con mano alerta
Resguardaba su vista vacilante, 18

Cual de la luna en la penumbra incierta
Contrae el ojo su movible orilla,
Ó sastre viejo que á enebrar no acierta. 21

Al avistar á la infernal cuadrilla,
Uno me conoció, y asió mi sayo,
Y asombrado exclamó: —"¡Qué maravilla!" 24

Yo le miraba en tanto de soslayo
Sin poder conocerle por su aspecto,
Tan renegrido estaba en su desmayo. 27

Mas de pronto alumbróse el intelecto,
Y ante su faz tostada doblegado,
Le interrogué: — "¿Sois vos mi seor Bruneto?" 30

Y él: — "Hijo mío, sea de tu agrado
De Bruneto Latino en compañía,
Ir atrás de estas almas apartado." 33

Y dije: — "Lo desea el alma mía;
Y si quieres me siente yo á tu lado,
Lo haré si acaso lo permite el guía." 36

— "Hijo, — repuso, — me hallo destinado
Á no parar jamás, bajo condena
De cien años de fuego continuado. 39

"Alargando un momento mi cadena,
Yo seguiré á tu sayal asido,
Como quien llora su perpetua pena." 42

Como hombre de respeto poseído
Bajé la frente, sin dejar la vía,
Por el muro del borde protegido. 45

— "¿Cómo, antes de tocar tu postrer día,
Has podido llegar hasta esta arena?
¿Quién—dijo,—el ser que en ella así te guía?" 48

— "Allá en la tierra, en vida muy serena,
— Le respondí — perdíme en valle oscuro,
Antes de hallar mi edad su cuenta plena. 51

"Ayer mañana, retorné inseguro,
Y éste se apareció, me dió su aliento,
Poniéndome en sendero más seguro." 54

Y él me repuso: — "Allá en el firmamento
Brilla tu estrella: síguela; tu signo
De gloria al puerto, llevará, presiento, 57

"Al ver que el cielo para ti es benigno:
Yo te alentara, si no fuese un muerto,
Para lograr tu pensamiento digno. 60

"Ese pueblo, de Fiésola el ingerto,
Es ingrato y agreste en su natura,
Y entrañas tiene de peñasco yerto. 63

"Hará para tu bien tu desventura:
Y es natural, que en tierras esquivosas
De la virtud el higo no madura. 66

"Tradiciones del mundo muy famosas
De sórdido y soberbio le han tachado:
Guárdate de sus mañas envidiosas. 69

"Te buscarán del uno y otro lado
Con avidez y honor; pero la hierba
Á su pico será fruto vedado. 72

"De Fiésola á las bestias se reserva
Su propio pasto, sin tocar la planta,
(Si alguna en sus eriales se conserva) 75

"De las que guardan la semilla santa
De los romanos, ya que en sucio nido
Se ha convertido de malicia tanta." 78

— "Si Dios oyese lo que al cielo pido,
— Repúsele — aun ledo gozarías
De la natura humana que has perdido. 81

"Presente están en las memorias mías
Tu cara imagen y tu amor paterno,
Cuando enseñabas, en mejores días, 84

"De cómo un hombre puede hacerse eterno,
Y grato á tu enseñanza mientras viva,
Diré como en mi lengua lo discierno. 87

"Cuando tu predicción mi mano escriba,
La guardaré, para que explique el texto
Santa mujer, si alcanzo más arriba. 90

"En tanto, que te sea manifiesto
Que la conciencia tengo sosegada,
Y al vaiven de la suerte estoy dispuesto. 93

"No es nueva á mis oídos tal llamada;
Y así, ruede fortuna de su grado,
Y el labrador trabaje con su azada." 96

Volvió el Maëstro la cabeza al lado,
Y me dijo, mirando atentamente:
—"Bien has oído y bien has anotado." 99

Yo continué mi plática pendiente
Con seor Bruneto, y le pedí nombrara
Los más famosos de su negra gente. 102

—"El tiempo es corto y la palabra rara;
Para tan largo cuento, pero es bueno
De unos de ellos tener noticia clara. 105

"Todos chuparon del saber el seno;
Y fueron literatos de gran fama,
Que un mismo vicio revolcó en el cieno. 108

"Entre esa turba que revuelta brama,
Está Francisco Accorso con Prisciano;
Y ese otro inmundo que atención reclama, 111

"Que el siervo de los siervos soberano,
Trasladó desde el Arno á Bachigliones,
Donde dejó sus nervios el malsano. 114

"Aquí concluyo, y basta de sermones:
Quisiera ser mas largo, mas ya veo
Surgir del arenal más nubarrones. 117

"Gente viene que no es de mi apareo:
Te queda mi *Tesoro* encomendado:
Aun vivo en él; y nada más deseo." 120

Y se volvió, corriendo apresurado
Cual los que el paño verde de Verona
Se disputan, y en vez de condenado 123

Fuesé cual vencedor trás la corona.

CANTO DÉCIMOSEXTO

EL FLEGETÓN

CANTO DÉCIMOSEXTO

EL FLEGETON

Continuación del tercer girón del sétimo círculo. — El rumor de las aguas que corren al Flegetón. — Encuentro con otra mesnada de sodomitas. — Tres florentinos ilustres manifiestan al Dante sus ideas sobre el estado político, moral y civil de su patria. — Amarga respuesta del Poeta. — En el centro del círculo el agua del Flegetón se precipita en el vasto pozo del círculo inferior. — La soga del Poeta con que Virgilio atrae al monstruo del Flegetón. — Aparición del monstruo del fraude.

Llegué hasta un sitio, en que el rimbombo oía
Del agua, cual rumor de una colmena,
Que á otro círculo oscuro descendía, 3

Y vi venir por la inflamada arena
Tres sombras, que corrían juntamente
Bajo la áspera lluvia de la pena. 6

Y gritaban de lejos: — "¡Tú, detente!
Que, según por el hábito colijo,
Eres también de la perversa jente." 9

— ¡Al recordarlo, con horror me aflijo! —
¡Miré en sus miembros las sangrientas llagas
Que el fuego abriera con afán prolijo! — 12

Dijo el Maëstro: — "Á esas tres almas vagas
Espéralas al borde de esta meta,
Á fin de que sus deseos satisfagas; 15

"Y á no ser de ese fuego la saéta,
Que cruza el arenal, yo te diría,
Que buscarlas sería acción discreta." 18

Las tres almas con triste vocería,
Al pararnos, en rueda se formaron,
Y sin cesar cada una se movía. 21

Cual atletas que de óleo se frotaran,
Buscando aventajar al enemigo
Antes que con sus brazos se enlazaran, 24

Tal se encaraban todas tres conmigo,
Girando siempre, vueltas las cabezas
Á inversa de los pies, por su castigo. 27

— "Si de este horrible sitio las crudezas
Vuelve desprecio al ruego que te llama,
Al contemplarnos de miseria presas, 30

— "Una clamó,—que al menos nuestra fama,
Te apiade, y dínos, cómo aquí has venido
Con pies de vivo por infierno en llama? 33

"Éste que ves desnudo y consumido
Y cuyas huellas piso, poderoso
Más que lo piensas, en un tiempo ha sido. 36

"Por la mente y la espada muy glorioso,
Fué nieto de la púdica Gualdrada:
Guido Guerra es su nombre asaz famoso. 39

"El que sigue en la arena mi pisada,
Es Tejazo Aldobrandi, y su memoria
En el mundo debiera ser amada. 42

"Y yo en cruz como víctima expiatoria,
Jacobo Rusticuccio soy, que peno
Por mi fiera mujer infamatoria." 45

De no tenerme el fuego como un freno,
Con las sombras me habría yo mezclado,
Y habríalo aprobado el Maestro bueno: 48

Temor de ser con ellas abrasado
Contuvo el movimiento generoso
Que mis brazos llevaba de su lado. 51

Respondí: — "Sentimiento tan piadoso,
Y no desprecio, inspira vuestro estado,
Que su recuerdo me será angustioso. 54

"Cuando mi guía me hubo señalado
Vuestras tres sombras, comprendí al momento
Que erais gente de nombre levantado. 57

"De vuestra tierra soy; yo siempre atento
Vuestros nombres honré y altas acciones,
Oyéndolas con grato sentimiento. 60

"Dejo la hiel, y los más dulces dones
Del fruto busco que me está brindado:
Mas debo descender á otras regiones." 63

— "¡Tu alma conduzca al cuerpo afortunado;
— "Repusieron, — y viva luminoso
Despues de ti, tu nombre perpetuado! 66

"Mas dínos, si el coraje generoso
Nuestra ciudad habita todavía,
Ó si sufrió destierro ignominioso, 69

"Pues Guillermo Borsier, que ha poco expía
En nuestra compañía, su arrogancia,
Nuevas nos da que dan melancolía." 72

—"La gente nueva, y súbita ganancia,
Orgullo y desmesura han generado.
¡Oh, Florencia, ya lloras tu arrogancia!" 75

Así exclamé con rostro levantado,
Y los tres se miraron tristemente,
Cual mira el que verdades ha escuchado. 78

—"Si así siempre respondes á la mente
Con tan fácil palabra y noble anhelo,
¡Seas feliz! — clamaron juntamente. 81

"Si dejas la mansión de eterno duelo,
Al contemplar la bóveda estrellada,
Yo estuve allí, dirás allá en el suelo. 84

"¡Y habla de nuestra suerte malhadada!"
Y el cerco rompen, y huyen velozmente
Como si su ágil planta fuese alada. 87

—No se dice un *amen* tan prontamente,
Como tardara el grupo ver perdido. —
El Mäestro, partir creyó prudente.— 90

Iba tras él, y súbito el ruído
De un agua torrentuosa, que rugiente
Cerca caía, asorda nuestro oído. 93

Como el río que corre hacia el oriente
Por la siniestra falda de Apenino,
Y Aguaquieta es de Veso en la pendiente 96

Hasta perder su nombre en el camino,
Donde Forli se llama, y luego inquieto
De nombre cambia, y baja en torbellino 99

De los Alpes, do está San Benedeto,
Rimbombando, en barranco soterrado,
Que á mil monjes daría albergue quieto, 102

Así de un gran ribazo levantado
Caía despeñada el agua oscura,
Cuyo fragor teníame asordado. 105

Llevaba yo una cuerda á la cintura,
Y con ella pensé ver enlazada
La onza de la pintada vestidura. 108

Cuando del cinto estuvo desatada,
Según me lo ordenara mi Maëstro,
Se la entregué revuelta y enrollada. 111

Volviéndose hacia el costado diestro,
Tomó distancia, y con potente brazo
La echó en el fondo del raudal siniestro. 114

Dije entre mí: —Sin duda, raro caso
El ojo experto del Maëstro cela:
Algo de nuevo se prepara al paso.— 117

¡Cuan falible es del hombre la cautela
Que penetrar pretende lo imprevisto,
Cuando otra mente su pensar devela! 120

Dijo el Maëstro:—"Acudirá bien listo:
Aquí le espero, y mirarán tus ojos
Lo que sueñas y es bueno sea visto." 123

Siempre que la verdad, en sus antojos,
Muestre faz de mentir, callar se debe,
Para no merecer tristes sonrojos: 126

Mas la verdad esta Comedia mueve,
Y por sus versos ¡Oh lector! te juro
(Que espero alcanzarán vida no breve) 129

Que vi venir por aquel aire oscuro,
Nadando, una figura, que en fiereza
Asombraría al pecho más seguro, 132

Como el buzo que asoma la cabeza,
Al desprender un ancla del escollo,
En el fondo del mar, y sube apriesa, 135

Brazos y pies en alternado arrollo.

CANTO DÉCIMOSÉTIMO

GERIÓN

CANTO DÉCIMOSÉTIMO

GERIÓN

Descripción del monstruo Gerión, imagen del fraude. — Mientras Virgilio negocia con Gerión el pasaje del abismo, el Dante va á visitar el último girón del sétimo círculo. — Los usureros ó sea los violentos contra sí y contra el arte. — (V. canto XI). Grupo de condenados bajo una lluvia de fuego con sacos blasonados colgados al cuello. — Retorna el Dante á donde había dejado á Virgilio. — Los dos Poetas descienden al octavo círculo en hombros de Gerión.

"¡Esta es la fiera de aguzada cola,
Que rompe montes, armas y murallas,
Que el mundo apesta y todo lo desola!" 3

Así, al llegar á las marmóreas playas
Habló el Maëstro, y ordenó á la fiera
De adelantar sin traspasar sus vallas. 6

¡Del mismo fraude vera imagen era!
La frente alzó y descubrió su busto,
Mas la cola quedó siempre hacia afuera. 9

Era su cara la del hombre justo,
En lo exterior, y cual serpiente el resto,
De aire benigno y sin semblante adusto. 12

Largo vello en el brazo sobrepuesto;
El dorso, el pecho con sus dos costados
Con pintado dibujo bien apuesto. 15

Turcos y Tátaros, nunca más pintados
Paños lucieron, ni tejiera Aracna
Con más primor los suyos matizados. 18

Como se ve en la playa una tartana,
Una mitad adentro y otra fuera;
Como entre tosca gente tudescana, 21

El castor de su pesca está á la espera;
Así la bestia, entre torrente y playa
Estaba, con el medio cuerpo afuera. 24

Su cola ponzoñosa al aire explaya
Con doble dardo de escorpión, que gira,
Y que á uno y otro lado la soslaya. 27

Y díjome el Maëstro: — "Ahora mira;
Rodear conviene nuestra vía un tanto
Para alcanzar la bestia que se estira." 30

Tras sus huellas, bajando me adelanto,
Y unos diez pasos á derecha dimos
Por salvar de las llamas el espanto. 33

Cuando la bestia cerca ya tuvimos,
Dejando atrás el círculo de arena,
Turba yacente en el abismo vimos. 36

Dijo el Maëstro:— "Una experiencia plena
Debes llevar de este profundo grado:
Vé á mirar los penados y su pena. 39

"Cuida en palabras ser muy mesurado;
Y mientras vuelves, yo á este monstruo pido
Que nos preste su lomo reforzado." 42

Solitario, cósteando pavorido
El sétimo girón, fuí donde estaba
Sentado aquel enjambre dolorido. 45

Á sus ojos la pena se asomaba;
De aquí, de allá prestábanse la mano
Contra el fuego que á todos abrasaba. 48

No de otro modo el can en el verano
Hocico y pata opone á mordeduras
De los insectos con empeño vano. 51

Contemplé más de cerca sus figuras,
Sin conocer ninguno, tan surcado
Su rostro estaba de hondas quemaduras. 54

Del cuello de cada uno vi colgado
Un saco de color, con cierto signo
Que comtemplaban ellos con agrado. 57

Al mirarlos, siguiendo mi camino,
Un saco vi de leones blasonado,
De color amarillo y azulino. 60

Y observando después con más cuidado,
Ánade, sobre tinta sanguinosa,
Blanco más que la leche, vi pintado. 63

Y uno, de saco blanco, en que azulosa
Noté preñada puerca, muy esquivo
Preguntóme:—"¿Á qué vienes á esta fosa? 66

"Vete de aquí, y pues te encuentras vivo,
Sabe, que mi vecino Vitaliano
Á mi izquierda estará, también cautivo. 69

"Entre esos florentinos, yo paduano,
Con sus ecos mi oído mortifico,
Si gritan: Venga el solo soberano, 72

"Que la bolsa traerá de triple pico."
Y contrajo la boca, y sacó fuera
La lengua, como el buey lame el hocico. 75

Temiendo que el enojo se acreciera
Del que de mal talante había hablado,
Dejé á estas almas en su pena fiera. 78

Volví á mi guía, que encontré montado
Á la grupa del monstruo, y que decía:
—"¡Aquí tu fuerza y tu valor osado! 81

"No se baja por otra gradería:
Yo iré en el medio: sube tú adelante:
No nos juegue su cola felonía." 84

Como el que la cuartana tremulante
Mira en sus uñas pálidas, y el frío
Le hace temblar, dos veces vacilante, 87

Sentí del miedo el doble escalofrío;
Mas la vergüenza sobrepuse al miedo,
Ante un valor que confortaba el mío. 90

De la fiera en la espalda trepo quedo:
Quiero decir: ¡Estrécheme tu brazo!
Pero un sonido articular no puedo. 93

Y el, que por tantas veces con su abrazo
Me había sostenido, prontamente
Me sujetó con afectuoso lazo. 96

Y gritó á Gerión:— "Baja esforzado:
Ancha es la ruta y la bajada süave:
Cuida la nueva carga que te he echado". 99

Cual desatraca la pequeña nave,
Retrocediendo, tal el monstruo fiero,
Deja la playa que tenía cabe. 102

Donde su pecho estaba, muy certero,
Pone la cola, firme y extendida,
Como la anguila, y muévese ligero. 105

Más pavura no creo fué sentida;
Ni por Faetón, cuando perdido el freno,
Los cielos hizo arder en su caída, 108

Ni cuando Ícaro, de alas en su estreno,
Sintió correr la cera derretida,
Gritando el padre: —"No es camino bueno!" 111

¡Como fué mi temor en la partida,
En medio de los aires, sin aliento,
Viendo solo la bestia medio hundida! 114

El monstruo navegaba lento, lento;
Unas veces subía, otras bajaba,
Y arriba, abajo, me azotaba el viento. 117

Á mi diestra sentía que bramaba
El torrente bravío, y aterrado
Bajé los ojos para ver do estaba. 120

Entonces mi terror fué redoblado:
Fuegos miré y percibí sollozos;
Y contraje mi cuerpo quebrantado. 123

Por los lejanos gritos dolorosos,
Al girar y bajar, bien comprendía,
Eran ecos de centros pavorosos. 126

Como alcón que en los aires se cernía,
Baja sin ver el ave ni el señuelo,
En círculos girando todavía, 129

Y burla al cazador en su desvelo,
Y lejos de él se aparta á la bajada,
Y con desdén y enojo toca el suelo, 132

Gerión, al pie de roca acantilada,
Nos depuso en postrera sacudida;
Y del peso su espalda descargada, 135

Partió cual flecha de arco despedida.

CANTO DÉCIMOCTAVO

MALEBOLGE

CANTO DÉCIMOCTAVO

MALEBOLGE

Descripción del octavo círculo, dividido en diez valles, ó fosos circulares y concéntricos. — En cada una de las comparticiones se castiga una especie de fraudulentos. — En este canto se trata de los primeros dos valles. — En uno de estos valles se castiga á los rufianes por manos de demonios con cuernos. — En otro valle yacen sumidos los aduladores y las cortesanas.

Malebolge es un sitio del Infierno,
Todo de piedra, de color ferroso,
Como el circuito del contorno externo. 3

En el centro del campo malignoso
Se encuentra un ancho pozo oscuro y hondo,
Que en su lugar describiré cuidoso. 6

En diez valles divídese en el fondo,
Y de aquel pozo hasta la roca dura
Se dilata otro círculo en redondo. 9

Cual de una fortaleza la cintura
Ciñen sus fosos alternadamente,
Trazados en concéntrica figura, 12

Es su imagen inversa cabalmente;
Y como se echan puentes á sus puertas
Por donde pueda transitar la gente, 15

Así también las fosas descubiertas
Tienen por puentes rocas suspendidas
Tendidas á sus bordes cual compuertas. 18

En tal lugar, con fuertes sacudidas
Nos depuso Gerión; y del poeta,
Mis pies siguieron cautos las medidas. 21

Volví á la diestra la mirada inquieta,
Nuevos verdugos vi, nuevos dolores
De que esta prima fosa está repleta: 24

En el fondo, desnudos pecadores;
Unos que van con paso acelerado,
Y otros vienen con pasos avizores. 27

Tal los romanos van de lado y lado
En su puente durante el Jubileo,
En dos filas el pueblo separado, 30

Para evitar de gente el hormigueo,
Y á San Pedro unos marchan rectamente
Y otros siguen al monte en su paseo. 33

De aquí, de allá, de espaldas ó de frente,
Vi demonios con cuernos, gente fiera
Las almas azotando crudamente. 36

¡Cual movían la pierna á la ligera!
Cuando el primer chasquido resonaba,
El segundo y tercero nadie espera. 39

Fijé la vista en uno que allí estaba,
Y al contemplarle, tuve mi barrunto
No era primera vez que le miraba. 42

Como de mi Maëstro estaba junto,
Él lo miró, y dióme con agrado
Venia para volver hacia aquel punto. 45

Creyó esquivar el rostro el flagelado
Bajando la cabeza, en contorsiones,
Y por ende le dije: — "Tú, agachado, 48

"Si acaso no me engañan tus facciones,
Venedico eres tú, Caccianimigo.
¿Qué te trajo tan duras puniciones?" 51

Y el respondió: "Á mi pesar lo digo,
Pero me obliga tu habla, porque en ella
Percibo el eco de otro mundo amigo. 54

"Yo soy aquel que cándida doncella
Entregué del Marqués á la lujuria,
Tal cual se cuenta de Guisola bella. 57

"Muchos hay de Bolonia, gente espuria;
No soy solo: que está el infierno lleno
Muy más que de la lengua y la canturia 60

"Que dice *sipa* entre Savena y Reno;
Pues has de recordar, como se cuenta,
Que de avaricia saco fué su seno." 63

Demonio armado de una verga cruenta,
Lo azota y grita:—"¡Anda, rufián maldito!
Mujeres no hay aquí de compra-venta." 66

Á mi guía volvíme en el conflicto,
Y á poco andar, un puente allí encontramos,
De roca, cual los que antes he descrito. 69

Ligeramente, el puente atravesamos,
Y volviendo á la diestra nuestra planta,
Aquel eterno cerco abandonamos, 72

Y en la roca que en arco se levanta
Para dejar pasar los condenados:
— "Contempla atento cuanta pena aguanta 75

"Esa turba de sombras malhadadas,
—Dijo mi guía, —que mirar de frente
No has podido siguiendo sus pisadas." 78

Y contemplé desde el antiguo puente
Tropel de sombras por la opuesta banda,
Azotadas por látigo inclemente. 81

El Mäestro previno mi demanda:
— "Y mira —dijo — al que camina altivo,
Sin que en sus ojos el dolor se espanda. 84

"Tiene el aspecto que tenía aún vivo:
Ese es Jason, de astucia y valor lleno,
Que á Colcos arrancó su oro nativo. 87

"Pasó después por la ínsula de Lenno,
Donde audaces mujeres inmolaron
Á los hombres con fiero desenfreno. 90

"Sus palabras á Hipsipila embaucaron;
Como las de la joven, la confianza
De las otras mujeres engañaron: 93

"Sola, en cinta, dejóla en desperanza;
Y por tal culpa, sufre su destino,
Cumpliendo de Medea la venganza. 96

"Con él están los que de engaño indigno
Reos se hicieron.—Baste esta enseñanza
En este valle del penar condigno." 99

Llegamos á un estremo, donde alcanza
El arco con los bordes á juntarse,
Y es pilar de otro puente que se avanza; 102

Siento de allí una grita levantarse,
Con bufidos de gente condenada,
Y unos á otros coléricos golpearse. 105

La pendiente está toda embadurnada
De sucio orín, que la nariz ofende
Y que náuseas provoca á la mirada. 108

En vano el ojo penetrar pretende
Aquella hondura, sólo percibida
De la alta roca, á cuyo pie desciende. 111

Vimos allí una turba zabullida,
Que chapoteaba en una cloaca inmunda
Á estercolar humano parecida; 114

Y en medio á la asquerosa baraunda,
Uno de ellos, que clérigo barrunto,
Con excremento su cabeza inunda. 117

— "¿Por qué me miras, — preguntó el del unto, —
Y no á esos brutos?" — Con el ojo fijo
Le respondí: — "Porque eres un trasunto 120

"De uno limpio de pelo, y bien colijo
Eres Alessio Interminei de Luca:
Por eso en verte aquí me regocijo." 123

Y él entonces, golpeándose la nuca,
Dijo: — "Aquí purgo la lisonja aviesa
Que con la lengua al prójimo embaüca." 126

— "Ahora, adelanta un tanto la cabeza,
— Dijo mi guía — y mira hacia adelante,
Para que tu ojo clave con fijeza 129

"Esa descabellada lujuriante,
Que se rasca con uñas de merdosa
Y se acuesta ó levanta á cada instante. 132

"Esa es Tais, la hembra licenciosa,
Que al decir su cortejo: "Estoy en gracia?"
Le contestó:—"Y muy maravillosa!" 135

Vamos! que tanta podredumbre sacia!

CANTO DÉCIMONONO

LOS PAPAS

CANTO DÉCIMONONO

LOS PAPAS

Imprecación contra la simonía.—Tercer girón del octavo círculo donde son castigados los simoníacos.—Prelados y pontífices enterrados en los antros ardientes, con excepción de los últimos que tienen de fuera las piernas ardiendo.—Suplicio del papa Nicolás III que espera para hundirse del todo la venida de Bonifacio VIII, y anuncio de la condenación de Clemente V.—Discurso del Dante contra los simoníacos.—Los dos Poetas continúan su viaje infernal.

¡Oh Simón Mago, oh míseros secuaces,
Que las gracias de Dios, dulces esposas
Dones de buenos, prostituís rapaces, 3

Por plata y oro, y sus sagradas cosas;
Por vosotros, la trompa ahora retumba,
Que estáis en la tercera de estas fosas! 6

Ívamos ya por la siguiente tumba,
Sobre el centro del puente, en cuya parte
El foso como á plomo se derrumba. 9

¡Oh gran Sapiencia, que tu tino y arte
Muestras en tierra y cielo, y el mal hondo,
Y en cuanto justo tu virtud reparte! 12

Yo vi por los costados y en el fondo,
Llena la piedra lívida de ahujeros
De igual tamaño, y cada cual redondo. 15

Eran, cual más ó menos, los fronteros
Del San Juan á la pila del bautismo,
Fuentes de bendición, que sumideros 18

De niños pueden ser, pues que yo mismo
Uno rompí, porque uno se anegaba;
Y esto, á todos de fe sirva asimismo. 21

Fuera del borde, el pecador echaba
Las piernas y los pies vueltos arriba,
Y el resto bajo tierra se ocultaba: 24

Ambas plantas quemaba llama viva;
Y así, con fuerza muscular vibrante,
Trozar podría cuerda compresiva. 27

Tal como corre un fuego, que flamante
El aceite relame, tal corría
Desde el talón al calcañal, errante. 30

En uno, más rojiza llama ardía,
Y pregunté: — "¿Por qué más torturado,
En convulsiones con más rabia ansía?" 33

— "Si quieres que te cargue hasta su lado,
— Dijo, — pues descender solo no puedes:
Él te dirá su pena y su pecado." 36

Y yo á él: — "Así cuan blando accedes
Á mis deseos, sabes que no aparto
Mi voluntad de lo que das ó vedes." 39

Y luego entramos en el valle cuarto,
Tornando hacia la izquierda, que llevaba
Á estrecho abismo de forados harto. 42

El Maëstro en sus hombros me llevaba,
Y me depuso al borde de la fosa
De aquel que con las piernas se quejaba. 45

— "Seas quien fueres, — dije — alma llorosa,
Que como leño estás medio enterrado;
Habla si puedes con tu voz quejosa." 48

Yo estaba como el fraile, que inclinado
Confiesa en su hoyo al asesino reacio,
Que quiere hacer cesar su fin airado. 51

Y él me gritó: — "¿Llegaste, Bonifacio?
Ahí estás? Pues la cuenta me ha engañado;
Pensaba que vinieras más despacio. 54

"¿Tan pronto estás del oro ya saciado,
Con dolo hurtado á la divina esposa,
Que sin temor has tú vilipendiado?" 57

Cual quien oye palabra dubitosa
Que á comprender no acierta, así yo estaba
Mudo, la faz bajada y ruborosa. 60

Virgilio dijo entonces:– "Pronto, acaba:
Dile: — No soy el que tu mente augura."
Y respondí cual él me lo enseñaba. 63

Ambos pies retorcióse en su tortura
El espíritu, y dijo en un sollozo:
— "¿Qué me quieres?" con voces de amargura. 66

"Si de saber quien soy estás deseoso,
Y á saberlo á este sitio hayas venido,
Sabe, que el grande manto esplendoroso 69

"Como hijo de la loba he revestido;
Por colmar sus cachorros de riqueza
Y embolsar, en tal bolsa me han metido. 72

"Otros están debajo mi cabeza,
Simóniacos cual yo, que atarugados
Han descendido por la grieta aviesa. 75

"Alli iré con los otros sepultados
Cuando venga el que espero, que motiva
Mis demandas y gritos irritados. 78

"Tiempo ha que el pie me escueze llama viva,
Con la cabeza abajo penitente:
El, tanto no estará piernas arriba. 81

"Después, vendrá del lado del poniente,
Pastor sin ley y de obras proditorias,
Que tapará á los dos en la pendiente. 84

"Nuevo Jasón de que hablan las historias
Del libro Macabeo, de la Francia
Las voces le serán propiciatorias." 87

No se si me faltó la tolerancia,
Al pronunciar estas palabras graves:
— "¿Me dirás qué tesoro ó qué ganancia 90

"Nuestro Señor al entregar sus llaves
Dióle á San Pedro? - Dijo solamente:
"Sígueme, Pedro," como tú lo sabes. 93

"Ni Pedro ni los otros, torpemente
De Matías dinero demandaron
Al nombrarle en lugar del proditente. 96

"Sufre, que con razón te castigaron,
Y guarda la riqueza mal habida
Que al denostar á Carlos te pagaron. 99

"Si mi lengua no fuese contenida
Al recordar que las sagradas llaves
Tuviste en otro tiempo, en leda vida, 102

"Mis palabras serían menos suaves,
Por tu avaricia que á la tierra atrista,
Al malo leves, para el bueno graves. 105

"De ti, Pastor, habló el Evangelista,
Cuando habló de la impura que puteaba
Con reyes, en las aguas, á su vista; 108

"La que diez cuernos por honor llevaba
En sus siete cabezas, si el tesoro
De virtud al esposo le guardaba. 111

"Habéis forjado un Dios de plata y oro:
Si uno tuvo la torpe idolatría,
Vos ciento idolatráis, sin su decoro. 114

"¡Ah, Constantino! Cuánta apostasía
Produjo, no tu conversión suprema,
Sí tu riqueza en el prelado impía!" 117

Y mientras yo cantaba sobre el tema,
Por ira ó por conciencia remordido
Ambos pies agitó con furia extrema. 120

Virgilio se mostraba complacido,
Y pienso, mis palabras atendía,
Como verdad del hombre convencido. 123

Con ambos brazos me tomó mi guía,
Y me estrechó sobre su blando seno
Al remontar por la tortuosa vía. 126

Sin fatigarse, de bondades lleno,
Me condujo solícito hasta el puente
Del quinto valle, con andar sereno. 129

Su carga allí depuso süavemente,
En una roca yerma y escarpada,
Que aun para cabras fuera muy pendiente, 132

Donde otro valle alcanza la mirada.

CANTO VIGÉSIMO

LOS ADIVINOS

CANTO VIGÉSIMO

LOS ADIVINOS

Cuarto foso ó valle del octavo círculo. — Procesión silenciosa de los adivinos que caminan con las cabezas trastornadas hacia atrás. — Virgilio hace relación al Dante de los más famosos impostores antiguos. — La virgen Manto, fundadora de Mantua. — Historia y descripción de Mantua. — Otros adivinos modernos.

Otros versos traerán nuevos dolores,
Dando materia á este veinteno canto,
Primero de enterrados pecadores! 3

Dominaba el abismo del quebranto,
Y vi su negro fondo al descubierto
Todo bañado en angustioso llanto. 6

Y vide gentes por el valle abierto,
Mudas llorando, como en letanía
La procesión se sigue de concierto. 9

Como la vista hasta ellos descendía,
Me parecieron todos invertidos
Desde el punto en que el cuello les nacía. 12

Los rostros hacia atrás están torcidos;
Van á tientas, marchando á reculones,
Que de ver por delante están cohibidos. 15

Parálisis quizás ó convulsiones
De tal modo su cuerpo han trastornado?
No lo vi, y al dudar tengo razones. 18

Si esta lección de Dios te ha aprovechado,
Oh lector! pensar puedes asimismo
Si pude yo también no haber llorado, 21

Al contemplar en su fatal mutismo
Nuestro propio trasunto, que bañaba
Con lágrimas las nalgas de sí mismo! 24

Ay! en verdad su vista me angustiaba,
Y el guía á la conciencia dió su alerta
Preguntando si acaso dementaba. 27

—"Mora aquí la piedad que yace muerta.
¿Y quién es más culpable que el demente
Que juzga á la justicia grande y cierta? 30

"Alza la faz, y mira al que, á la frente
De los Tebanos, se tragó la tierra,
Cuando todos gritaban: —*¡Tente! tente!* 33

"*¿Por qué desertas, Anfiriao, la guerra?*—
Y no paró hasta el valle en que se hacina
La culpa, donde Minos nos aferra. 36

"Pecho es su espalda en la dorsal espina,
Porque quiso mirar muy adelante,
Y por eso hacia atrás lento camina. 39

"Mira á Tiresias que trocó el semblante
De macho en hembra, y en total mudanza
Todos sus miembros abrazó el cambiante. 42

"Para tornar á su viril pujanza,
Las dos serpientes enroscó en su vara,
Que le dieron su antigua semejanza. 45

"Quien al ageno vientre da la cara,
Aronte fué, el de los Lunios montes,
Á cuyo pie se alberga el de Carrara: 48

"De mármol hizo gruta en los tramontes,
Para mirar el mar, y los destellos
Del cielo en sus más vastos horizontes. 51

"Y aquélla, á quien le bajan los cabellos
Hasta los pechos, que á mirar no alcanzas
La piel cubierta con espesos vellos, 54

"Manto fué, que al través de sus andanzas
Pisó la tierra donde yo naciera.
—Ahora me place escuches enseñanzas.— 57

"Cuando de Manto el padre pereciera,
Y á la ciudad de Baco, el hado aciago
Esclavizó, del mundo fué viajera. 60

"En lo alto de la Italia se halla un lago
Al pie del Alpe, que á Germania extraña
Sobre el Tirol, con nombre de Benago. 63

"Con fuentes mil, y aun creo más, se baña,
En Camónica, valle de Apenino,
Y de Garda se estanca en la campaña. 66

"En su medio el obispo tridentino
Y el de Brescia y Verona, sin reclamo,
Podrían señalar este camino. 69

"Peschiera se halla en el más bajo tramo,
Bello y sólido arnés que cubre el frente
De la tierra de Brescia y de Bergamo. 72

"Como en torno la costa va en pendiente,
Se desborda en Benago, y se esparrama,
Y en verdes prados sigue su corriente. 75

"Desde allí, río Mincio se le llama,
No ya Benago, y hacia el Po desciende,
Y en Governolo su caudal derrama. 78

"Luego en lama palúdica se extiende,
Y á la vez que su nombre se demuda,
En estío la peste allí trasciende. 81

"Al cruzar por allí la virgen cruda,
Halló una tierra en medio del pantano,
Sin habitantes, de labor desnuda. 84

"Y por huír todo consorcio humano,
Para ensayar entre sus siervos su arte,
Allí vivió, y dióle el cuerpo vano. 87

"Extendidos los hombres á esa parte,
Reuniéronse en contorno, defendidos
Por el lago que sirve de baluarte. 90

"Sobre sus viejos huesos carcomidos,
Una ciudad se alzó, Mantua llamada,
Sin dar al nombre augurios consabidos. 93

"Por numerosa gente fué habitada;
Luego, por Casalodi en su locura,
Por dolo á Pinamonte fué entregada. 96

"Tal fué el origen de mi patria, y cura
Que si algún otro lo contrario enseña,
Contra verdad no puede la impostura." 99

Y yo: — "Mäestro, tu palabra es dueña
De mi conciencia, y toda la ilumina:
Toda otra voz es apagada leña. 102

"Mas di, si entre esa gente que camina,
Alguno ves digno de ser notado,
Pues solo á ella mi atención se inclina." 105

Y él: — "Quien á espaldas lleva barba oscura,
Fué augur de Grecia en su tremenda guerra,
Cuando de varonil progenitura 108

"Sólo el niño en la cuna quedó en tierra;
Y en Áulida, con Calcas mandó osado,
Cortar el primer cable á la desferra. 111

"Eurípile llamóse, y lo he cantado
En mi noble tragedia, en algún canto
Que tú sabes y el mundo no ha olvidado. 114

"Y ese que sigue, desmedrado un tanto,
Miguel Escoto fué, que ciertamente
De magia artera poseyó el encanto. 117

"Este, es Guido Bonati; aquel, Asdente,
Que á su cuero atenerse bien quisiera,
Y á su alesna; más tarde se arrepiente! 120

"Esas tristes, la aguja y lanzadera
Y huso dieron, por vara de adivina
Con malas yerbas y artes de hechicera. 123

"Ven: ya Caín el haz de espino inclina,
Tras de Sevilla, y de la mar en la onda
Uno y otro hemisferio determina; 126

"La luna estaba anoche ya redonda:
Recuerda que benigna te ha alumbrado
Más de una vez en selva oscura y honda!" 129

Así me habló; siguiendo lado á lado.

CANTO VIGÉSIMOPRIMERO

LOS DEMONIOS

CANTO VIGESIMOPRIMERO

LOS DEMONIOS

Quinto valle ó fosa del octavo círculo.—El lago de pez bullente.—Un diablo negro.—Los demonios y los barateros.—El suplicio de los barateros.—Los demonios se oponen al paso de los Poetas.—Virgilio parlamenta con ellos y le indican un nuevo camino.—Los dos Poetas siguen su marcha escoltados por los demonios.—La trompeta de los demonios.

Así de puente en puente, platicando
De lo que mi Comedia no se cura,
Ambos llegamos á la cima, cuando 3

Nos detuvimos á mirar la hondura
De Malebolge, entre quejidos vanos,
Y asombrado quedé cuanto era oscura. 6

Tal como en su arsenal los Venecianos
Hacen hervir la brea en el invierno
Al carenar sus buques no bien sanos, 9

Que no navegan, y en trabajo alterno
Nuevos fabrican; sientan bien la estopa
Al que hizo largos viajes con gobierno, 12

Golpeando ya de proa ya de popa,
Mientras que tuercen cables, labran remos
Con la mesana y artimon en topa, 15

Tal, sin fuego, por arte y fin supremos,
Un espeso betún abajo hervía,
Que llenaba el abismo en sus extremos. 18

No veía sus fondo, mas veía
El borbollón que en el hervor se alzaba,
Se hinchaba y comprimido descendía. 21

En tanto que hacia abajo yo miraba
Mi guía me previno: — "¡Guarda! ¡guarda!"
Y del borde sombrío me apartaba. 24

Volvime entonces, como aquel que tarda
En ver el riesgo que evitar debiera,
Á quien pavura súbita acobarda, 27

Y aun viéndolo trepida y aun espera.
Á un diablo negro vi que descendía
Cruzando por las rocas de carrera. 30

Oh! cuan fiero su aspecto parecía!
¡Cuánta maldad en su ademán acerbo,
En su ajil paso, y ala que tendía! 33

Sobre su agudo lomo, alto y superbo,
De ambas piernas cargado, conducía,
Asiendo los jarretes, á un protervo. 36

Desde el puente á los diablos les decía:
— "De Santa Zita traigo aquí un anciano:
Echadlo abajo: más hay todavía: 39

"Tiene muchos la tierra del Lucano;
Que barateros son, menos Bonturo
Que cambia el *no* por *sí* con oro en mano." 42

Lo echó al abismo; y el escollo duro
Volvió á subir como mastín soltado
Tras el ladrón, que corre con apuro. 45

Zabulló, resurgiendo el anegado,
Y gritaba la turba endemoniada:
"Aquí la Imagen Santa no ha colado: 48

"No como en Serchio por aquí se nada:
Si no quieres probar nuestros rejones,
Guarda de repetir otra empinada." 51

Y al pincharle con más de cien arpones,
Gritaban: "Baila, y roba bien tapado,
Si aun lo puedes hacer entre ladrones." 54

No de otro modo, pinche aleccionado,
Hunde con tenedor en el caldero,
Carne que sobre el caldo se ha asomado. 57

—"Que no te vean, bueno considero;
—Dijo el Mäestro,—y tras de alguna roca
Debes buscar algun abrigadero. 60

"No temo ofensa en lo que á mí se toca;
Ya otra vez que bajara á esta morada,
Halléme en semejante zafacoca." 63

El puente atravesó con planta osada,
Y al borde negro de la sexta fosa
Mostró á todos su frente asegurada. 66

Con el furor y rabia tempestuosa
Que entre los perros un mendigo mueve,
Si pide caridad con voz quejosa, 69

Tal la infernal mesnada se remueve,
Y endereza con furia sus rejones;
Mas él grita: — " Que nadie sea aleve; 72

" Antes que me toquéis con los arpones,
Que alguno se adelante; ya veremos
Si se atreven, después de mis razones." 75

— " ¡Que vaya Malacoda!" los blasfemos
Gritan todos. -- Sólo uno se adelanta;
Y al Maëstro pregunta: — " ¿Qué tenemos? 78

" ¿Piensas tú, Malacoda, que me espanta
Llegar inerme á este lugar dañino?
¿Piensas que pueda aquí fijar la planta 81

" Sin el auxilio del favor divino?
Déjame continuar, que quiere el cielo
Que á otro guíe en el áspero camino." 84

Dijo el Maëstro; y el demonio, al suelo
Dejó el arpón caer, amedrentado:
— " ¡No le hieran!" — gritando con recelo. 87

Y el Maëstro siguió: — " Tú, que abrigado
Te hallas bajo del arco de este puente,
Ven; nada temas; todo está salvado." 90

Corrí á él con paso diligente,
Y pensé fuese el pacto fementido
Al ver los diablos avanzar de frente. 93

Así vide un ejército rendido
De Caprona, salir lleno de susto,
Ante el contrario fuerte y prevenido. 96

De mi Maëstro á la actitud me ajusto
Sin apartar su vista de la mía,
Ni de los diablos de semblante adusto. 99

Unos gritan:—"¿Acaso convendría
Que probara el arpón?"—Y en eco fiero
Responden otros:—"¡Bien, bueno sería!" 102

Pero el demonio, aquél que habló primero
Con mi guía, volvióse presuroso
Y dijo:—"¡Quieto, quieto, Escarmenero!" 105

Y nos habló tranquilo y amistoso:
—"Es necesario hacer una parada,
Pues roto el puente está del sexto foso. 108

"Mas si queréis seguir vuestra jornada,
Montad de esa caverna los peldaños
Junto á la roca donde está su entrada. 111

"Mil doscientos sesenta con seis años,
Desde ayer, con cinco horas del presente,
Cuentan esos caminos soterraños. 114

"Podéis subir por su áspera pendiente:
Mando á los míos á aclarar la vía
Mientras vigilo esta maldita gente." 117

Y á la vez á los cuyos les decía:
— "Alquino, Calcabrino, y tú, Cañazo,
Y Barbarrecia que á vosotros guía; 120

"Tú también, Libicoco, y Dragonazo;
Tú, Ciriato el dentudo, y Rubicente,
Con Grafiacán y Farfarel, al paso 123

"Id en contorno de la pez hirviente,
Y haced pasar á salvo al otro lado
Á estos dos, del abismo por el puente." 126

— "¡Ay, Maëstro!—exclamé desconsolado —
Prescindir de la escolta mejor fuera,
Si sabes el camino antes andado. 129

"Si es siempre tu prudencia tan certera,
No escuchas los chirridos que mascujan?
No ves su ceja que amenaza fiera?" 132

Y él: — "Nada temas; déjalos que rujan,
Que se dirige el rechinar de dientes
Contra las almas que en la pez estrujan." 135

A la izquierda tornaron diligentes,
Haciendo al Gefe cual señal secreta
Un apretón de lengua con los dientes, 138

Y el Gefe, de su culo hizo trompeta.

CANTO VIGÉSIMOSEGUNDO

EL LAGO DE PEZ HIRVIENTE

CANTO VIGESIMOSEGUNDO

EL LAGO DE PEZ HIRVIENTE

Continuación del canto anterior.—Siguen los Poetas orillando el sexto círculo —Tormentos de los barateros y de los que bajo el favor de los príncipes trafican con la justicia. — El baratero Chiampolo de Navarra. - Reseña de los barateros que yacen sumidos en el lago de pez hirviente. — Escenas grotescas entre diablos y barateros.—Los Poetas se alejan del lago hirviente.

Ejércitos he visto alzar su campo,
Y desfilar y combatir pujantes,
Y algunas veces retirarse á escampo. 3

He visto corredores merodeantes,
¡Oh Aretinos! cruzando vuestra sierra,
Y justas en torneos muy brillantes, 6

Con campanas ó trompas de la guerra,
Y tambores ó señas de torreones,
Con cosas nuestras ó de agena tierra; 9

Mas nunca ví ginetes ni peatones
(Ni navío que guíe estrella ó faro),
Marchar con tal trompeta en procesiones. 12

Los diez demonios eran nuestro amparo,
Que si se anda con santos en el templo,
Ir con canalla en el figón no es raro. 15

Y meditando en tan extraño ejemplo,
La gente que anda entre la pez montante
Desde la orilla atónito contemplo. 18

Como el delfín que en arco va nadante
Indica tempestad en mar serena,
Y pone precavido al navegante, 21

Así también, para aliviar su pena
Asoma el lomo el pecador ansioso,
Y veloz cual relámpago se ensena. 24

Y como al borde de inundado foso
Sacan las ranas el hocico afuera,
Celando el grueso bulto temeroso, 27

La gente pecadora allí se viera;
Mas cuando Barbarrecia aparecía,
Se escondía en la pez á la ligera. 30

El corazón con fuerza me latía
Al ver un pecador que se atrasaba,
Como suele la rana más tardía. 33

Grafiacán que de cerca la acechaba,
La cazó por el pelo embadurnado,
Y una nutria en su garra asemejaba. 36

Conocía á los diablos que he nombrado,
Porque los observé muy fijamente
Cuando el gefe los hubo reseñado. 39

—"¡Rubiceno, desuella prontamente
Con tus uñas el lomo del maldito!"
—Gritaba aquella turba maldiciente. 42

Y yo:—"¿Quién sea el pecador aflicto
Puedes saber que se halla condenado
Á estar con sus verdugos en conflicto?" 45

El buen Maëstro se acercó á su lado,
Y al demandar su nombre, dijo acerbo:
—"Fuí en el reino de Navarra criado, 48

"Á un señor entregóme como siervo
Mi propia madre, y el enjendro he sido
De un desalmado perillán protervo. 51

"Del rey Tebaldo familiar valido,
Me asocié con la gente baratera
Que á este bullente lago me ha traído." 54

Ciriato cuya boca carnicera
Muestra del jabalí el cruel colmillo,
Le hizo sentir su mordedura fiera. 57

Como suele caer un ratoncillo
En las uñas de un gato, aprisionado,
Barbarrecia en sus brazos lo hizo ovillo. 60

Volvió su rostro del Maëstro al lado
Diciéndole: — "Pregunta lo que quieras,
Antes que el otro le haya destrozado." 63

Y el guía: — "Entre esas almas lastimeras,
Se halla bajo la pez algún Latino?"
Y aquél dijo: — "Poco antes que vinieras 66

He tenido uno de ellos por vecino:
¡Ojalá, sin temor de arpón ó garra
Aun nos cubriera el negro remolino!" 69

Y Libicoco con su arpón le agarra,
Bramando: — "¡Por demás hemos tardado!"
Y con su garfio el brazo le desgarra. 72

Dragonazo las piernas le ha tomado;
Pero su decurión, feroz mirada
Pasea en torno en ademán airado. 75

Cuando la turba estuvo apaciguada,
Al que miraba su sangrienta herida
Le interrogué con voz apresurada. 78

-- "¿Quién era el que dejaste á la partida,
Cuando pisaste el borde malhadado?"
—Y dijo: — "Fray Gomita se apellida. 81

"Fué de Gallura; vaso desbordado
De todo fraude, que faltó á su dueño,
Habiendo á sus contrarios contentado, 84

Que presos tuvo, y que por torpe empeño,
Suelta les dió de llano por el oro;
Y fué de barateros gran diseño. 87

"Miguel Zanche también, de Logodoro,
Está con él, y hablando de Cerdeña
Las dos lenguas no cesan de hacer coro. 90

"Más os diría, pero ved que enseña
Ese diablo los dientes, y me temo
Que otra vez quiera escarmenar mi greña." 93

El demonio de mando allí supremo,
Á Farfarel que el ojo revolvía,
Gritó: — "Vete, alimaña al otro extremo." 96

— "Si gentes de Toscana y Lombardía
Ver queréis — díjonos el condenado, —
Ellas vendrán á haceros compañía. 99

"Mas los demonios, que se estén á un lado,
Á fin de que no teman arriesgarse;
Y en tanto aquí yo quedaré sentado. 102

"Por uno que yo soy, siete juntarse
Veréis al punto, cuando dé un silbido
Toda vez que llegaren á asomarse." 105

Cañazo, con hocico contraído,
Movió la testa, y dijo: — "¡Que malicia,
La que para escaparse ha discurrido!" 108

El otro, que ocultaba su pericia,
Repuso: — "Debo ser muy malicioso,
Cuando á otros llamo á soportar sevicia." 111

Alquino prorrumpió, muy impetuoso:
— "Si piensas escapar y te resbalas,
No solo á pie te seguiré afanoso: 114

"Hasta la pez extenderé las alas.
Quédate aquí: — bajemos á la cuesta. —
Veremos si á carrera nos igualas." 117

— ¡O tú que lees, verás que buena apuesta! —
Vuelven todos sus ojos á los lados
Y el más cruel á más crueldad se apresta. 120

El navarro, con pasos bien contados,
Fijó en tierra la planta, y con desgarro
Saltó ligero, y los dejó burlados. 123

Se alborota de diablos el cotarro,
Echándose la culpa; y tras él vuela
Alquino, que le grita: — "¡Ya te agarro!" 126

Mas que las alas pudo la cautela:
Mientras el pecho de uno el aire hiende,
El otro entre la pez presto se cuela. 129

Así el pato en el agua se defiende
A vista del halcón, y el ave fiera
Avergonzada nuevo vuelo emprende. 132

Calcabrina, á quien mucho le escociera
La burla, aunque del lance complacido,
Con Alquino renueva la quimera. 135

Cuando en la fosa al pecador ve hundido
Echa la zarpa al propio compañero,
Y luchan sobre el lago derretido. 138

Alquino entonces, cual milano fiero,
Le hunde las uñas, y los dos por junto
Descienden de la pez al hervidero. 141

El gran calor los apacigua al punto;
Mas no pueden volar, alicaídos:
Presas están sus alas en el unto. 144

Barbarrecia, á los suyos condolidos,
Manda que cuatro diablos con arpones
Socorran á los diablos afligidos. 147

Los demonios, en grandes confusiones,
Tienden sus garfios á los dos cocidos
Entre la pez, que hervía á borbollones; 150

Y en la pez los dejamos sumergidos.

CANTO VIGESIMOTERCERO

LOS HIPÓCRITAS Y LOS FARISEOS

CANTO VIGÉSIMOTERCERO

LOS HIPÓCRITAS Y LOS FARISEOS

Los dos Poetas continúan solitarios su marcha.—Dante y Virgilio discurren sobre las consecuencias de la gresca entre los diablos y el baratero.—Los demonios furiosos persiguen vanamente á los dos Poetas, por estarles vedado salir de su cerco infernal.—Bajada á la sexta fosa ó valle.—Castigo de los hipócritas, que van cubiertos con pesados mantos de plomo, dorados al exterior.—Coloquio con dos boloñeses de la Orden de los Gaudentes.—Los Fariseos perseguidores de Cristo, yacen sobre el camino extendidos en cruz, hollados por los otros condenados de este valle en su lenta y continua marcha.—Uno de los condenados les indica el modo de salir de la fosa, diciéndoles que han ido engañados por los demonios en el camino que llevan.

Solos, callados, sin compaña fiera,
Vamos uno trás otro, lentamente,
Como frailes menores en hilera. 3

La fábula de Esopo vi presente,
Que la gresca me trajo á recordanza,
En que al topo y la rana pone enfrente. 6

Un caso y otro, tienen semejanza,
Como *hora* y *ahora*, si se atiende
Al principio y al fin que bien se alcanza. 9

Y como en sucesión surge y trasciende
Una idea que es hija de otra idea,
Doble temor el corazón me prende. 12

Pensaba así: — Esta infernal ralea
Debe estar con nosotros irritada,
Pues dimos ocasión á la pelea. 15

Por su maldad, tal vez aconsejada,
Vendrá tras de nosotros con anhelo,
Como perros tras liebre fatigada. 18

Sentí erizarse de pavor el pelo,
Y mirando hacia atras muy receloso,
Dije al Maëstro: — "¡Por el santo cielo! 21

"Si no andamos con paso presuroso,
Pienso ser por los diablos alcanzado . . .
Ya los veo llegar, y estoy medroso." 24

Y él á mí: — "Si cristal fuese emplomado,
No sería la idea que te asalta,
De lo que pienso más cabal traslado. 27

"Ese mismo temor me sobresalta,
Y pues los dos pensamos igualmente,
Igual consejo del pensar resalta. 30

"Bajando por la diestra esta pendiente
Hasta llegar á la cercana fosa,
Nos salvaremos de su fiero diente." 33

A esta sazón, vimos llegar furiosa
La cuadrilla de diablos, que volando,
De echarnos garra se mostraba ansiosa. 36

Mi guía me apretó en su seno blando,
Como madre amorosa, que despierta
En medio de un incendio, y que cargando 39

Al hijo, huye con él, y solo acierta
Á salvarle, abnegada, y ni se cura,
Si de leve camisa va cubierta. 42

Se deslizó de la escarpada altura,
Hasta tocar el pie de la pendiente
Que cierra de aquel valle la cintura. 45

No baja por canal más raudamente
Agua que mueve rueda de molino,
Cuando hiere las palas la corriente. 48

Me llevaba estrechado en el camino,
Como á un hijo, más bien que á compañero,
Á quien confiara el cielo su destino. 51

Ya en el fondo de aquel despeñadero,
Los demonios ocupan la eminencia;
Mas no tememos ya su avance fiero. 54

Por voluntad del alta providencia,
Del cerco quinto guardas enclavados,
Los encierra fatal circunferencia. 57

Aquí encontramos seres muy pintados,
Que giraban muy lenta, lentamente,
Llorando, y por la pena marchitados. 60

Capa con capuchón lleva esta gente,
Cual por los monjes de Colonia usada,
Y les cubre los cuerpos y la frente. 63

Por fuera resplandece muy dorada,
Pero es toda de plomo, y pesa tanto,
Que la de Federico era aliviada. 66

—¡Oh! cuán eterno y fatigoso manto!—
Nos dirigimos por la izquierda nuestra
De ellos al son y de su triste llanto. 69

Bajo el peso de capa tan siniestra,
Y con su andar tan lento, en su mesura,
Cada paso otra sombra al lado muestra. 72

Yo dije á mi Maëstro:— "Ver procura
Si hay alguno de nombre conocido,
Y caminando mira á la ventura." 75

Uno, que habla toscano, hubo entendido,
Al punto nos gritó:— "Tened el paso,
Los que vais por el aire ennegrecido: 78

"Puedo llenar vuestro deseo acaso."
Mi guía me miró, y dijo:— "Espera:
Sigue á compás de su marchar escaso." 81

Me aparejé con dos en que advirtiera
Ansia grande de estar junto conmigo,
Aunque el peso y la senda lo impidiera. 84

De cerca, míranme como enemigo,
Sin pronunciar una palabra sola;
Y ambos parecen consultar consigo. 87

"Éste, — dicen — respira por la gola.
¿Si son muertos, cuál es el privilegio
Que no los cubre con la grave estola?" 90

Y á mí: — "Dínos Toscano, hasta el colegio
De los tristes hipócritas venido,
¿Quién eres? — sin desden ni sortilegio." 93

Y yo: — "Nací en Florencia y he crecido
Del Arno en la ribera deliciosa,
Y tengo el mismo cuerpo que he tenido. 96

"¿Vosotros, quiénes sois de faz llorosa,
Que lleva el sello del dolor impreso,
Y qué pena os irrita y os acosa?" 99

Y uno de ellos responde: — "Es tan espeso
Este manto de plomo, reluciente,
Que el cuerpo oscila cual balanza al peso. 102

"Boloñeses de la orden del Gaudente
Somos, yo Catalano, y Loderingo:
Ambos, en vuestra patria, juntamente 105

"Jueces fuimos, y el caso bien distingo:
Fué para hacer la paz, y las señales
De nuestra paz, se ven junto á Gardingo." 108

Yo comencé: – "Hermanos, vuestros males..."
Mas no pude acabar, que ví en el suelo
Uno crucificado en tres puntales. 111

Al verme, retorciose con anhelo,
Y resoplando con furor suspira.—
Catalano me dijo: — "Sin consuelo, 114

"Ése que ahí en aflicción se mira
Al fariseo aconsejó dañino.
Votar á un hombre de la plebe á la ira. 117

"Desnudo, atravesado en el camino,
Como le ves, el duro paso siente
Y el peso de los que andan de contino. 120

"Como él, su suegro yace penitente
En esta fosa, y todo aquel concilio
Que de Judea fué fatal simiente." 123

Muy sorprendido se quedó Virgilio
Ante aquel pecador crucificado
Tan duramente en el eterno exilio; 126

Y dijo al fraile que tenía al lado:
— "Decidnos por favor en esta cuita:
¿Hacia mano derecha existe un vado 129

"Que salir de este foso nos permita,
Sin que guíe la marcha que llevemos
De ángeles negros la legión maldita?" 132

Al punto respondió: — "Sí, conocemos
Una roca que cerca se desprende,
Y los valles abarca en sus extremos; 135

"Pero está rota aquí, y no comprende
Todo este valle; mas de ruína en ruína
Hasta el valle cercano va y asciende." 138

Mi guía un tanto la cabeza inclina,
Y prorrumpe: — "¡Qué mal me ha enderezado
El que allá abajo al pecador domina!" 141

Y el fraile:—"Allá en Bolonia me han hablado
De los vicios del diablo, y que es doloso
Y padre de mentiras, me han contado." 144

Movió mi guía el paso presuroso,
Su faz un tanto de ira demudada,
Y al dejar aquel grupo pesaroso, 147

Sigo la huella de su planta amada.

CANTO VIGÉSIMOCUARTO

LAS SERPIENTES Y LOS LADRONES SACRÍLEGOS

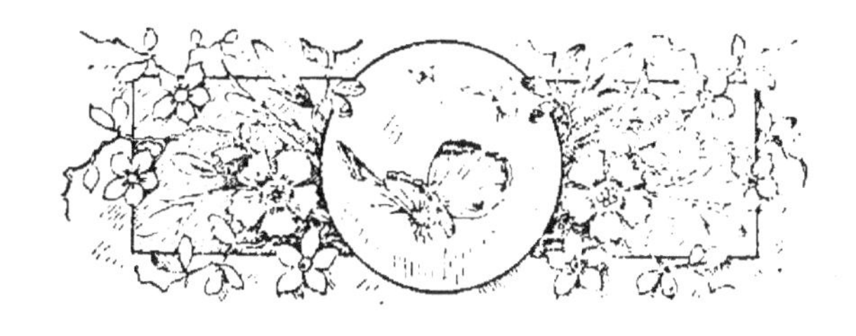

CANTO VIGÉSIMOCUARTO

LAS SERPIENTES Y LOS LADRONES SACRÍLEGOS

El año nuevo, el fin del invierno, la primavera y la turbación de Virgilio. — Los dos Poetas, después de salir del sexto círculo, ascienden penosamente por las ruínas de un puente roto hasta dominar el valle del cerco sétimo. — Desaliento del Dante y animosas palabras de Virgilio. — Los Poetas descienden al sétimo cerco y encuentran las sombras de los ladrones atormentados por serpientes. — Vanni Fucci, ladrón sacrílego, picado por una víbora, es reducido á cenizas y vuelve á asumir su anterior forma. — Confesión y predicciones de Vanni Fucci.

Cuando en el joven año se atempera
Del Sol la cabellera bajo acuario,
Y día y noche sigue igual carrera; 3

Cuando la helada, manto cinerario
Reviste á imagen de su blanca hermana,
De que es trasunto débil y precario; 6

El pastor, sin forraje, en la mañana,
Se levanta, y contempla la llanura
Blanquear toda en contorno, y más se afana: 9

Vuelve á su choza lleno de amargura,
Sin atinar qué hacer, desatentado;
Y luego ríe, y esperanza augura 12

Al ver el mundo en horas trasformado;
Y abre el redil y suelta su manada
Que hace pacer, y empuña su cayado. 15

Así encontróse mi alma conturbada
Al ver del guía la nublada frente;
Mas luego, por él mismo fué aquietada. 18

Cuando alcanzamos el ruinoso puente,
Volvióse á mí con el semblante amigo
Que al pie del monte ví tan dulcemente. 21

Abrió sus brazos, me brindó su abrigo;
Miró en contorno, examinó la ruina;
Y ya resuelto me llevó consigo. 24

Como el que cauto en su trabajo atina,
Y de todo peligro se previene,
Así me hizo trepar á la colina. 27

Sobre movibles rocas bien se tiene,
Y al asentar el pie, me prevenía:
—"Tienta bien, por si acaso se mantiene." 30

Para los emplomados no era vía,
Pues nosotros, con peso más ligero,
Apenas si la planta se movía. 33

De haber sido más largo el derrotero,
Como lo fuera el recorrido, pienso,
Que al menos yo quedara en el sendero. 36

Mas como Malebolge va en descenso
Hacia el pozo del centro, la avenida
De un valle al otro de aquel cerco inmenso, 39

Alterna en la bajada y la subida;
Y al fin tocó la cima nuestra planta
En la postrera piedra suspendida. 42

Oprimida sentía mi garganta,
Y faltándome el aire en los pulmones,
Sentéme á descansar de pena tanta. 45

—"No es bueno de este modo te apoltrones
—Dijo el Maëstro,—que entre seda y pluma
No se va de la fama á las regiones. 48

"Quien en el ocio su existir consúma,
No dejará más rastros en la tierra
Que humo en el aire, y en el agua espuma. 51

"Arriba! sin cansancio! como en guerra
Triunfa el alma luchando por la vida,
Si vence al flaco cuerpo que la encierra! 54

"Más larga es de la escala la subida:
No es lo bastante haber aquí llegado
Para que mi lección sea entendida." 57

A estas palabras, me sentí animado,
Y alzándome, aunque sin mucho brío,
Dije: — "Vamos! que soy fuerte y osado." 60

Y continuamos por aquel desvío
Que era estrecho, difícil, peligroso,
Más escarpado aún que en el bajío. 63

Para aquietar al corazón medroso
Hablaba sin cesar, cuando un acento
Percibí que se alzaba desde el foso. 66

No distinguí el sentido, en el momento
De alcanzar hasta el arco que se encumbra,
Mas tenía de cólera el aliento. 69

Miré hacia abajo; el ojo vislumbraba
Con mirada de carne el fondo oscuro,
Y así dije: — "Maëstro, á la penumbra 72

"Llegar deseara, hasta bajar el muro
Del otro cerco, pues aquí no entiendo
Lo que en la vana mente me figuro." 75

—"A tus deseos en silencio atiendo,
—Me respondió — pues á demanda honesta
Se contesta callando y defiriendo." 78

Estábamos del puente en la otra cresta,
Y descendimos al octavo foso,
En que su hondura queda manifiesta. 81

Un enjambre allí vimos espantoso
De fieras sierpes de diversas menas,
Que aún me hiela la sangre temeroso. 84

No se jacte la Libia en sus arenas
Tener quelidros, fáneas y lagartos,
Y cancros y culebras anfribenas; 87

Los fondos del mar Rojo, no tan hartos,
Ni las tierras pestíferas de Etiopia
Vieron de monstruos semejantes partos! 90

Entre esta cruda y venenosa copia,
Corren seres desnudos y espantados,
Sin esperar alivio ni heliotropia. 93

Por detrás van con sierpes maniatados,
Que en su riñón hunden cabeza y cola,
Y por delante nudos enroscados. 96

Vemos venir errante un alma sola:
Una serpiente brava lo atraviesa
Donde la espalda se une con la gola. 99

Dos letras no se escriben más á priesa
Cual tardara en arder el condenado
Y quedar reducido á una pavesa. 102

Su ceniza en el suelo se ha juntado,
Y por sí mismo el mísero desecho
La primitiva forma ha recobrado. 105

Los sabios aseguran, que es un hecho,
Que así perece el fénix y renace
De cinco siglos en prefijo trecho: 108

No come grano ni en la yerba pace;
Vive de incienso, lágrimas y amomo,
Y en mirra y nardo al expirar se place. 111

Como el que cae, y que no sabe cómo,
Por obra del demonio que lo estira
Ó por otras dolencias al abromo, 114

Y al levantarse en su contorno mira,
Por la pasada angustia desmarrido,
Y quebrantado con dolor suspira, 117

Tal se mostraba el pecador erguido. —
Oh potencia de Dios! y cuán severa
Contra la culpa tu venganza ha sido! 120

El buen Maëstro demandó quien era,
Y él respondió: — "Llovido de Toscana
Caí no ha mucho en esta gola fiera. 123

"Mi vida fué bestial, no vida humana:
Vanni Fucci llamáronme, la Bestia,
Y en Pistoya habité cueva malsana." 126

Dije al Maestro: — "Imponle la molestia
De estar quedo, que bien le he conocido:
Fué sanguinario y torpe en su inmodestia." 129

El pecador, no obstante haberme oído,
Volvió hacia mí con su alma su semblante,
Por la triste vergüenza compungido. 132

—"Me duele más estar de tí delante,
Que mi miseria,—dijo, y que la muerte
Que me arrancó del mundo bienandante. 135

"Mas fuerza es confesar, al responderte,
Que por robar los vasos consagrados
En el infierno me hallo de esta suerte; 138

"Que á otros fueron mis robos imputados;
Pero que no te huelgue mi tormento
Si sales de estos sitios condenados. 141

"Escucha mis pronósticos atento:
Ya Pistoya de Negros se empobrece,
Y sufrirá Florencia cambiamientos; 144

"Vapor de Marte en Valle Magra crece,
Que negra tempestad lleva en su seno,
En que la llama de la guerra acrece: 147

"Se peleará en el campo de Piceno,
Y al condensarse aquella niebla espesa,
Todos los Blancos herirá de lleno. 150

"Te lo digo por darte gran tristeza."

CANTO VIGÉSIMOQUINTO

LOS LADRONES -- METAMORFOSIS INFERNALES

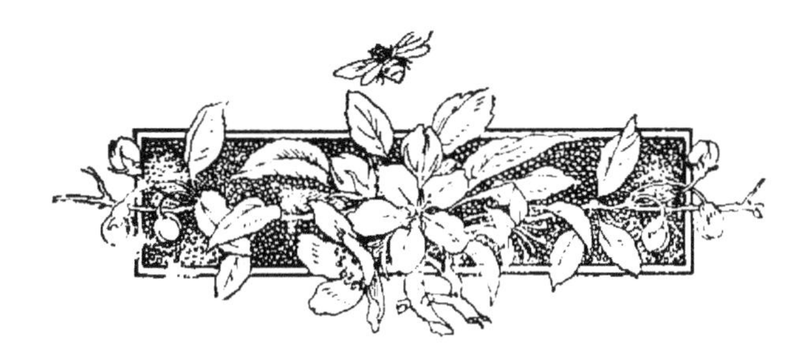

CANTO VIGÉSIMOQUINTO

LOS LADRONES—METAMORFOSIS INFERNALES

Continuación del sétimo círculo de los ladrones.—Blasfemia y castigo de Vanni Fucci.—Aparición de Caco.—Otros condenados.—Metamorfosis de hombres y serpientes.—Cianfa, Añelo, Brunelleschi y Puccio Squianto.

Dejó de hablar aquel ladrón nefando,
Ambas manos alzó, hizo dos higas,
Miró al cielo, y gritó: — "¡Eso te mando!" 3

—Cual diciendo:—¡No quiero que más digas!
Una sierpe se enrosca á su pescuezo.
—Son de entonces las sierpes mis amigas. 6

Otra sus brazos ciñe, y queda opreso:
Le envuelve por detrás y por delante,
Y como bulto inmóvil queda tieso. 9

¡Ah Pistoya, Pistoya claudicante,
Que con el fuego de tu seno impuro
No extirpas la semilla malignante! 12

En los circuitos del infierno oscuro
No ví ante Dios un ente más superbo,
Ni el que cayó bajo el tebano muro. 15

Huyó después, sin pronunciar un verbo,
Y ví un centauro adelantar rabioso,
Que así gritaba:—"¿Donde está el acerbo?" 18

La Marisma en su fondo cenagoso
No tiene más serpientes enroscadas
Como él, del anca al labio espumajoso. 21

Bajo su nuca, de alas estiradas
Iba un dragón, que todo arder hacía,
Vomitando sangrientas llamaradas. 24

"Este es Caco,—me dijo mi buen guía,—
Que las rocas al pie del Aventino
En un lago sangriento convertía. 27

"No sigue de los otros el camino,
Porque robó con fraude el gran rebaño
Que tenía á la mano de vecino. 30

"Puso fin á sus hurtos y su engaño
Alcides, con cien golpes de su clava,
De que diez no sintió, magüer su amaño." 33

Mientras tanto, la sombra se alejaba,
Y tres nuevos espíritus llegaron
De que la mente muy distante estaba, 36

Hasta que muy de cerca nos gritaron:
— "¿Quiénes sóis?" — Y cesó la conferencia,
Que ellos tan sólo la atención llamaron. 39

Si no los conocí, por inferencia,
Al continuar hablando, y por acaso,
Tuve del nombre de uno la evidencia. 42

El uno dijo: — "Cianfa está en atraso."
Y yo, para advertir á mi buen guía,
Puse el dedo en el labio y en el naso. 45

Si eres, lector, de creencia algo tardía
Por lo que diga, no es extraña cosa,
Pues mi vista lo vió, y aun desconfía. 48

Espiando con mirada cuidadosa,
Serpiente con seis pies, veo que avanza,
Y á uno de ellos se enrosca presurosa. 51

Hunde las patas medias en la panza,
Con las de arriba ciñe brazo y brazo,
Y con las uñas hasta el rostro alcanza. 54

Las patas bajas, con cerrado lazo
Toman los muslos, y la cola erguida
Entre ambos mete, y roza el espinazo. 57

Jamás la yedra á un arbol adherida
Se asió á su tronco y gajos, cual la fiera
Con los miembros del hombre confundida, 60

Pues derretidos cual caliente cera,
Uno y ninguno en forma y colorido
Era uno otro de lo que antes fuera. 63

Así el papiro en brasas encendido,
Se retuerce tomando tinta oscura,
Que no es negra, ni blanca como ha sido. 66

Los otros dos miraban con pavura,
Y,—"¡Cuál cambias, Añel!—ambos gritaban—
Dos no son ni uno solo en su figura!" 69

Una sola cabeza ambos formaban,
En un solo semblante se fundían,
Bien que rasgos perdidos aun mostraban. 72

De cuatro brazos, dos aparecían:
Pecho, piernas y vientre al deformarse,
Á miembros nunca vistos parecían. 75

El primitivo aspecto al trasformarse,
De ninguno y los dos, bulto malvado,
Á lento paso comenzó á arrastrarse. 78

Cual lagarto en verano, apresurado
Cruza el camino de otra mata en busca,
Que parece relámpago animado, 81

Así, cual grano de pimienta fusca,
Lívida sierpecilla que ira enciende,
La panza de los otros dos rebusca. 84

A uno su dardo viperino hiende
Por do se toma la primer comida:
Salta ligera, y á sus pies se extiende. 87

La sombra, con la vista amortecida,
De pie la mira, y sin cesar bosteza
Como de fiebre ó sueño poseída. 90

Sierpe y sombra se miran con crudeza:
Una por boca y otra por la llaga,
Humo despiden como nube espesa. 93

Calle Lucano, que al cantar propaga
Los cambios de Sabelio y de Nasidio,
Que otro cambio los suyos deja en zaga. 96

No hable de Cadmo y Aretusa Ovidio,
Que si al uno en serpiente y otra en fuente
Su musa convirtió, no se lo envidio; 99

Pues jamás dos naturas frente á frente
Trasmutaron su esencia con su forma,
Ni en materia, de modo tan repente. 102

Hombre y bestia se arreglan á otra norma:
Se bifurca en la cola la serpiente,
Y el cuerpo del herido se deforma. 105

Ambas piernas se adhieren fuertemente,
Y cierran de tal modo la juntura,
Que ni señales de la unión presente. 108

La bifurcada cola, la figura
Toma del pie con su pellejo flaco,
Y la una piel se ablanda y la otra endura. 111

Vi los brazos hundirse en el sobaco,
Y á la vez de la sierpe vi extenderse
De uno y otro costado el pie retaco: 114

Sus pies traseros como cuerda tuerce,
Y en el hombre, aquel miembro que se cela,
En dos patas rampantes le destuerce. 117

Mientras el humo al uno y otro vela,
Al hombre la serpiente da su escama,
Y se cubre del pelo que repela. 120

El uno sobre el otro se encarama;
Y con mirada en que la llama ardía,
Cada cual un hocico se amalgama. 123

El erguido hacia abajo contraía
Las sienes, y la carne rebosante
En orejas y cara convertía. 126

Con la materia posterior sobrante
Una nariz sobre la faz se planta,
Y los labios engruesan lo restante. 129

Su hocico el abatido solevanta,
Y las orejas salen de su testa,
Como sus cuernos caracol levanta. 132

La lengua que antes era unida y presta,
Se parte en dos, y la otra dividida
Se reune, y el humo contrarresta. 135

El alma, así en culebra convertida,
Se escapa por el valle y va silbando;
El de pie le despide su escupida; 138

Le da la espalda, y dice al otro hablando:
— "Quiero que corra y que se arrastre Boso,
Cual yo fuí por los suelos arrastrando." 141

Vi de esta suerte en el septeno foso
De otras almas la forma trasmutada;
—Y que lo nuevo excuse lo enojoso.— 144

Si tenía la vista algo ofuscada
Y el alma absorta, empero, no fué tanto,
De las sombras no ver la desbandada, 147

Y pude conocer á Puccio Squianto,
El solo que de forma no cambiara.—
¡El otro, era una sombra que de llanto, 150

Desdichada Gaville, te inundara!

CANTO VIGÉSIMOSEXTO

LAS LLAMAS ANIMADAS

EL VIAJE DE ULISES

CANTO VIGÉSIMOSEXTO

LAS LLAMAS ANIMADAS—EL VIAJE DE ULISES

Octavo foso del círculo infernal.—Los dos Poetas, desde la altura de un puente de rocas dominan el cerco octavo.—Suplicio de los consejeros del fraude.—Las llamas animadas que giran en torno del valle ó foso, encerrando cada una de ellas uno ó más pecadores.—La llama que encierra á Ulises y Diomedes, formando en su cresta dos lenguas de fuego que hablan, es interrogada por los Poetas.—Ulises narra su viaje más afuera de las columnas de Hércules, hasta descubrir una nueva tierra y su naufragio.

Goza, Florencia, de tu fama grande,
Que en mar y tierra con sus alas vuela
Y que tu nombre en el infierno expande. 3

Cinco ladrones de tu propia escuela,
Hijos tuyos, miré yo avergonzado,
Que por cierto no abonan tu clientela. 6

Mas si en el alba es cierto lo soñado,
Pronto verás el odio que te aguarda,
Como en el Prato, de uno y otro lado. 9

Y si viniese con la marcha tarda,
Como que ha de venir, toda mi vida
Me ha de pesar en cuanto más se atarda. 12

Remontamos la rápida subida
Sobre escombros á modo de escollera,
La marcha por mi guía precedida. 15

Seguimos solitarios la carrera,
Por entre riscos, que á no ser la mano
Nuestro pie remontarlos no pudiera. 18

Cuando pienso en aquel mundo inhumano,
Y en lo que ví, me siento más doliente;
Mi espíritu refreno y más me afano 21

En ir trás la virtud derechamente,
Que me dió buena estrella, ó mejor cosa,
Y no debo envidiarme el bien presente. 24

Como suele el labriego que reposa,
En la grata estación en que el Sol brilla
Y más tarda en venir la noche umbrosa, 27

Cuando la mosca cede á la mosquilla,
Y las lucernas todo el valle alumbran,
Campo de la vendimia y de la trilla; 30

Tal las llamas chispeantes ya relumbran
De aquel octavo cerco entre los fosos,
Al tiempo que mis pies la roca encumbran. 33

Como el que fué vengado por los osos,
El carro vió de Elías en su vuelo
Llevado por caballos fulgorosos, 36

Sin poderlos seguir en su desvelo,
Viendo solo doquiera viva llama
Que como nube remontaba al cielo, 39

Así en el valle el fuego se derrama,
Y cada llama oculta un penitente
En cuyo seno sin cesar se inflama. 42

Miraba absorto, al borde del gran puente,
Y de no haberme de un peñasco asido,
Al abismo cayera ciertamente. 45

Mi guía, al observarme así abstraído,
"Un espíritu, — dice, — en cada hoguera
De lo que lo devora va vestido." 48

Respondí: — "Tu palabra verdadera
Confirma la verdad por mí sentida;
Pero además, bien penetrar quisiera 51

"Quien es aquel que en llama bipartida
Surge, como en la pira que á los manes
De Eteocle y Polinice fué encendida." 54

Y respondió: — "Del fuego en los afanes,
Ulises y Diomedes, como hermanos,
Pagan á la ira eterna sus desmanes. 57

"Lloran, porque en su muro á los troyanos
Con doloso caballo abrieron puerta,
Por do salió la estirpe de romanos. 60

"Lloran el fraude, que Deidamia muerta
Aun deplora de Aquiles, su alma triste,
Y el paladión que hurtó su mano experta" 63

— "Si dentro de la llama que los víste
Hablar pueden, — le dije, — yo te ruego
Y te vuelvo á pedir por cuanto existe, 66

"No me niegues hablarles desde luego,
Pues la llama de cuernos coronada
Me llama con deseos sin sosiego." 69

Y él á mí: — "Tu plegaria es alabada,
Y por eso la acojo complacido;
Mas debe ser tu lengua moderada. 72

"Déjame hablar, pues bien he comprendido
Lo que deseas, porque fueron griegos
Y tu idioma les es desconocido." 75

Al acercarse los cornudos fuegos,
Cuando al Mäestro pareció oportuno,
En esta forma dirigió sus ruegos: 78

— "Vosotros los que vais de á dos en uno
Dentro del fuego, por lo que hice en vida,
Si recordáis que en verso, cual ninguno, 81

"Fué por mi vuestra fama trascendida,
Parad, y por el fuego que atestigua
Vuestra muerte, decidnos vuestra vida." 84

El alto cuerno de la hoguera antigua
Como la llama que fustiga el viento,
Al par que estaba inmóvil la contigua, 87

Se agitó con activo movimiento,
Como al hablar lo hace la lengua humana,
Y echó hacia afuera su escondido acento: 90

"Cuando libre de Circe la inhumana,
Que más de un año en Gaeta me retuvo,
Do antes de Eneas era soberana, 93

"Ni el cariño por mi hijo me contuvo,
Ni de mi viejo padre la ternura,
Ni el amor de Penélope me abstuvo, 96

"De correr por doquier á la ventura,
Por conocer el mundo como experto,
Y al hombre con sus vicios y cultura. 99

"Lancéme sin temor en mar abierto
Con sólo un leño, y tuve por compaña
Pocos hombres, mas todos de concierto. 102

"Vi las costas del mar hasta la España,
En Marruecos, y en la isla de los Sardos,
Y las comarcas que en contorno baña. 105

"Mis compañeros, viejos y ya tardos,
Cual yo también, llegamos al Estrecho
Donde Hércules plantó firmes resguardos, 108

"Para marcar al hombre fatal trecho;
Á Ceuta dejé de un lado á la partida
Y Sevilla quedó por el derecho: 111

— "¡Hermanos que entre riesgos sin medida
" Tocáis—dije,— el extremo de occidente,
" En la corta vigilia de la vida 114

" Aprovechad la fuerza remanente!
" No os privéis de la máxima experiencia
" De hallar en pos el Sol mundo sin gente. 117

" De noble estirpe es vuestro ser esencia:
" Para alcanzar virtud habéis nacido
" Y no á vivir cual brutos sin conciencia." 120

"De los míos el ánimo aguerrido
Esta arenga conforta, y su osadía
Nadie, ni yo, la hubiera contenido. 123

"La popa vuelta adonde nace el día,
En alas locas vueltos nuestros remos,
Vamos siempre á izquierda en nuestra vía. 126

"Del otro polo las estrellas vemos
En la noche, y abajo, no aparecen
Del horizonte nuestro los extremos. 129

"Cinco lunas renacen y decrecen
Con la luz por debajo de la luna,
Desde el gran paso en que los mares crecen, 132

"Cuando aparece una montaña, bruna
Por la larga distancia, levantada
Cual hasta entonces no era vista alguna. 135

"Oh alegría! que en llanto fué trocada!
Que de la nueva tierra, un torbellino
Bate á proa la nave tormentada. 138

"Tres vueltas la hace dar en remolino;
Sube la popa al enfrentar la tierra,
Baja la proa, y el querer divino, 141

"Al fin el mar sobre nosotros cierra."

CANTO VIGÉSIMOSETIMO

GUIDO DE MONTEFELTRO

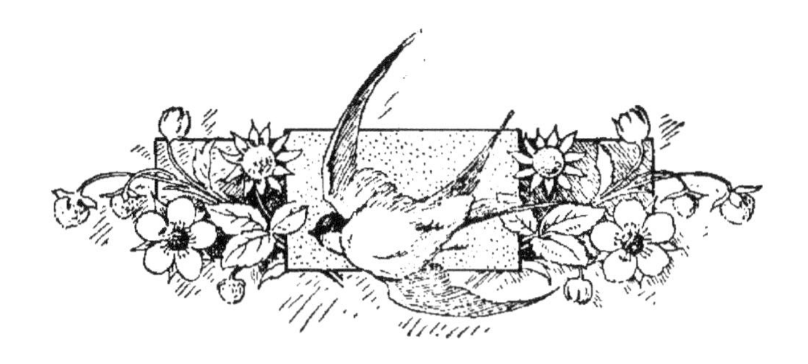

CANTO VIGÉSIMOSÉTIMO

GUIDO DE MONTEFELTRO

Continuación del cerco octavo.—Otra llama animada.—Diálogo del Dante con el conde Guido de Montefeltro sobre el estado político de la Romaña.—Guido de Montefeltro hace relación de su vida. y del consejo que dió á Bonifacio bajo previa absolución, que fué la causa de su condenación.—Discusión casuística entre San Francisco y un ángel negro.—Las almas condenadas y los cuerpos vivos.

Dejó de hablar la llama enhiesta y quieta,
Y prosiguió girando por su vía
Con venia del dulcísimo poeta, 3

Cuando otra llama que á él se dirigía,
Me hizo volver los ojos á su altura
Por confuso rumor que despedía. 6

El siciliano toro dió tortura,
—Como era justo—en su primer mugido,
Á quien lo modeló con lima dura, 9

Mugiendo con la voz del afligido,
Que aunque de bronce estaba fabricado,
De dolor parecía extremecido; 12

Así el acento en llamas encerrado
Con su rumor mezclaba su lenguaje,
Convertido en la queja del penado. 15

Mas luego que hubo completado el viaje,
La flamígera lengua, claramente,
Á una voz lastimera dió pasaje: 18

— "Tú, quien quiera que seas, ser clemente,
Que has dicho con el habla de lombardo:
Anda en paz! No te atizo, penitente! 21

"Aunque me acerque á tí con paso tardo,
Mi voz escucha, por piedad te ruego:
Ya ves que quieto estoy si en llamas ardo. 24

"Si recién llegas á este mundo ciego,
Y acaso vienes de la dulce tierra
De donde vine hasta el eterno fuego, 27

"Díme si la Romaña se halla en guerra:
Yo soy de la montaña que en Urbino
Desprende el Tíber, cuyo valle encierra." 30

Escucho atento y la cabeza inclino,
Cuando mi guía, blando me amonesta
Y me dice: — "Háblale, que es un latino." 33

Yo que tenía pronta la respuesta,
Le respondí, cuando callado hubo:
— " Alma infeliz á quien la llama tuesta, 36

" La Romaña jamás en paz estuvo
En el alma feroz de sus tiranos:
Tiene la triste paz que de antes tuvo. 39

Los Polenta, cual siempre soberanos
Son de Rávena, y su águila atrevida
Proteje con sus alas los Cerbianos. 42

"La tierra que en su prueba sostenida
Francos mató á montones, yace opresa
Del verde león en garras, sometida. 45

"El dogo viejo y el que nuevo empieza
En Verrucchio, matando en desgobierno,
Como mató á Montaña, muerden presa. 48

"Las ciudades, Lamorne y Santerno,
Rige el leoncillo azur en nido blanco,
Que bando cambia de verano á invierno. 51

"Y aquella á la que el Savio baña el flanco,
Que entre el llano y el monte está fundada,
De opresión y licencia es campo franco. 54

"Ora tu nombre dí, tan apiadada
Cual otras almas en martirio han sido,
Y sea tu memoria prolongada." 57

La llama ardiente despidió un rugido,
Y su punta, cual lengua lanzó afuera,
De aquí de allá, y habló como un soplido: 60

—"Si yo creyese, mi respuesta fuera
Dada á quien pueda retornar al mundo,
Inmóvil esta llama se estuviera; 63

"Mas como nadie, hundido en lo profundo
De este valle, ha salido vivo y sano,
Sin temor á la infamia lo difundo. 66

"Fuí guerrero; después fuí franciscano,
Con su cordón creyendo hacer enmienda;
Y cierto, mi creer no fuera vano, 69

Si el grande Sacerdote ¡Dios lo hienda!
No me volviese á la primera culpa;
Y como fué yo quiero se me entienda. 72

"Mientras que forma fuí de hueso y pulpa
Que la madre me dió, la vida mía
No de león, de zorro se me inculpa. 75

"La torticera y encubierta vía
Supe tan bien, que á fuer de mis amaños
Mi nombre por la tierra se extendía. 78

"Cuando hube entrado en los maduros años
Que la vela aferrar y atar el cable
Hacen al hombre tristes desengaños, 81

"Lo que antes me agradó, fué detestable;
Y contrito y confeso, mi deseo
De remisión llenara ¡ay miserable! 84

"El Príncipe del nuevo Fariseo,
—En guerra á inmediación de Lateranos,
No con el Sarraceno y el Judeo; 87

"Que eran sus enemigos muy cristianos,
Pues ni uno en Acre renegó su creencia,
Ni fuera mercader con egipcianos,— 90

"Faltó á su fe llevado á la eminencia;
No respetó el cordón, ni la pedestre
Orden santa de ayuno y penitencia. 93

"Cual Constantino demandó á Silvestre
Para curar su lepra de Sorate,
Llamóme por mi mal, como maestre, 96

"Para curar su fiebre de combate:
Pidióme su consejo: hice desecha,
Porque ebrio parecióme aquel magnate. 99

"Luego dijo: — "*Destierra la sospecha*:
"*Si me enseñas, te absuelvo de antemano,*
"*Como pueda á Penestra ver desecha.* 102

"*Todo se abre y se cierra por mi mano*
"*En los cielos, pues tengo las dos llaves*
"*Que mi predecesor tuvo en desgano.*" 105

"Ante estos argumentos harto graves,
Pensé que lo peor era callarme,
Y dije:—"*¡Oh Padre! pido que me laves* 108

"*Del pecado que el alma va á mancharme,*
"*Cuando te digo: — Triunfarás de cierto*
"*Con prometer sin dar en el desarme.*"— 111

"Francisco me buscó, cuando fuí muerto;
Mas dijo, negro querubín caído:
"*No te lo lleves, que me harás entuerto.* 114

"*Bajar debe á mi centro maldecido,*
"*Porque ha dado consejo fraudulento,*
"*Y ya le tengo de la crin asido.* 117

"*No hay perdón sin final repentimiento:*
"*Arrepentirse* y *reincidir no es dado:*
"*Contradicción no admite el argumento.*" 120

"¡Pobre de mí! cual me sentí penado,
Cuando al asirme dijo: — "*¡Ciertamente,*
Que tan lógico fuera no has pensado! 123

"A Minos me llevó, quien imponente,
Ocho repliegues dió á su cola luego,
Y mordiendo la punta con el diente, 126

Gruñó: — "¡Merece que lo esconda el fuego!"
Y aquí me ves perdido en el infierno,
Envuelto en llamas sin ningún sosiego." 129

Después de hablar, siguió su giro eterno
Aquella alma quejosa y dolorida,
Torciendo al aire su flamante cuerno. 132

Trepamos del otro arco la subida,
Que cruza el foso, y fuimos adelante
Donde paga otra turba maldecida 135

El cargo de discordia malignante.

CANTO VIGESIMOCTAVO

MAHOMA Y LOS CISMATICOS

CANTO VIGÉSIMOCTAVO

MAHOMA Y LOS CISMÁTICOS

Invocación al lenguaje escrito y hablado.—Evocación á los muertos.—Noveno cerco donde son atormentados los cismáticos y promotores de discordias.—Aparición de Mahoma y de Alí.—Reminiscencia de Fray Dolcino.—Las almas en pena de Pedro de Medicina, Curione y el Mosca.—Beltrán del Bosnio, que lleva su cabeza en las manos á manera de una linterna con que se alumbra.

¿Quién podría, ni en voces no rimadas,
Decir la sangre y llagas que he mirado,
Y de lleno dejarlas retrazadas? 3

Todo idioma, sería muy menguado,
Porque á nuestra palabra y nuestras mentes
Tanto en su seno comprender no es dado. 6

Si se adunaran las extintas gentes,
Que de la Pulla, la infelice tierra,
Bañaron con su sangre de dolientes, 9

Con el romano, en prolongada guerra,
Que tanto anillo diera por despojos,
Cual Tito Livio escribe, y no lo yerra; 12

Si á ellas se uniesen, los que en sangre rojos
Cayeron contrapuestos á Güiscardo,
Y los huesos, que aun miran nuestros ojos 15

En Ceperano, donde fué bigardo
Cada Pullense; y los de Tagliacozzo
Donde inerme triunfara el viejo Alardo; 18

Cuando todos, en grupo lastimoso,
Presentaran sus miembros mutilados,
Nada serían ante el nono foso. 21

Jamás tonel sin duela ó desfondado,
Vióse como uno allí, todo él abierto
Desde la barba al vientre, el desdichado. 24

Su corazón se muestra á descubierto;
Sus intestinos cuelgan, y es su saco
De excrementos, depósito entreabierto. 27

Le seguía al través del aire opaco,
Y al mirarme exclamó, rasgando el pecho:
—"Ve como las entrañas me resaco. 30

"Mira á Mahoma aquí, todo deshecho:
Más adelante Alí sigue llorando,
Y su cabeza abierta es un desecho. 33

"Y los otros que ves aquí girando,
De escándalo y de cisma sembradores,
Fueron en vida, y así están penando. 36

"Un diablo se halla atrás, que en sus furores
Nos parte con el filo de su espada;
Renovando cruelmente los dolores 39

"En cada vuelta á la doliente estrada;
Porque se cicatriza nuestra herida
Antes de repasar la vía andada. 42

"Mas ¿qué haces tú sobre esa roca erguida?
¿Tal vez retardas el suplicio airado
Por la culpa en el mundo cometida?" 45

—"Aun no ha muerto, ni viene condenado,
Dijo el Mäestro.—Busca la experiencia,
No el tormento que en lote te ha tocado. 48

"Yo un muerto soy, y doile mi asistencia
Al recorrer los cercos tenebrosos:
Y como te hablo, es esto una evidencia." 51

Más de cien almas se alzan de los fosos
Para mirarme como extraño caso,
Olvidando sus golpes dolorosos. 54

Sigue Mahoma: — "Pues que estás de paso,
Y vas á contemplar el Sol en breve,
Di á Fray Dolcino, — si no quiere acaso 57

"Acompañarme aquí, — cuide la nieve
Que la vitualla ataja, pues podría
Bien suceder que el Novarés la lleve." 60

Así Mahoma, al tiempo que partía
Dejó de hablarme con la planta alzada
Volviendo á andar por la doliente vía. 63

Otro, que trae la gola agujereada,
Cortada la nariz hasta la ceja,
Y que muestra una oreja mutilada, 66

Fijo me mira, pero no se queja
Como los otros, y abre su garguero,
En chorro al destilar sangre bermeja. 69

—"¡Oh tú! que exento del tormento fiero,
Y en tierra conocí que fué latina,
—Dijo—según de tu semblante infiero, 72

"Acuérdate de Pedro Medicina,
Si tornases á ver el dulce llano
Que de Vercello á Marcabó se inclina; 75

"Y á los dos buenos únicos de Fano,
Y Angiolelo, dirás, también á Guido,
Si el predecir aquí no es un don vano, 78

Que serán de un bajel desprevenido
Arrojados al mar frente á Cattólica,
Dentro de un saco por tirano infido. 81

"Entre la isla de Chipre y la Mayólica,
Nunca verá pirata igual Neptuno
Tal crimen cometer en tierra Argólica. 84

"El traidor, cuyos ojos ven con uno,
En el país, que uno que está conmigo
No quisiera haber visto en tiempo alguno, 87

"Los llamará para tratar consigo,
Y hará tal, que ni el viento de Focara
Ni las preces los pongan al abrigo." 90

Y yo á él: —"Díme antes y declara,
Si he de ser de tus nuevas mensajero,
¿Quién tan amarga vista no deseara?" 93

La quijada empuñó de un compañero,
Abrir la boca con sus manos le hizo,
Gritando: "Un mudo que mostrarte quiero. 96

"Este exilado, á César indeciso,
Aliento dió al decirle: "Mucha espera
Nos pierde sin salir del compromiso." — 99

¡Cuán consternada su apariencia era,
Con la lengua á raíz despedazada,
De aquel Curión, que la movió tan fiera! 102

Con una y otra mano mutilada
Otro alzó sus muñones, y en luz hosca
Monstrándome su cara ensangrentada, 105

Clamó: — "¡También acuérdate de Mosca!
Yo fuí quien dije: *¡Acabe lo empezado!*
Germen de males de la gente Tosca." 108

—"Y muerte de tu raza!" — dije airado;
Y como loco que el dolor conturba
Se fué con doble duelo acumulado. 111

Quedé á mirar la condenada turba,
Y cosa ví que me causó pavura,
Y que el sólo contarla me conturba; 114

Mas la firme conciencia me asegura,
Como fiel compañera que da aliento
Bajo el albergue de una mente pura. 117

Yo ví, cierto, y lo veo en el momento,
Un busto sin cabeza ir caminando
En medio de aquel triste agrupamiento. 120

La cabeza, del pelo iba colgando
En sus manos á modo de linterna,
Y: "¡Ay de mí!"—exclamaba sollozando. 123

De sí mismo era tétrica lucerna,
¡Y era, cual todo en uno ó dos en una. . !
Como fuera no es fácil lo discierna. 126

—Lo sabe Aquél que todo lo coaduna!
—Al pie del puente alzóse la cabeza,
Movió los labios de su boca bruna, 129

Y díjome:—"Contempla esta crudeza,
Tú que vivo visitas á los muertos,
Que en nadie más que en mi la culpa pesa. 132

"Para llevar de mí, comentos ciertos,
Que soy Bosnio Beltrán saber tú debes,
Que aconsejó al rey Juan en sus entuertos. 135

"Al hijo y padre convertí en aleves,
Cual David y Absalón, tan fementido,
Que de Aquitófel son las culpas leves. 138

"Por dividir lo que se hallaba unido,
Tengo así dividida la cabeza,
Principio de este cuerpo amortecido; 141

"Y culpa y pena así se contrapesa."

CANTO VIGÉSIMONONO

IMPOSTORES Y ALQUIMISTAS

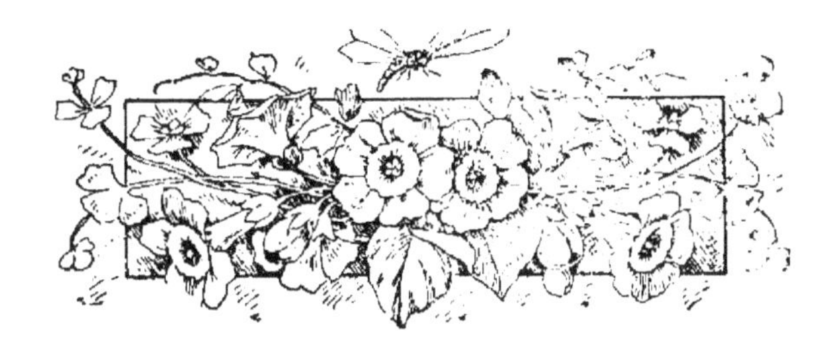

CANTO VIGÉSIMONONO

IMPOSTORES Y ALQUIMISTAS

Comparación entre los grandes dolores de la tierra y del infierno. — Al salir del noveno cerco, Dante entrevé á su pariente Geri del Bello, que se esquiva airado de su vista. — Diálogo entre Virgilio y el Dante. — Los dos Poetas entran en el décimo valle ó foso del octavo círculo. — Tormento de los falsificadores y de los alquimistas, devorados por llagas asquerosas. — Coloquio de los dos Poetas con una sombra. — El volador de Siena. — Capocchio.

Con tanta gente en llaga dolorida
Mi vista estaba de dolor colmada,
Que tanta pena á lagrimar convida, 3

Mas Virgilio me dijo: — "¿Tu mirada,
Por qué sigue tan fija y tan ansiosa
En la sombra á esa turba mutilada, 6

"Que antes paseabas triste y vagarosa?
Nadie contar sus almas se imagina,
Que millas veinte y dos mide su fosa. 9

"Mas ya la luna á nuestros pies se inclina:
Corto es el tiempo que me está acordado,
Y hay más que ver en la mansión maligna." 12

— "Si bien me hubieses antes observado,
Me dieras la razón —dije á mi guía,—
Y la partida un tanto retardado." 15

Él entre tanto, su ágil pie movía,
Caminando, sin darme la respuesta,
Mientras yo continuaba: — "En esta impía 18

"Mansión del duelo la mirada puesta,
De mi sangre, un espíritu que llora
Pienso haber visto, y lo que culpa cuesta." 21

Dijo el Mäestro entonces: "Si deplora
Tu corazón la vista del doliente,
Mayor dolor verás: déjale ahora: 24

"Le he visto cuando estabas sobre el puente
Que con desdén feróz te amenazaba,
Geri-Bello, llamándole la gente. 27

"Tu atención por entonces se fijaba
En el señor que fué del Altofuerte,
Y no has visto al que al lado se esquivaba." 30

— "Oh mi Mäestro, su violenta muerte,
—Le respondí—que sin venganza yace
Por los que oprobio parten con su suerte, 33

"Quizás motive su desdén, y le hace
Ocultarse de mí, como lo hacía,
Y más piedad del corazón me nace." 36

Así hablando los dos en compañía,
Llegábamos del puente hasta la altura,
Do con mas luz el valle se veía: 39

Y al penetrar á la última clausura
De Malebolge, vimos ya cercanos
Los conversos de aquella negra hondura. 42

Fuertes lamentos suben inhumanos,
Que lastiman cual puntas aceradas;
Y el oído tapé con ambas manos. 45

Valdechiana no vió nunca hacinadas
De Julio hasta Setiembre en hospitales,
Ni la Marisma y la Cerdeña aunadas, 48

Más miserias y pestes ni más males:
Tal era la infección que se exhalaba
De los corruptos cuerpos infernales. 51

Bajamos por el borde en que estribaba
El largo puente, hacia la mano indiestra,
Donde la vista el valle dominaba. 54

Y abajo ví, con su severa muestra
Del Ser Supremo el fallo justiciero
Que da castigo a la maldad siniestra. 57

No creo fuese el padecer más fiero
Cuando de Egina el aire tan malsano
Postró doliente todo un pueblo entero, 60

Que desde el hombre al mísero gusano
Todos murieron, y la antigua gente,
—Segun dan los poetas por certano,— 63

Renovó con hormigas su simiente.
Y era de ver en esta oscura fosa
Languidecer por hatos, grey doliente. 66

Quien sobre el vientre, quien de espalda posa;
Y unos sobre los otros se arrastraban
A gatas por la vía dolorosa. 69

Mudos los dos, las plantas nos llevaban,
Mirando y escuchando á los penados,
Que en vano erguir sus cuerpos intentaban. 72

A dos ví sobre el suelo, que adosados,
Cual una olla á otra junta se calienta,
De pies á la cabeza lacerados. 75

No de un mancebo mano turbulenta
Mueve con mas empeño la almohaza
Ante el amo, que espera y se impacienta, 78

Cual el uno y el otro se ataraza
Con sus uñas, moviéndose rabiosos,
Sin alivio al ardor que los abrasa. 81

Rascábanse las costras pustulosas
— Cual con cuchillo escámase el pescado, —
Con uñas aceradas y filosas. 84

Y hablando al un leproso condenado
Dijo mi guía: — "Oh! tú, que te destrozas,
Y en tenazas tus manos has trocado, 87

"Dime si entre estas sombras dolorosas
Se encuentra algun latino; ¡y que le baste
Uña eterna á tus manos trabajosas!" 90

—"Latinos somos; en eterno guaste
Los dos estamos,—prorrumpió gimiendo.—
Mas, ¿quién eres, que así lo demandaste?" 93

Y el Mäestro:—"Soy uno que desciendo
Con un vivo, de piedra en piedra dura,
Y mostrarle el infierno, bien entiendo." 96

Al oírle rompieron su apretura,
Y trémulo cada uno me examina,
Con los otros que oyeron á ventura. 99

El Mäestro hacia mí, blando se inclina;
Miróme y dijo:—"Á tu sabor demanda."
Y hablé obediente á voluntad benigna: 101

"Sea vuestra memoria memoranda
En el humano mundo de la mente,
Y viva muchos soles y se expanda! 105

"Decídme quiénes sois, y de qué gente,
Si vuestro mal y lastimosa pena,
No lo impide, y habladme libremente." 108

—"De Arezzo fuí, donde Álbero de Siena,
—El uno dijo—asóme en fuego vivo;
Mas no es ésta la causa de mi pena. 111

"Es verdad que una vez dije por juego,
Que volar por los aires yo podría,
Y él, de muy poco seso, y harto lego, 114

"Quiso le demostrase el arte mía,
Y porque no hice un Dédalo, á la hoguera
Me echó un obispo que por hijo había. 117

"De las diez, á la fosa postrimera
Minos me condenó, magüer mis preces,
Porque alquimista allá en el mundo fuera." 120

Dije al Poeta: — "Son estos Sieneses,
Todos de natural tan vanidoso,
Como más no lo son ni los franceses." 123

A estas palabras que escuchó un leproso,
Me respondió: — "Cierto es, menos Estrica
Que fué en gastos *tal vez* parsimonioso; 126

"Y Nicolás, el que la usanza rica
Del jirofle nos dió, que en país lejano
Su simiente nativa multiplica; 129

"Y la cuadrilla de Cación de Asciano,
Que viña y bosque disipó sin cuento;
Y Abbagliato que fué de juicio sano. 132

"Y has de saber, que el que hace este comento
Contra el Sienés, y que tal vez te asombra,
Si bien miras, tendrás conocimiento 135

"Que en la tierra Capocchio se le nombra,
Falseador de metales por alquimia;
Y debes recordar al ver mi sombra, 138

"Que á natura imité con arte eximia."

CANTO TRIGÉSIMO

FALSIFICADORES

CANTO TRIGÉSIMO

FALSIFICADORES

Los males y sufrimientos en la tierra y en el Infierno. — Continuación del último valle del octavo círculo. — Otros falsificadores por trasmutación de la propia persona, presa de una demencia furiosa. — Mirra. — Juan Esquico. — Un falsificador de moneda. — Adán de Brescia. — Los falsificadores de la palabra. — Disputa entre el hidrópico Adán de Brescia, y el griego Sinón devorado por la fiebre. — Diálogo entre los dos Poetas en que Virgilio reprocha á Dante entretenerse en atender palabras soeces.

En el tiempo en que Juno despechada,
Con Semele y la raza del tebano,
Mostróse como siempre malairada, 3

Atamante tornóse tan insano,
Que al ver á sus dos hijos con su esposa,
Llevados cada uno de una mano, 6

—"¡A las redes!—gritó con voz furiosa,—
¡Leona y cachorros juntos he tomado!"
Y cual zarpa tendió mano impiadosa. 9

Y á uno de ellos, que Learco era llamado,
Lo estrelló en una roca, furibundo,
Y ella se echó con otro al mar airado. 12

Y cuando la fortuna, á lo profundo
Bajó á Troya, tan alta y tan osada,
Y rey y reino se borró del mundo, 15

Y Hécuba, la cautiva desolada,
Despues de ver á Polixena muerta,
De Polidoro vió la faz amada, 18

Cadáver triste sobre playa yerta,
Y ladró como can, con pena insana
Oscura el alma, y la razón desierta, 21

No la furia tebana y la troyana
Atormentara con más penas crudas
Los animales y la especie humana, 24

Cual vi dos sombras pálidas, desnudas,
Mordiéndose, correr, á la manera
Del puerco, con sus fauces colmilludas. 27

Una alcanza á Capocchio en su carrera,
Y al nudo de su cuello el diente hendiendo
Lo hace barrer el suelo en ira fiera. 30

El Aretino, á golpe tan tremendo,
"Este espíritu,—exclama: — es Juan Esquico,
Que así rabioso á todos va mordiendo." 33

Y yo á él: — "Decirme te suplico,
Cual sea la otra sombra vagarosa,
¡Y puedas preservarte de su hocico!" 36

Y él: — "Es esa la sombra criminosa
De Mirra antigua, que el pudor violando,
Se enamora del padre, y que incestuosa 39

"Peca con él, su ser falsificando,
Porque en otra persona se transforma;
Como ese, que con ella va penando, 42

"Quien por yegua ganar de buena forma,
Buoso Donati se llamó, doloso,
Por testamento en ajustada norma." 45

Luego que hubo pasado el par rabioso
Que mantenía absorta la mirada,
La extendí por el cerco doloroso, 48

Y á modo de laúd, mal conformada
Una sombra miré, que tal sería
Si la parte inferior fuese cortada. 51

El humor de una grave hidropesía
De su cuerpo los miembros deformaba,
Y á su rostro no el vientre respondía. 54

De arriba abajo el labio se apartaba,
Cual la boca del ético, sedienta;
Desde la barba á la nariz temblaba. 57

— "Alma que estás de toda pena exenta,
No sé por qué, del valle en el secuestro,
—Me dijo, —pasa y toma triste cuenta 60

"Del pobre Adamo, mísero mäestro:
Todo lo tuve, y hoy de agua una gota
Fuera más grata en mi penar siniestro. 63

"El arroyo que el fresco valle acota,
Al descender del verde Casentino
Y en el Arno sus aguas desagota, 66

"Ante mis ojos siempre me imagino,
Y su imagen risueña me deszuma
Más que el mal me descarna de contino. 69

"La rígida justicia que me abruma,
Castígame por donde yo he pecado,
Y mi lamento se transforma en bruma. 72

"En Romena, por mí falsificado
Fué el dinero sellado del Bautista;
Por ende el cuerpo allí dejé quemado. 75

"Mas si viese que el alma aquí se atrista
De Guido, de Alejandro, ó de su hermano,
Por Fonte-Branda diera yo esa vista. 78

"Uno ha venido ya ó está cercano,
Si no miente la voz de esta morada,
Pero ¡ay! atado estoy de pies y mano. 81

"Si en cien años, pudiese una pisada
Adelantar con cuerpo más ligero,
Me echaría á la vía condenada: 84

"Le buscaría en este valle fiero;
—Bien que tenga once millas de circuito,
Y media de ancho mida por entero.— 87

"Por ellos sufro este dolor maldito;
Ellos me hicieron acuñar florines
De tres quilates falsos, con delito." 90

— "Te pido, — dije, — que á esos denomines,
Que cual la húmeda mano en el invierno
Humean de este valle en los confines." 93

— "Allí los ví cuando bajé al infierno,
— Repuso, — y nunca, nunca se han movido:
Y así estarán por tiempo sempiterno. 96

"Una mintió á Josefo y su marido:
Otro es Sinón en Troya mal famado:
Y es su vapor, su aliento corrompido." 99

Uno de aquellos dos, así tachado,
Golpeó con puño firme y avizoro
Del hidrópico Adamo el vientre inflado, 102

Que retumbó como tambor sonoro;
Pero, con mano por igual pujante,
Gritándole: — "Ni aún este oficio ignoro." 105

Maltratóle furioso su semblante;
Y agregó: — "Bien que me halle aquí tullido,
Mi brazo para tí, aún es bastante." 108

Y el otro replicó: — "Cuando sumido
Te hallabas en las llamas, no tan presto
Eras, como al forjar, florín mentido." 111

Y el hidrópico dijo: — "Cierto es esto;
Pero no fué tan fiel tu testimonio,
Cuando en Troya te fuera á tí requesto." 114

— "Verdad: mas no fué puro tu antimonio,
— Gritó Sinón: — si entonces he mentido,
Lo has hecho tú más que ningún demonio." 117

— "Recuerda aquel caballo fementido, —
Repuso el otro, aquel de vientre hinchado, —
Reo por todo el mundo maldecido." 120

— "Tú, — dijo el griego — eres el más penado;
Con panza inflada, y con la lengua seca,
El mirarte y beber te está vedado." 123

Y el monedero: — "Tu mentir te obceca,
Que si padezco sed y tengo humores,
Á tí fiebre maligna te reseca. 126

"Es tu cabeza presa de dolores,
Y lamer el espejo de Narciso
Bien quisieras en medio á tus ardores." 129

La disputa escuchaba, y de improviso
El buen Mäestro prorrumpió: — "Pues! mira!
¡Que estoy por enojarme!" — Yo indeciso, 132

Al escuchar aquel acento de ira,
Por tal vergüenza me sentí turbado,
Que todavía en mi memoria gira. 135

Y como el que desgracias ha soñado,
Ó aun soñando desea, que falsía
Sea lo que entre sueños ha soñado, 138

Tal yo también, que ni aun hablar podía,
Con palabras mi falta no excusaba,
Y me excusaba sin saber lo hacía. 141

— "Culpas más graves que la tuya lava,
Ese rubor — dijo el Mäestro amado -
De la virtud, que todo desagrava. 144

Y piensa que estaré siempre á tu lado
Si otra ves te encontrases con tal gente,
Que encuentre en semejante plato agrado; 147

"Que es bajeza el oírla solamente."

CANTO TRIGÉSIMOPRIMERO

LOS TITANES

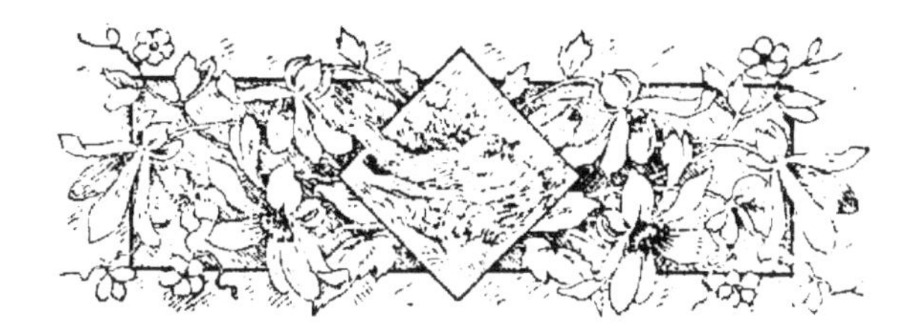

CANTO TRIGÉSIMOPRIMERO

. LOS TITANES

La lengua de Virgilio y la lanza de Aquiles.—Aparición de los Titanes que levantan la mitad del cuerpo sobre la octava fosa ó valle á manera de torreones de fortaleza.—Los dos Poetas dan la espalda al octavo círculo, y se dirigen al pozo central del Infierno que está encima del noveno y conduce á él.—Nemrod, Efialtes y otros Titanes.—El gigante Anteo.—Discurso de Virgilio suplicando á Anteo que los haga descender al noveno círculo.—Anteo toma á Virgilio y Dante en sus brazos, y como un lío los hace descender al último abismo.

La misma lengua que mordió enojosa
Y dióme de vergüenza la semblanza,
La medicina me brindó piadosa; 3

Así cuentan curaba aquella lanza
De Peleo y Aquiles al herido;
De un lado dura y por el otro mansa. 6

Dejamos aquel valle dolorido
Contorneando del cerco el alto muro,
Mudos y el pensamiento contenido. 9

Era entre día y noche, un claro oscuro,
Y en la sombra mi vista vacilaba,
Cuando un cuerno sonó con son tan duro, 12

Que todo otro sonido sofocaba;
Y el oído la vista encaminando
Atento á un solo punto concentraba. 15

—Tras de la rota dolorosa, cuando
Carlomagno perdió la santa gesta,
No tan terrible el cuerno de Rolando. 18

En mi camino, al revolver la testa,
De muchas altas torres ví semejos,
Y al guía pregunté: —"¿Qué tierra es ésta?" 21

Y respondió: — "No puedes ver de lejos,
Y te ofuscan en medio á las tinieblas
De lo que tú imaginas los reflejos. 24

"Lo que lejano con engaños pueblas,
Claro verás, estando más cercanos;
Apura el paso, y pasarán las nieblas. 27

(Y dulcemente me tomó las manos):
"Antes que en esta vía te adelantes,
Y se disipen tus mirages vanos, 30

"Sabe que no son torres, son gigantes
Hundidos en la fosa, y esto explica
Que sus bustos se iergan arrogantes." 33

Como cuando la niebla se disipa,
Poco á poco la vista trasfigura
Lo que un denso vapor diversifica, 36

Así, rompiendo aquella bruma oscura,
Al borde de la fosa tremebunda,
Huyó el engaño y vino la pavura. 39

Como á Montereggión, muro circunda
Que de encumbradas torres se corona,
Así también se alzaba furibunda, 42

Por mitad descubriendo su persona,
La fila de gigantes, que amenaza,
Júpiter con sus rayos cuando trona. 45

Veo una faz que al muro sobrepasa,
La espalda, el pecho y de su vientre parte,
Y á un lado y otro el brazo que rebasa. 48

Hizo natura bien dejando el arte
De procrëar tamaños animales,
Pues de tales soldados privó á Marte. 51

Ballenas y elefantes dan señales
Que si bien no del todo se arrepiente,
Aun en esto, sus juicios son cabales; 54

Porque si á la potencia de la mente
Se juntara la fuerza maliciosa,
El hombre á resistir fuera impotente. 57

Era larga la faz y era anchurosa
Como la piña de San Pedro en Roma,
Y su armazón, en proporción huesosa. 60

El muro, como túnica le toma
Medio cuerpo, y el resto, tan erguido
De la cintura á la cabeza asoma, 63

Que en tres frisones, uno al otro unido,
En treinta palmos, no se alcanzaría
Donde el hombre su manto tiene asido. 66

"*¡Rafele mai, amec zabí almía!*"
Á gritar empezó la fiera boca.
Que allí no suena dulce salmodía. 69

Increpóle el Maëstro: — "Ánima loca,
Sopla tu cuerno, y con su son desfoga
La ira ó la pasión que te sofoca. 72

"En torno al cuello encontrarás la soga,
Que por siempre te amarra, alma confusa,
Y que cruzada al pecho, cruel te ahoga." 75

Y mirándome dijo: — "Á sí se acusa:
Este es Nemrod, y por su loca empresa,
La misma lengua el mundo ya no usa. 78

"No perdamos el tiempo, que interesa;
Porque el lenguaje que habla nadie entiende,
Y ni él tampoco lo que el nuestro expresa." 81

El buen Maëstro su camino emprende;
Gira á izquierda, y á tiro de ballesta
Otro gigante desde el foso asciende. 84

Quien con sus fuerzas su furor arresta,
No podría decir; pero amarrados,
Ambos brazos robustos manifiesta, 87

Por cadena, de fierros muy pesados,
Que el cuerpo cinco veces le ceñía
Desde el cuello á los miembros empinados. 90

— "Este soberbio, tuvo la osadía
De medirse con Jove, y en sí lleva
Merecido castigo, — dijo el guía. 93

"Es Efialtes, que puesto á la gran prueba,
Con gigantes los dioses espantara:
No es fácil que sus brazos más remueva." 96

— "Maëstro, díjele, yo deseära
Ver, si es posible, al colosal Briareo
Y que su imagen por el ojo entrara. 99

Y él á mí — "Lo verás cerca de Anteo,
Que puede hablar y que se encuentra suelto,
Y ha de bajarnos donde gime el reo. 102

"El que tu quieres ver, se encuentra envuelto
En cadenas, cual éste semejante,
Salvo el rostro feroz y más resuelto." 105

No puede el terremoto más pujante,
Al sacudir el torrëon más fuerte,
Igualar el poder de aquel gigante; 108

Jamás miedo mayor sentí de muerte,
Y me la diera el pecho congojoso,
Á no saber que atado estaba inerte. 111

Seguimos á lo largo de aquel foso,
Donde Anteo, su busto levantando,
Cinco brazas afuera está alteroso. 114

—"¡Oh tú! que en aquel valle afortunado
Donde heredó Scipión eterna gloria,
Fué Aníbal y Cartago derrotado, 117

"Leönes mil tuviste por memoria,
¡Y que de haber estado tú en la guerra
De tus hermanos, lauro de victoria 120

"Coronara á los hijos de la tierra!
Bájanos hasta el hondo precipicio,
Donde el Cocito su frialdad encierra. 123

"No nos dirijas á Tifón ni á Tizio.
Éste que ves, dar puede lo que se ama,
Si te inclinas con gesto más propicio, 126

"Y por el mundo pregonar tu fama,
Que vivo está, y aun tiene vida larga
Si antes del tiempo el cielo no le llama." 129

Dijo Virgilio, y el gigante alarga
Presto, las manos que Hércules sintiera,
Y entre sus brazos al Maëstro carga. 132

Virgilio que coger así se viera,
Díjome: "Haz de modo que te prenda."
Y de los dos Anteo un haz hiciera. 135

Cual parece, al mirar á Carisenda
Bajo el declive, que una nube leve
Mueve en contra su fábrica estupenda, 138

Tal me parece Anteo que se mueve
Al inclinarse; y cierto, que en tal hora
Quisiera andar por vía menos breve. 141

Mas, levemente, al fondo que devora
Á Lucifer y Judas, nos llevó:
Doblegado un momento se demora, 144

Y cual mástil de nave se irguió.

CANTO TRIGÉSIMOSEGUNDO

LOS TRAIDORES

CANTO TRIGÉSIMOSEGUNDO

LOS TRAIDORES

Invocación á las vírgenes que ayudaron á Anfión á levantar los muros de Tebas. — La raza maldita de los traidores. — Entrada de los dos Poetas al noveno y último círculo. — Dante pisa en la oscuridad con su pesado cuerpo de hombre vivo, las sombras de los condenados que se quejan. — El lago helado donde son atormentados los traidores enterrados desde el cuello hasta los piés. — La Antenoria, una de las cuatro comparticiones del noveno círculo, que son la Caína, la Judaeca, la Antenoria y la Tolomea. — Suplicio y enumeración de los traidores á la patria, que penan en el hielo. — Al entrar á la región Tolomea, Dante ve asomar dos cabezas sobre el hielo, una de las cuales devora la otra.

Si tuviese una rima áspera y bronca,
Como á este triste foso convendría,
Que sustenta las rocas con que entronca, 3

Yo el jugo de mi mente exprimiría
Más plenamente; pero no me alabo,
Pues con temor doy suelta á mi osadía. 6

Empresa fácil no es, llevar á cabo
Lo más hondo explicar del universo,
Ni es de lengua que aun dice *mamma* y *babbo*. 9

Ayuda, como Anfión, pide mi verso,
Á las Donas de Tebas fundadoras.
¡No sea el hecho y el decir diverso! 12

— Plebe vil, entre razas malhechoras,
¡Mejor que ser de lo que hablar es duro,
Fuérais cabras y ovejas baladoras! — 15

Así que entramos en el pozo oscuro,
A los pies del gigante desdoblado,
Miré la altura del soberbio muro. 18

Clamó una voz quejosa: — "¡Ay! ten cuidado!
¡Y no maltrates con tu planta impía,
La frente de un hermano desdichado!" 21

Volví los ojos do la voz salía,
Y un lago ví, que convertido en hielo,
Más que de agua, de vidrio parecía. 24

Nunca en invierno, más espeso velo
Cubrió en Austria el Danubio congelado,
Ni vió el Tanáis bajo su frío cielo, 27

Cual el que vi, que á haberse derrumbado
Sobre él Apuana y Tabernich unidos,
Sus orillas ni un *¡cricch!* hubieran dado. 30

Como la rana lanza sus graznidos
Con el hocico fuera, cuando sueña
La espigadera frutos más crecidos; 33

Lívidas, do vergüenza el rostro enseña,
Yacen las sombras en el lago helado,
Batiendo el diente á modo de cigüeña. 36

Su rostro hacia los suelos inclinado,
Su boca fría, y su mirar transido,
Dan testimonio de su triste estado. 39

Cuando la vista en torno hube corrido,
Miré á mis pies, y vi dos condenados
El pelo de uno y otro confundido. 42

"¿Quiénes sois los de pechos apretados?"
—Pregunto,—y ellos alzan sus semblantes
Y á mí tuercen los cuellos doblegados. 45

En sus ojos, que blandos eran antes,
Al asomar la lágrima, se cuaja,
Y se cierran, de hielo semejantes. 48

Cual leño á leño ciñe férrea faja,
Así los dos, revueltas sus guedejas,
Cual cabras topan con la frente baja. 51

Uno de ellos, perdidas las orejas
Por el frío, pregunta, el rostro yerto:
—"¿Por qué en nosotros tu mirada espejas? 54

"Quiénes son esos dos, sabrás de cierto:
Donde Bisenzio su corriente inclina,
Fueron señores con su padre Alberto. 57

"Hijos son de una madre; en la Caína
Que ora atraviesas, no hay sombra malvada
Que más merezca estar en gelatina; 60

"Ni el que Arturo mató de mano armada,
Ni Focaccia, ni ese otro condenado
Que me tiene la vista interceptada 63

"Con su cabeza, ser abominado,
Que Sassol Mascheroni se llamaba:
Si eres toscano, ya te lo he mentado. 66

"Pocas palabras, y el sermón acaba.
Fuí Camición de Pazzi, y aquí espío
A Carlin que descargue mi alma prava." 69

Después, amoratados por el frío
Ví rostros mil, que aun tiritando miro,
Mirando siempre aquel helado río. 72

Y mientras vamos hacia el pozo andando
Donde el peso del mundo se coaduna,
Y entre el eterno frío iba temblando, 75

No sé, si por destino ó por fortuna,
Marchando entre cabezas condenadas,
Golpeó mi pie en el semblante á una. 78

Y llorando gritó: — "Si tus pisadas
No son de Mont' Aperti la venganza,
Por qué así me maltratan despiadadas?" 81

Dije al Maëstro: — "Para nuestra andanza;
Quiero salir de dudas; que en seguida
Haré cuanto me dicte tu templanza." 84

Paróse el guía, y dije á la dolida
Sombra, que horrible blasfemaba ora:
— "¿Quién eres tú de boca maldecida?" 87

—"¿Y tú quién?"—replicó,— que en la Antenora
Golpeando vas los rostros duramente
Cual un vivo, con planta pesadora?" 90

Y respondí: — "Yo soy un ser viviente,
Y si grata te puede ser la fama,
Quizás tu nombre entre los otros cuente." 93

— "¡Por lo contrario mi miseria clama!
—Replicó, —y eres tú mal lisongero
Al aumentar mi pena en esta lama." 96

Así el cabello de aquel ser tan fiero,
Diciéndole: — "Tu nombre me confiesa
Ó te pelo y repelo todo entero." 99

— "Puedes — dice, — pelarme con franqueza;
No te diré mi nombre, y te lo juro,
Aunque estrujes mil veces mi cabeza." 102

De una mecha bien firme le aseguro,
Y empezaba á pelarle ya la coca,
En tanto que él ladraba su conjuro. 105

Mas uno grita:— "Qué te pasa, Bocca?"
¿No te basta que suene tu quijada,
Que aún ladras? Qué demonio el que te aloca?" 108

—" Ora, tu confesión es excusada,
Traidor:—le dije,—queda con tu afrenta;
De tí daré noticia no falseada." 111

—" Vete,—repuso—y lo que quieras cuenta,
Mas no olvides decir, que al lado mora
El que su lengua puso á retroventa, 114

"Y aun el dinero del francés deplora.
Llorar he visto á Buoso de Duara,
Do helada está la turba pecadora. 117

"Y si alguno por otro demandara,
A Beccheria tienes á tu lado,
A quien Florencia el cuello le segara. 120

"Soldanier mas allá, creo enterrado,
Con Ganello, y Tribaldo, traicionero
Que entregara á Faënza al sueño dado." 123

Más lejos vimos, en glacial ahugero,
De dos sombras heladas la cabeza,
Que la una de la otra era sombrero. 126

Como el hambriento muerde el pan á priesa,
Así hundía su diente un condenado
En la nuca del otro que era presa. 129

Cual Tideo de rabia trasportado
De Menalipo devoró la frente,
Así roía el cráneo descarnado. 132

—"¡Oh tú! le dije, que con fiero diente
Muerdes una cabeza ya reseca,
¿Cuál es el ódio que tu pecho siente? 135

"Si no es bestialidad la que te obceca,
Dí quién eres. Por qué tan iracundo?
Si la lengua con que hablo no se seca, 138

La razón que tú tengas diré al mundo."

CANTO TRIGÉSIMOTERCERO

HUGOLINO

CANTO TRIGÉSIMOTERCERO

HUGOLINO

Hugolino narra su emparedamiento en la torre de Pisa, juntamente con sus cuatro hijos.—Su sueño fatídico.—La agonía de sus hijos, y su muerte por hambre.—Hugolino sobrevive á sus hijos, y ciego, desatentado, puede en él más el hambre que los sentimientos naturales.—Imprecación del Poeta contra Pisa.—La región de la Tolomea donde sufren tormentos otros traidores políticos.—Fray Alberigo Manfredi.—Branca d'Oria.—Anticipación de la pena á las demás almas de los traidores, cuyo cuerpo permanece todavía en la tierra.

La boca levantó del fiero pasto,
El pecador, limpiándola en el pelo
Del cráneo, por detrás ya casi guasto. 3

Y comenzó:— "Quieres renueve el duelo,
Que el corazón, impío me atormenta,
Y antes de hablar, me oprime sin consuelo! 6

Mas, si al traidor que muerdo, afrenta cría
Mi palabra, cual germen encarnado,
Hablaré como el que habla y se lamenta. 9

"No se quién eres, ni cómo has bajado;
Mas por tu acento, tú eres Florentino;
Y lo pienso, después que te he escuchado. 12

"Saber debes fuí el conde de Hugolino,
Y éste fué el arzobispo De Rugiero:
Ahora sabrás por qué soy su vecino. 15

"Por los amaños de su genio artero
Confiéme de él, y á muerte condenado,
Bien se sabe, fuí, triste prisionero. 18

"Mas no sabes el modo despiadado
Que hizo la muerte para mí más cruda:
Oye, y sabrás como yo fuí agraviado. 21

"Una estrecha ventana de *La Muda*,
Que hoy se llama del hambre, y todavía
Otro afligido encerrará sin duda, 24

"Más de una luna ya mostrado había,
Cuando en sueños miré correrse el velo
Que el futuro á mis ojos escondía; 27

"Y á éste vi, cual señor con crudo anhelo
Cazar lobo y lobeznos, en montaña
Que de Luca y de Pizza parte el suelo. 30

"Con perras flacas, dadas á esta maña,
Los Gualando, Sismondis y Lanfranco,
Corrían tras su huella la campaña. 33

"En corto trecho, con cansado tranco,
Sueño, que á hijos y padre les devora,
Agudo diente que les hiende el flanco. 36

"Al despertar, cuando asomó la aurora,
Sentí á mis hijos, que entre sueños crueles
Pedían pan con voz desgarradora. 39

"¡Serás muy cruel si de mi mal no dueles,
Pensando en lo que el alma me anunciaba!
Si no lloras, ¿de que llorar tú sueles? 42

"Despiertos ya mis hijos, se acercaba
La hora del alimento acostumbrado,
Y entre sueños cada uno vacilaba. 45

"Sentí clavar la puerta: sepultado
Quedé en la horrible torre, y ví maltrecho
El rostro de mis hijos; y callado, 48

"¡Yo no lloraba, empedernido el pecho!
Ellos lloroban, y Anselmucio dijo:
"¡Cómo me miras, padre! Qué te han hecho?" 51

"Ni lloré entonces, ni repuse á mi hijo,
Todo aquel día y en la noche opreso,
Hasta que al mundo un nuevo Sol bendijo. 54

"Débil rayo de luz, el aire espeso
Bañó de la prisión. y estremecido,
Vi en cuatro rostros mi semblante impreso! 57

"Mordíme las dos manos dolorido.
Y mis hijos, pensando que me embiste
Hambre voraz, prorrumpen en quejido: 60

—"¡Será para nosotros menos triste
Que comas nuestra carne miserable!
Tú puedes despojarla; tú la diste."— 63

"Por consolarlos me mostré inmutable:
Quedamos todos en mudez sombría . . .
¿Por qué no me tragó tierra implacable? 66

"Así llegamos hasta el cuarto día:
Gualdo me dijo: "Ven ¡ay! en mi ayuda!"
Y se tendió á mis pies en agonía. 69

"¡Gualdo murió; y vi con lengua muda,
Uno á uno morir los tres, hambrientos,
El quinto y sexto día en ansia cruda! 72

"Ciego, busqué sus cuerpos macilentos...
Tres días los llamé desatentado...
¡El hambre sofocó los sentimientos!" 75

Con ojo torvo, así que hubo callado,
Volvió á roër el cráneo con su diente,
Como hace el can en hueso destrozado. 78

¡Oh Pisa, vituperio de la gente
Del bello país en donde el *sí* se entona!
Pues que tarda el castigo providente, 81

Las islas de Caprera y de Gorgona
Cierren el Arno, y cubra su corriente
Anegada la estirpe de tu zona! 84

Pues si Hugolino según voz de gente,
Tus castillos vendió, no te era dado
Martirizar sus hijos crudamente; 87

Que á Hugo y Brigata y ambos que he cantado,
Su edad temprana, inculpas declaraba,
¡Oh nueva Tebas de crueldad traslado! 90

El lago á la distancia se ensanchaba,
Y otra turba de sombras se veía,
Cuya cabeza al dorso se inclinaba. 93

La misma queja resonar se oía,
Y su llanto, que paso no encontraba,
Sobre el helado corazón caía; 96

Pues la lágrima al ojo se agolpaba,
Y cual visera de cristal helado,
En los párpados dura se fijaba. 99

Bien que fuese cual callo inanimado,
Por el frío, y que todo sentimiento
En mi rostro estuviese anonadado, 102

Me pareció sentir ligero viento,
Y al guía interrogué: — "¿Quién esto mueve?
¿No está el Cocito de vapor exento?" 105

Y el respondió: — "Ya lo veras en breve;
Tu ojo á tu boca le dará respuesta,
Al ver la causa que este soplo llueve." 108

Y un triste que en el frío se molesta,
A los dos nos increpa: — "Almas tan duras,
Que mereceis esta mansión funesta, 111

"Quitadme estas heladas veladuras,
Antes que vuelva á congelarse el llanto,
Que el corazón impregna de tortura." 114

"Si quieres,—dije,—alivio á tu quebranto,
Di quien eres y tu ojo desabrigo,
O en el fondo del hielo te suplanto." 117

El respondió:—"Yo soy fray Alberigo;
Soy aquel de la fruta de mal huerto,
Y aquí cosecho dátiles por higo." 120

Y yo á él:—"Estás en cuerpo muerto?"
Y respondió:—"Que el mundo el cuerpo vea
Puede ser, pues de todo estoy incierto. 123

"Es privilegio de esta Tolomea,
Que con frecuencia el ánima caída
De Átropos anticipe la tarea. 126

"Porque ablandes mi vista endurecida,
Con mejor voluntad, diré, que al punto
Que un alma cual la mía es ya perdida, 129

"Al cuerpo le es quitada, y su trasunto
Viste un demonio atroz que lo gobierna,
Antes que llegue la hora del consunto. 132

"Y mientras su alma baja á esta cisterna,
Queda en el mundo el cuerpo semi-vivo,
Como esa sombra que á mi lado inverna. 135

"Saberlo debes, si lo has visto vivo:
Es Branca D'Oria que hace algunos años
Aquí cayó, y aquí quedó cautivo." 138

—"Creo,—le dije,—son puros engaños,
Pues Branca D'Oria vive todavía,
Y come, bebe, duerme y viste paños." 141

Y él:—"Malebolge no tragado había
Á Miguel Zanchez en la pez hirviente,
Cuando esa alma perdida aquí caía; 144

"Y un demonio ocupaba el ser viviente,
Y de un prójimo suyo, alma maligna,
Que cual D'Oria pecó traidoramente. 147

"Ahora extiende hacia mí mano benigna
Y abre mis ojos."—Los dejé cerrados,
Y noble fué con él mi accion indigna! 150

¡Ah Genoveses! hombres mixturados,
De usos diversos, llenos de magaña,
¿Por qué no sois del mundo desterrados? 153

Junto del alma peor de la Romaña,
Por sus obras se encuentra allí cautivo,
Un tal, vuestro, que ya el Cocito baña, 150

Y aun en el mundo el cuerpo se halla vivo.

CANTO TRIGÉSIMOCUARTO

LUCIFER—LAS ESTRELLAS

CANTO TRIGÉSIMOCUARTO

LUCIFER—LAS ESTRELLAS

Cuarta y última esfera del círculo nono.—Los traidores sumergidos en el hielo.—El abismo de la Judeca.—Aparición de Lucifer.—Bajada y subida de los dos Poetas.—El centro de atracción de la tierra.—Salida á otro hemisferio.—El riveder de las estrellas.

"*El rey con las banderas del Infierno*
Está cercano; mas primero mira
—Dijo el guía—si ves lo que discierno." 3

Como cuando entre nieblas se respira,
Ó que al anochecer la luz decrece,
Se ve un molino que á lo lejos gira, 6

Grande fábrica así ver me parece.
—Contra el viento que viene, busco abrigo,
Y mi guía á su espalda me le ofrece.— 9

Estaba (en metro con temor lo digo)
Do las sombras se ven en trasparencia
Cual paja que el cristal lleva consigo; 12

Donde entre el hielo sufren penitencia,
De pie ó cabeza, en arco contraído
El cuerpo, pies y rostro en adherencia. 15

Siguiendo por mi guía conducido,
Hasta donde le plugo al fin mostrarme
Á la criatura de esplendor perdido, 18

Me detuvo, y atrás hizo quedarme,
Diciendo:—"Ve aquí á Dite; es el momento
De que tu pecho de energía se arme." 21

Como quedara helado y sin aliento,
No preguntes, lector, ni yo lo escribo,
Pues que todo decir es vano intento. 24

No estaba muerto, mas no estaba vivo,
Y puede imaginarse un ingenioso
Lo que es un semi-muerto y semi-vivo. 27

El que impera en el reino doloroso,
Está en el hielo, á medias soterrado;
Y más bien me igualara yo á un coloso, 30

Que un gigante á su brazo desdoblado.
¡Cuál sería de pies á la cabeza
Su gigantesco cuerpo levantado! 33

Si su fealdad iguala su belleza
Cuando contra el Criador alzó los ojos,
¡Razón hay de llorar en la tristeza! 36

Oh! qué gran maravilla en sus despojos,
Cuando le vi tres caras en la testa!
Una delante de colores rojos, 39

Y otras dos, ayuntadas con aquesta,
Que desde el medio de cada ancha espalda
Se reunían en lo alto de la cresta. 42

La diestra, era entre blanca y entre gualda,
Y la izquierda, cual son, tales y cuales,
Los que del Nilo nacen á la falda. 45

Llevan las tres, dos alas colosales,
¡Cual de tamaño pájaro en el vuelo.
¡Jamás el viento infló velas iguales! 48

Eran sin plumas, mas tenían pelo:
¡Murciélago infernal! con que aventaba
Tres vientos varios de perenne hielo, 51

Con que el Cocito todo congelaba!
Por seis ojos y seis mejillas llora,
Y mezcla el llanto á sanguinosa baba. 54

En cada boca un pecador devora
Con sus colmillos, de espadilla á guisa:
De un alma es cada boca torcedora. 57

La del frente, algo menos martiriza,
Pero su garra, cual de acero dura,
La piel hace pedazos triza á triza. 60

—"Aquel que sufre la mayor tortura,
—Dijo el Maëstro,—es Judas Iscariote,
Cabeza adentro y piernas en soltura. 63

De esos cabeza abajo, en otro lote,
El que pende del negro befo, es Bruto,
Que sufre sin que el labio queja brote. 66

El otro es Cacio, fuerte como enjuto.
—Mas ya la noche viene, y es la hora
De la partida, en la mansión del luto." 69

Me abracé de mi sombra protectora,
Y al tentar Lucifer un nuevo vuelo,
Su ala pisó con planta previsora: 72

Y en seguida pisando pelo y pelo,
De vello en vello descendiendo fuimos,
Entre la helada costra y denso pelo. 75

Cuando al anca del monstruo descendimos,
En donde el muslo á compartirse empieza,
En angustias, mi guía y yo nos vimos. 78

Él puso el pie do estaba su cabeza,
Y del pelo se asió, cual si volviera
Una vez más al antro más á priesa. 81

—"¡Guarda!—dijo—que no hay más escalera!
—Como hombre que perdiese ya el aliento,—
¡Partir conviene de mansión tan fiera!" 84

Por peñasco horadado en su cimiento,
Salió, y al deponerme al otro lado
Me dió la explicación del movimiento. 87

Alcé los ojos, y quedé asombrado
Al ver arriba al infernal coloso
Que las piernas había trastornado. 90

Cual yo quedé confuso y afanoso,
Puede pensarlo el vulgo que no entiende,
Como salí del paso trabajoso. 93

—"De pie!—dijo el Maëstro,—que aun se extiende,
En larga vía, el áspero camino,
Y á su jornada tercia el sol desciende." 96

No era, por cierto, un sitio palatino,
Aquel recinto, triste y desolado,
Sin luz, y el suelo duro y salvajino. 99

—"Al dejar el abismo condenado,
—Poniéndome de pie, dije á mi guía—
Sácame del error que me ha turbado. 102

"¿Dó está el hielo? Cómo ese que se erguía,
Nos muestra su estatura trastornada?
Cómo la noche se convierte en día?" 105

Y él á mí:—"Tu cabeza preocupada,
Estar piensa en el centro en que me viste
Asir el pelo del que al mundo horada. 108

"Mientras que yo bajaba, allí estuviste,
Y al revolverme, descendiste, al punto
Que todo peso atrae de cuanto existe. 111

"Ahora, de otro hemisferio te hallas junto,
Que es por la tierra santa cobijado,
Bajo de cuya cima fué consunto 114

"EL que nació y viviera sin pecado:
Tienes los pies sobre la estrecha esfera
Que la Judeca forma al otro lado. 117

"Aquí amanece; allá la sombra impera;
Y este que por escala nos dió el pelo,
Está lo mismo que antes estuviera. 120

"A esta parte cayó del alto cielo,
Y la tierra, al principio dilatada,
Con espanto, tendió del mar el velo, 123

"Y á este hemisferio vino arrebatada;
Y dejando vacío el centro roto
Aquí formó montaña levantada, 126

"Y abajo, allá, de Belzebut remoto
Del largo de su tumba una rotura,
Que no se vé, pero cercana noto 129

"Por el son de arroyuelo que murmura
Bajando lento con andar tortuoso,
Y en la roca ha cavado su abertura." 132

Entramos al camino tenebroso,
Para volver á ver el claro mundo,
Y sin cuidarnos de ningun reposo, 135

Subimos, él primero y yo segundo,
Hasta del cielo ver las cosas bellas,
Por un resquicio de perfil rotundo, 138

A contemplar de nuevo las estrellas.

NOTAS Y COMENTARIOS

DEL

TRADUCTOR

NOTAS Y COMENTARIOS [1]

CANTO PRIMERO

(4-6). *Ahi quanto a dir qual era è cosa dura*
Questa selva selvaggia ed aspra e forte,
Che nel pensier rinnova la paura.

La traducción que se corrige es la siguiente:

Decir lo agreste que era, es cosa dura,
Esta selva tan áspera y tan fuerte
Que en la mente renueva la pavura.

Esta versión ha sido criticada por quien sostiene, que el Dante es intraducible, literal y poéticamente con todas sus calidades esenciales, en lo que todos están de acuerdo; pero al citar como argumento esta estrofa, con relación al idioma español, el ejemplo es contraproducente, y él mismo se ha encargado de demostrarlo prácticamente, al aconsejar traducir literalmente el verso 5, tal como se pone en la corrección: *Esta selva salvaje, áspera y fuerte.* Es éste uno de los casos en que me había apartado de mi propia teoría como traductor, teniendo que volver á ella al tiempo de revisar mi trabajo,

(1) Los números de las notas se refieren á los versos de cada canto.

y así, por vía de ilustración explicaré las razones de mi primitiva versión y de la corrección definitiva.

Era indispensable incluir en la traducción los cuatro calificativos que el poeta atribuye á la selva: *oscura*, *salvaje*, *áspera* y *fuerte*. El primero está comprendido en la estrofa primera, que le da su colorido: los otros tres, que le imprimen su doble carácter físico y simbólico, están en la segunda estrofa citada. En nuestra primera versión, *agreste*, correspondía á *selvaggia*, pero la palabra estaba fuera de su lugar, y además de alterar el giro del original, obligaba á omitir la exclamación de dolor que le da su acento. Para enmendar esta falta, no teníamos sino ser fieles á nuestra teoría, ceñirnos estrictamente al texto y traducirlo textualmente dejándonos llevar naturalmente por la corriente dantesca. Esto hemos hecho, resultando una verdadera fotografía interpretativa, por decirlo así, en que se reproduce la estrofa original verso por verso, palabra por palabra equivalente, con su giro propio, en su forma poética, con sus acentos rítmicos y hasta con su graciosa paranomasia de *selva salvaje (selva selvaggia)*. Esto, que demuestra que el Dante es traducible en castellano, es una muestra del paralelismo de los dos idiomas, que recíprocamente se prestan con flexibilidad, á reproducir con los mismos sonidos y los mismos giros gramaticales, las formas externas del número y de la rima del verso á la par de sus poéticas armonías internas.

(6). *Pavura* traduce fielmente *paura;* pero tiene más fuerza que en italiano, por cuanto expresa el pavor á la vez que la pavura. Como lo observa López Pelegrín, y Barcia lo confirma: "un hombre, en el momento de verificarse un terremoto, se llena de pavor: después que ha pasado, tiene pavura á los terremotos". Así dice el Dante, dando á la palabra el sentido y la fuerza que tiene en castellano:

Che nel pensier rinnova la paura

Siendo el pavor la causa, pavura es el efecto, y éste es el que se renueva en el pensamiento del poeta, que por un feliz encuentro de palabras, la traducción puede expresar con más precisión que el original.

(7). —Tanto è *amara*, che poco è più morte.

Este verso podría interpretarse de dos modos, refiriendo la palabra *amara* á la selva ó á la empresa de contarla, que *è cosa dura*.

Esta promiscuidad ó permutación de los sentidos y su combinación con las facultades morales, es frecuente en las imágenes dantescas, como puede verse en el verso 59 del canto primero, donde se dice: *dove'l Sol tace* (calla) para indicar "donde el sol se pone"; ó en el verso 28 del canto V, en que se lee: *in loco d'ogni luce muto*, por "privado de luz" y en el verso 132 del canto III: "*la mente di sudore ancor mi bagna*". Por esto nos hemos ajustado literalmente al original, como en los dos citados; pues el concepto, debe con precisión encerrarse en una sola palabra. Los mismos comentadores italianos del Dante lo han comprendido, y así dice Brunone Bianchi, explicando este verso, que él envuelve la idea de que "el recuerdo de la selva oscura es tan amargo y pavoroso como el de la muerte". Paolo Costa, contrayéndose, á la construcción gramatical de la oración, admite que el epíteto *amara* puede referirse á la selva, ó á la dura empresa de hablar de ella, inclinándose á lo segundo, pero que, en todo caso el sustantivo *paura*, se refiere á la empresa, y en ningún caso á la selva.

Ma per tratar del ben ch' i' vi trovai
Diró dell' altre cose ch' io v' ho scorte

Scorte, es participio del verbo *scorgere*, que comprende, ver, guiar con seguridad ó acierto, discernir, mostrar, acompañar, y según Alizeri, en su comentario analítico, significaría en la acepción empleada, ver de lejos ó con cierto cuidado ó atención, que vale tanto como ver con discernimiento. No he encontrado en nuestra lengua otro equivalente, aunque su significado sea más restringido, sinó la palabra *solerte* (de *solercia* en castellano, *solerzia* en italiano) derivado del latín (*solertia*, *sollers*), que sus clásicos aplican, así á la fineza de los sentidos y la destreza manual como á la penetración del criterio, lo mismo que á las cualidades morales y á la facultades intelectuales. En castellano, significa, sagaz, astuto, hábil para tratar alguna cosa, y en italiano, cuidadoso, diligente. El sentido del concepto se conservaría íntegro por este equivalente, que envuelve la idea de ver con cuidado ó discernimiento ó penetración, para juzgar atinadamente de las cosas, que es la acepción en que la emplea Cicerón. Solerte podría por lo tanto suplir á *scorte*, en cierta medida; pero he preferido arreglar estos dos versos en la traducción, siguiendo el orden lógico del pensamiento del autor, al contraponer el mal al bien, modificando simplemente el orden de colocación de los conceptos.

(20). Esta imagen, que á primera vista parece atrevida, ha sido literalmente reproducida en la traducción, por cuanto ella es, no sólo propia, sino científica, y reconoce un origen histórico. Como lo observa Camerini en sus comentarios, el Dante quiso significar en este verso, la cavidad del corazón, receptáculo de la sangre, que por una feliz coincidencia, en que la poesía se armoniza con la ciencia, Harvey, el descubridor de su circulación, llamó: *sanguinis promptuarium et cisterna.* Boccaccio, en sus comentarios, no penetró su significado fisiológico y pensó que era una mera figura que localizaba en un receptáculo los espíritus vitales.

(24). Este es uno de los famosos tercetos del Dante. El poeta ha procurado encerrar toda la fuerza de su imagen en la palabra que lo cierra: *guata*, que en italiano significa *mirar*, y por extensión, mirar con atención ó con estupor. En castellano existe la palabra correspondiente *aguáita*, que, según Barcia, tiene por etimología el verbo catalán *aguaitar*, que en lo antiguo significó *guarda*, de donde derivaría la acepción aguardar con cuidado ó sea acechar. Así, la locución empleada en la traducción de "mirar hacia atras con ánimo azorado", encierra en un circunloquio la idea del miedo con que se mira. La palabra: *jadeante* que no está en el original, corresponde á *lenna affannata* (hálito afanado), y da mayor fuerza á la imagen dentro de sus contornos precisos.

(25). Alguna vez sucede, que el circunloquio ó el ripio está en el original, y la traducción lo ciñe dentro de líneas más precisas por efecto de la lengua á que se vierte, como se ve en este caso:

Così l'animo, chè ancor fuggiva.

Los comentadores italianos, para aclarar el concepto con propiedad, lo complementan, suponiendo una forma elíptica. Tommaseo anota: "*fuggitiva* di paura" y Bianchi: "ancor trepidamente per l'avuta paura". La palabra *fluctuante*, tomada en la acepción figurada de vacilante, y por extensión estar en peligro, que recta y genuinamente significa *trepidante* ó *trémulo*, encierra la idea del poeta conforme con su autorizado comentario.

(30). —*Sì che il piè fermo sempre era il più basso.*

Este verso ha dado origen á tan largos como triviales comentarios. Bianchi, amplificando el comentario de Buti, emplea no menos de una columna de sus notas, en demostrar, que el Dante quiso significar que decendía por una pendiente suave, en la que, á la inversa de cuando se camina por una llanura, el pie más firme suele estar más alto que el de movimiento, ó sea el menos firme. Fúndase para ello, en que el poeta dice, que caminaba por una *piaggia diserta*, que supone el comentador ser una *costa*, sin advertir que *piaggia* en italiano, en su acepción poética, es cualquier lugar, "qualsivoglia luogo", según la definición de Fanfani en su autorizado "Vocabulario". No sintiendo el comentador firme su paso en este terreno, admite que pueda tener el concepto un significado moral. Rodiala, por el contrario, entiende que el Dante subía (*che saliva*), y así lo repite Blanc. Fraticelli, con más acierto, y dando un doble significado á la acción, es de opinión, que "con esta frase quiso expresar la lentitud y la circunspección, con que procedía, caminando al subir (*su per l'erta*), de tal manera, que el pie más firme sobre el cual gravitaba el cuerpo, estaba sensiblemente siempre más abajo que el otro, el cual entretanto avanzaba hacia arriba", y lo mismo repite Paolo Costa.

Tomando en cuenta las alternativas de la marcha del poeta, del texto se desprende claramente, "que subía". Había atravesado la selva oscura, que dejaba á su espalda; en seguida, descansó, y volvió á seguir su camino por la *piaggia diserta* ascendiendo la pendiente del monte, que era el término del valle que transitaba, lo que le obligaba á afirmar más el pie más bajo, como sucede cuando se sube. (Verso 28-30). Más adelante dice, que al comenzar la subida *(al cominciar dell'erta)* se le apareció la pantera (verso 31-32), que le obligó á retroceder, ó sea á descender (verso 36), como lo dice expresamente.

Además tomando la palabra que determina la acción en su sentido recto y genuino, es indudable que subía *Fermo*, en italiano, es inmovil, fijo, estable y por extensión, durable ó constante como en el latín de que deriva. *Fermare*, es impedir la continuación de un movimiento empezado y progresivo, y también retener, sostener, reposarse. Estas condiciones del movimiento, combinados con la letras del texto solo pueden llenarse subiendo: — *sì* (de manera que, *il piè fermo)* el pie firme ó estable sobre que reposa el peso del cuerpo, *(sempre era il più basso)* siempre queda más *abajo* del que se mueve.

Relacionando estos antecedentes con el cansancio del viajero, podría traducirse de otros dos modos, igualmente vagos:

— Afirmando al subir, tardío paso.
— Procurando afirmar el tardo paso.

Hemos preferido traducir literalmente, reproduciendo el movimiento que describe el verso, sea que subiera ó que bajase, pues admite todos los significados físicos ó morales que quiera darse al concepto.

(31). *Ed ecco, quasi al cominciar dell'erta*
Una lonza leggiera e presta molto,
Che di pel maculato era coperta.

Ningún comentador ha podido explicar satisfactoriamente el simbolismo de esta pantera, que es, juntamente con el león y la loba de que hace mención más adelante. una de las tres bestias que hacen retroceder al solitario viajero en su camino, al tiempo de ascender al monte, bañado por la luz del Sol: *Che mena dritto altrui per ogni calle*".

Blanc, partiendo de que *lonza* viene de latín *lynx*, declara no poder definir si se trata de una pantera, de un lince ó de un leopardo, cuando la palabra misma *(onza)* señala la especie del animal. Los comentadores antiguos ven en la *lonza* la representación de la lujuria; en el león la soberbia, y en la loba la avaricia; y los modernos ven en la primera la envidia, no faltando quien acumule en ella la lujuria y la envidia, ó le dé otra interpretación puramente moral. Hugo Fóscolo, en su "Discurso sobre el poema del Dante", fué el primero que dió á esta alegoría el significado político que sin duda tuvo para el gibelino de la edad media, que presentía como Maquiavelo la unidad italiana. Según esto, las tres bestias representarían las tres principales potencias, que por entonces mantenían á la Italia dividida, y obstaban al restablecimiento de la autoridad imperial, de que era partidario, y de la paz, que era su anhelo. Así, la loba sería (como es evidentemente) la curia romana y el poder temporal del Papa; la *lonza*, *leggiera e presta* (ágil y móvil) *di pel maculato*, sería Florencia dividida en los partidos Blancos y Negros; el león, la casa real de Francia, á la sazón dominante en Nápoles, y representada por Carlos sin tierra, el cual hizo desterrar al Dante de Florencia. Florencia detuvo la carrera política del Dante, como la pantera lo detenía en su camino fantástico (verso 35-38). A pesar de esto, como que en la onza ó pantera quiere simbolizar á su patria, ve en su aparición un buen presagio, y dice que su pintada piel es alegre ó festiva *(gaietta)*, según se expresa en los versos 40-42, lo que excluye la idea de la lujuria ó de la envidia, ó de las dos cosas juntas, que se pretende encontrar en la bestia. Siguiendo esta interpretación racional, en la palabra *móvil* va envuelto el concepto de ligereza, de *leggiera e presta*, en el doble sentido de movimiento material ó moral que tiene en castellano. (Véase nota al verso 42).

(42). *Si che a bene sperar m'era cagione*
Di quella fera la gaietta pelle.

Gaietta, está sustituido por *pintada*, que sugiere también la idea de alegría. Esta palabra que se adapta tan bién á la onza, como al leopardo y á la pantera, siendo la piel de la primera pardo claro, con manchas oscuras é irregulares, más claras por el centro; y en la segunda, las pintas son como anillos, en lo que se diferencia del leopardo. Así, pues, *pintada* reemplaza con ventaja á *gaietta*. Puede justificarse además la sustitución con una hipótesis. *Gaietta*, bien pudiera ser *giallettta*, ó sea *amarillento*, ó leonada, que corresponde á los tres animales de que se trata. Esta lección aclararía el concepto pues, admitido que *la lonza di pel maculato* de que habla el poeta, sea Florencia, *gialletta*, viene mejor que *gaietta*, si, como parece evidente, las manchas ó pintas se refieren á los marcados partidos que á la sazón la dividían. Nos limitamos á apuntar la hipótesis por nuestra cuenta.

Como complemento de esta anotación trascribiremos,—por excepción la traducción que de los versos citados hace el conde de Cheste, porque es singular:

> Así, que á poseer me mueve ahora
> De la fiera, la piel de manchas bellas.

Lo contrario se desprende del contexto, que el mismo Dante explana en otro pasaje, que se relaciona con este, y que ha escapado á la atención de los comentadores italianos. En el canto XVI, v. 106-108, se dice, que con una cuerda que el poeta llevaba á la cintura, pensó en tal ocasión enlazar á la onza:

> *Io aveva una corda intorno cinta,*
> *E con essa pensai alcuna volta*
> *Prender la lonza alla pelle dipinta.*

Siendo la onza ó pantera una representación de Florencia, patria del poeta, cuya vista le causó placer, como él lo dice, no podía pensar en apoderarse de la piel de la bestia simbólica, pues esto implica la intención de matarla para desollarla, sino la de cautivarla, por medio del cordón de la penitencia, que era la cuerda que llevaba á la cintura.

(60). Todos los traductores españoles han retrocedido ante las imágenes del Dante, que tienen por base la trasposición de los sentidos, principalmente el de la vista con relación á la voz, y han procurado expresarlas por medio de circunloquios ó por palabras abstractas, que á la vez que las debilitan, borran sus contornos concretos y correctos, despojando al poeta de su originalidad en los modos de decir, ya sea para pintar los objetos, ya para expresar la impresión que producen en el ánimo. El color poético de la Divina Comedia, ó sea *el tono*, principalmente en el "Infierno", es el claro-oscuro, que distribuye con intensidad las luces y las sombras, y así como se aplica esta calificación á la gradación de las tintas en un cuadro, y por extensión al estado vago del alma, así también puede equipararse la escala cromática de la luz ó de la voz humana. Así como se dice de algunos colores por demás vivos, que son gritones, puede también decirse que son mudos ó blandos. Victor Hugo, que es, como Dante, el poeta de los atrevimientos en punto á imágenes, ha dicho: "Los montañeses de las inmediaciones de la Selva Negra, tienen una especie de canto claro-oscuro", y aunque los retóricos hayan criticado su imagen, como la del Dante, ha entrado en el lenguaje poético universal. (Véase la nota al verso 7).

(61). *—Mentre ch' io ruinava in basso loco*

Algunos comentadores (Bianchi entre ellos) sostienen que debe preferirse la lección *ruinava* en vez de *rovinava* que los demás aceptan, mientras que Paolo Costa es de opinión que debe ser *ritornava*, y Federico Alizeri apoya esta lección, fundándose en una razón que la desautoriza, y es, que *ruinava* es caer ó descender á un precipicio, que es precisamente la acción que el poeta expresa y pinta con una sola palabra.

Es de extrañarse que tan prolijos comentadores, siendo italianos, hayan desconocido la etimología de la palabra, y hasta su sentido propio en sus diversas formas, confundiéndose á causa de esto hasta el punto de reemplazarla arbitrariamente por otra, de significado contrario.

En el verso 34 del canto V, al trazar el segundo círculo del Infierno en que giran perpétuamente los condenados, el poeta determina su límite por una *ruina*, ó sea por un abismo ó precipicio:

Quando giungon davanti alla ruina

La palabra *ruina* es sinónima en italiano de *rovina* y significa á la vez que ruina como en castellano, una anfractuosidad, grieta, despeñadero ó valle fragoso, que corresponde á sima ó barranco, y por extensión, precipicio, abismo.

Su etimología es dudosa: unos la hacen derivar de la baja latinidad y otros de una raíz sanscrita. El Dante usa alguna vez la palabra latina *ruere* (que tiene alguna analogía) en el sentido de precipitar, que según Bianchi, sólo se emplearía para expresar la acción de *correr presuroso*. En la época de la "Divina Comedia" los provenzales tenían ya la palabra *rabina*, y el antiguo francés ó lengua del *oui*, la palabra *ravine* que se conserva aún en el moderno bajo la forma de *ravin*, con el significado de barranco ó sima. En este sentido lo usa el poeta en los dos casos citados, y conocida la etimología de la palabra, no es posible dudar de su significado recto y genuino. Así: *mentre ch'io rovinava* (ó ruinava) *in basso loco*, significa literalmente que se precipitaba ó descendía presurosamente de la altura hacia el bajo, ó sea al fondo del valle, que era la *rovina*. Por lo tanto, la traducción: "Mientras que al negro valle descendía", expresa claramente la acción, y aunque no con la fuerza del original, á que da relieve la palabra *rovinava*, pinta mejor el sitio ó paisaje, en armonía con la índole del estilo dantesco y de conformidad con lo que dice el poeta en los versos 14 y 15, que la selva oscura estaba situada en el valle, limitado al frente por una colina dominante, que empezó á ascender al salir de aquella:

quella valle
che m'avea di paura il cor compunto.

Sin tomar en cuenta este itinerario ni estos elementos filológicos, los comentadores italianos fundan su lección de *ruinava* en el verso 138 del canto XXXII del Paraiso, en que se hace referencia á esta misma circunstancia.

Quando chinava a ruinar le ciglia.

Bianchi, tomando la palabra *ciglia* en su sentido de ceja del rostro humano, interpreta el verso de este modo: " quando cogli occhi bassi per ismarrimento d'animo t'affrettavi a ritornar nella selva." *Ciglia*, en la acepción usada por el poeta, es *ceja* ó sea la parte más alta de un terreno con relación á un punto más bajo; y de ella derivan las palabras italianas *ciglione*, que significa la parte alta de un camino, y *ciglionare* levantar el terreno en los bordes de un foso. De manera que, lo que el Dante quiso decir, y dice claramente en el verso citado,—que confirma el anterior comentario,—es que descendía precipitadamente por la ceja del valle.

Hay además otros pasajes que confirman este comentario, y cuya correlación con la palabra *ruina* ó *rovina* en el sentido en que la emplea el Dante no ha sido notada por los comentadores italianos.

En los versos 35-36 del canto XX (Infierno), se dice con referencia á un alma maldita precipitada al abismo infernal de Minos:

E non restó di *ruinare* a valle
Fino á Minòs, che ciascheduno afferra.

O sea, literalmente traducido: "Y no paró de rodar (ó de precipitarse) hasta el valle donde está Minos, que aferra á cada uno (á cada pecador)".

En los versos 129 y 131 del canto XXXIII, se dice, refiriéndose á un alma condenada que es precipitada al abismo de la Tolomea:

....l'anima trade
....
Ella ruina in si fatta cisterna;

(61-63). *Mentre ch'io ruinava in basso loco,*
Dinanzi agli occhi mi si fu offerto
Chi per lungo silenzio parea fioco.

La interpretación que mantengo, y que se aparta de la de casi todos los comentadores italianos, ha sido criticada diciendo: "que todos los que no hablan parecen mudos", y que por lo tanto esto constituye una notoria vulgaridad. Aparte de que hay silencios elocuentes que no acusan mudez, no se ha tenido en cuenta al hacer esta observación (que tratándose de un vivo sería pertinente), que entre "los todos" no pueden estar incluídas las sombras ó espíritus, que no respiran como el común de los mortales. Así, en el canto XXIII, el poeta hace decir á uno de los condenados, refiriéndose á él, en contraposición de Virgilio que no respiraba:

Costui par vivo all' atto della gola:

Por manera "que un ser tan silencioso que parecía mudo en su silencio", comprende con propiedad no solo la extinción ó suspensión de la palabra, sino también la privación de la respiración, lo que constituye un doble silencio.

Traducidos literalmente los versos 62 y 63, dicen- "Delante de mis ojos (*dinanzi agli occhi*), se me presentó (*mi si fu offerto*) uno que (*chi*) por (su) largo largo silencio (*per lungo silenzio*) parecía mudo(*fioco*) ó sea con la voz apagada.

Blanc interpreta el concepto de este modo: "Dante, al ver á la distancia un fantasma, espera naturalmente como pueda venir en su socorro; pero como éste no acude inmediatamente y permanece en silencio, concluye, que debía ser débil ó cansado". Fraticelli dice: "*Fioco*, flaco, débil ó lánguido, por haber callado mucho tiempo". Alizeri y Paolo Costa (así como Fraticelli, sin afirmarlo), piensan que el Dante se refería al largo silencio que se había hecho en su época en torno de las letras antiguas y principalmente de las obras de Virgilio. Brunone Bianchi comenta este pasaje: "Entiéndase, me encontré delante de uno que parecía un hombre que por lo largo callar hubiese perdido el uso de la palabra".

Como se vé, estas interpretaciones tienen poca consistencia: I° porque el Dante al encontrarse con Virgilio, no podía saber si hacía mucho ó poco tiempo que estuviese en silencio; 2° porque no sabía quien era Virgilio, como lo manifiesta en el verso 71 de este canto, en que al fin lo reconoce, y por lo tanto no podía hacer alusión á su obra literaria; 3° porque de la construcción gramatical de la oración puede deducirse lógicamente que todo lo refiere al momento de la aparición (*dinanzi agli occhi parea*) y no al pasado; 4° porque el Dante no tenía idea clara de la naturaleza de la aparición, y dudaba, al respecto, como lo expresa en uno de sus versos siguientes:

Qual che tu sii, od ombra, od uomo certo.

5º porque no tiene sentido racional la interpretación de que parecía Virgilio mudo ó lánguido á consecuencia de largo silencio, pues no hay signo visible que pueda hacer conocer la languidez ó la mudez por efectos del largo callar, y más, refiriéndose á una sombra que ni respiraba siquiera.

Fundado en estas consideraciones, mi interpretación es la siguiente: "Delante de mis ojos se me presentó uno que por su prolongado silencio me pareció mudo". Esta versión es concordante en un todo con el texto original, sin violentar su sentido, y es también la más racional, si se tiene presente lo que apuntamos antes, que la sombra de Virgilio, no solo no hablaba, sino que ni siquiera respiraba, lo que trae naturalmente la idea de la afonía.

(75). —*Poichè il superbo Ilion fu combusto.*

Al exponer nuestra teoría como traductor, dijimos, que al introducir algunos modismos y términos anticuados, no era nuestro objeto retrotraer el lenguaje de la versión castellana á la época contemporánea del Dante, sino darle un ligero tinte arcáico, de manera de armonizarla más con el original, empleando no sólo palabras equivalentes, sino también las mismas del original, algunas de las cuales están fuera del uso corriente, pero que en la época del Dante eran comunes á los dos idiomas, y se conservan en ambos con la misma acepción. Tal sucede con la palabra *combusto*, y como es la primera vez que aparece un arcaísmo en esta traducción, lo acompañaremos de un breve comentario.

Como lo observa Littré: "el arcaísmo es una necesidad de todas las lenguas, y bien empleado, una garantía y una sanción, y por no haberse tomado en cuenta, se han condenado con poco juicio, formas y palabras que eran necesarias." La palabra *combusto*, anticuada, es una de ellas, que tiene el mismo valor en español y en italiano, y que se conserva en ambos con la misma acepción. Los italianos la han declarado arcáica porque han abandonado el uso del verbo *comburere* á que corresponde. Los españoles la han declarado anticuada, eliminándola de un grupo de palabras en que hace falta (*combustión*, *combustible*, *combustibilidad*, *comburente*, *combusto*) y la reemplazan con la palabra *abrasado*, que no es lo mismo ni tiene el mismo valor científico. Según la definición que de la palabra *abrasar* dan los diccionarios españoles entre ellos Barcia — ella significa recta y genuinamente, reducir á brasas, y por extensión, quemar. Mientras tanto, el mismo Barcia reconoce, qué *combusto*, participio pasivo del verbo latino *comburere* — de donde lo tomó el español en la misma acepción — es "abrasar del todo, quemar juntamente", de *cum* con, y de *burere*, quemar. Así, pues, *combusto* es propiamente quemado y consumido por el fuego, y en el caso empleado, un término más comprensivo y expresivo que los equivalentes de uso común.

(107-108). *Per cui morì la vergine Camilla,*
Eurialo, e Turno, e Niso di ferute.

"Viril porfía" como se lee en la edicción que se corrige, es una traducción libre, que omite la palabra complementaria del concepto histórico (*di ferute*) á saber, muertos á consecuencia de heridas mortales recibidas, luchando por la defensa ó la conquista de la *umile Italiana*, ó sea el antiguo Lacio cantado por Virgilio. La palabra porfía está empleada en su doble acepción de lucha obstinada ó antagónica en pro ó en contra de la fundación del imperio latino, á que hace alusión el poeta.

(117.) Tommaseo entiende que lloran la vida penal del infierno, que es la segunda muerte. Otros entienden que piden á gritos la muerte del alma. Esta es la versión correcta, pero que no ha sido bien explicada. Habiendo muerto el cuerpo, el alma que le sobrevive, es la que sufre, y es la muerte del alma, ó sea la segunda muerte, lo que los condenados piden.

(120). En el verso 52 del canto II, Virgilio dice al Dante, refiriéndose á las almas que esperan su redención en el limbo, entre los cuales el poeta antiguo se hallaba:

io era tra color che son sospesi.

Como se verá en el verso correspondiente (52), hemos precisado allí el concepto, poniendo la palabra *limbo*, que resalta claramente del texto; pero para no omitir ninguno de los modos de decir del poeta, colocamos aquí la expresión original, aunque sea trasportandola:

Los que suspensos sufren penitentes

CANTO II

(I-4). Hé aquí la estrofa original, que es famosa:

Lo giorno se n'andava, e l'aer bruno
Toglieva gli animali, che sono in terra,
Dalle fatiche loro; ed io sol uno
M'apparechiava a sostener la guerra.

Thomas Grey, en su igualmente famosa elegía: "El Cementerio de la Aldea" traducida á todas las lenguas, ha imitado esta estrofa en los versos con que comienza, agregándole el sonido de la campana vespertina que "anuncia la muerte del día", idea que tomó también de los versos I-6 del canto VIII del Purgatorio.

Era già l'ora che volge 'l disio
....
E che lo nuovo peregrin d'amore
Punge, se ode la squilla di lontano
Che paja 'l giorno pianger che si muore.

Hé aquí la estrofa imitativa del poeta inglés:

The curfew tolls the knell of parting day;
The lowing herd wind slowly o'er the lea;
The ploughman homewards plods his weary way
And leaves the world to darkness and to me.

Los comentadores ingleses han observado, que el final del penúltimo verso de esta elegía—"*trembling hope repose*"—es una imitación del Petrarca, que antes había dicho: *paventosse speme* (temerosa ó trémula esperanza); y Macaulay señala la reminiscencia del sonido de la campana al morir el día "como un specimen de uno de los más desgraciados plagios que se hayan hecho jamás"; pero no han tenido presente el plagio ó imitación de la estrofa de este canto, que es el fundamental.

(8). —*O mente, che scrivesti ciò ch'io vidi.*

En la anotación al verso 7 del canto I hemos apuntado, que en las imágenes dantescas es frecuente la promiscuidad ó sustitución de los sentidos en combinación con las facultades morales. En este verso, á la inversa del caso citado, se asigna una función material á un acto intelectual, y así se hace "escribir á la mente lo que vió". Teniendo presente esto al traducir literalmente la estrofa, en vez de *ciò ch'io vidi*, hemos puesto *visiones*, que á la vez que condensa el pensamiento en una sola palabra, es más expresivo y poético.

(13-15). El concepto que envuelve esta estrofa es complicado y algo oscuro en el original, por efecto de esa mezcla de espíritus y cuerpos vivos de diversa naturaleza y con las mismas pasiones y sensaciones, combinándose en ella fantásticamente las creencias cristianas y las reminiscencias paganas de que la Divina Comedia está llena:

Tu dici, che di Silvio lo parente,
Corruttibile ancora, ad immortale
Secolo andò, e fu sensibilmente.

Traducido literalmente: — "Tú dices que el padre de Silvio (Eneas) corruptible aún (hombre mortal) giró en el siglo inmortal (el mundo de los espíritus), y que lo hizo sensiblemente (es decir, real y materialmente con todos sus sentidos corporales)."

La traducción invirtiendo el concepto, sin alterar su sentido, dice: "Eneas, siendo aún hombre mortal *(corruttibile)* palpó *(sensibilmente)* la esencia del mundo de los espíritus" que el poeta pone en contraposición de los sentidos corporales del hombre viviente. En otro poeta que no fuese el Dante, sería una impropiedad hacerle decir que Eneas "palpó la esencia", pero debe tenerse presente, que las sombras dantescas experimentan las mismas sensaciones de los cuerpos vivos, como se ve en el canto VI, en que se quejan las sombras que el poeta huella con su planta; y en el canto XXXII en que las cabezas que pisa le piden que no las lastime. Milton, imitando estas imágenes del Dante, pinta poéticamente las llamas que nos alumbran, y las tinieblas visibles.

(17-21). Estos dos tercetos están intencionalmente asonantados en la traducción, como lo están en el original los dos que inmediatamente se suceden:

Cortese i fu, pensando l'alto effetto.
....
Non pare indegno ad uomo d'intelletto:
Ch'ei fu dell' alma Roma e di suo impero
Nell' empireo ciel per padre eletto:
La quale e il quale (a voler dir lo vero)
....
U' siede il successor del maggior Piero.

Como es la primera vez que aparecen mezclados los consonantes con los asonantes en esta traducción, reproduciendo la forma del original, conviene dar al respecto una explicación por vía de ilustración y comentario.

Habiéndome propuesto reproducir la melopea del

verso dantesco en cuanto es posible en castellano, subordinándola á la idea original, he procurado buscar la analogía de sus compases rítmicos, los acordes fonéticos, los sonidos llenos y la combinación métrica de sílabas largas ó agudas y breves, que constituyen el número ó la acentuación de las palabras. Es la solución de un problema mecánico de versificación, ó fónico, si se quiere, de las armonías de la voz humana en sus diversas formas, combinadas con los instrumentos que la acompañan. La estructura del verso de los grandes poetas tiene, como la frase musical, su armonía propia que da su relieve á la palabra hablada. Rossini lo ha demostrado prácticamente al traducir en notas melódicas, la dolorida y al parecer prosáica queja de Francesca de Rímini:—"*Nessun maggior dolore che ricordarse del tempo felice nella miseria.*"

En los idiomas antiguos, que nos han legado sus grandes modelos poéticos, el verso era más sonoro, más musical, á causa de su rica prosodia, y les bastaba el mecanismo que reposaba sobre la combinación de las sílabas largas y breves, caracterizadas por acentos, para producir sus pies ó compases, que se refundían métricamente en acordes completos. Habiendo desaparecido en los idiomas modernos, — y principalmente en los derivados del latín — el ritmo y la cadencia de la versificación primitiva, fué necesario suplir esta deficiencia con la invención de un nuevo sistema métrico, análogo, pero distinto, cuyos recursos armónicos consisten en períodos musicales, marcados por consonantes ó asonantes, acentos y apoyaduras, sin excluir en algunos casos, pero por mero accidente, el uso de las pronunciaciones acentuadas con las no acentuadas, artificio que decide del movimiento del verso, aun cuando la sílaba haya dejado de tener un valor musical en las lenguas habladas.

El movimiento del verso, su número y sus pausas, obedecen á reglas constantes que tienen su origen en la naturaleza de los idiomas y en la organización humana, siendo la rima y la cantidad de silabas lo mas secundario en su estructura armónica. De aquí, que el francés moderno, único idioma derivado del latín que no haya adoptado para su versificación la prosodia poética inventada por los provenzales, sea por lo general un instrumento insonoro en manos de sus poetas, al que sólo Corneille ha podido arrancar algunos acentos viriles, Racine algunos ecos tiernos, Lamartine algunas notas melódicas, Musset nuevas armonías, y al que Victor Hugo, su inspiracion lírica, ha hecho producir nuevos acordes al templar sus cuerdas, dándole la resonancia de un nuevo instrumento á la manera del Dante, que convirtió un tosco dialecto en la lengua más armoniosa del mundo. No puede decirse empero que el francés carezca en absoluto de asonantes: los tiene, pero solamente agudos, porque sus vocablos carecen de terminaciones graves, en que principalmente suenan las vocales. Racine, que pasa por el mejor versificador de la lengua francesa, en sus alejandrinos tirados á cordel, que hacen vibrar las consonantes terminales de cada verso, ensarta hasta ocho asonantes agudos uno tras de otro, en sus trajedias y poesías.

Así, el consonante, siendo adorno necesario de la poesía moderna para suplir la insonoridad de las lenguas modernas, no es condición esencial de la métrica, como lo prueba el verso blanco de los ingleses, en que la idea resuena y su sonido repercute en el alma mejor que el consonante. Tratándose del asonante, la cuestión es más simple por una parte y más complicada por otra.

El castellano, el italiano y el portugués, — prescindiendo de sus dialectos, — son los tres únicos idiomas hablados que tienen asonantes graves, ó sea la semirima, en que se recarga la pronunciación sobre las vocales que la producen, con independencia de las letras consonantes, por efecto de las terminaciones de los vocablos de que carecen los otros idiomas.

En la métrica española, es una regla de sus retóricos no interpolar los consonantes con los asonantes. Algunos poetas de nota, y entre ellos Garcilaso, — impoordor de las formas de la poesía italiana en España, — y más que todos, Calderón — no se han conformado con esta regla; pero ella subsiste convencionalmente, y su observancia es cuestión de mero buen gusto ó de oído. Los italianos, que cargan sobre las vocales, — como lo observa el purista Salvá, — más que los españoles, no se han sometido á esta regla, que aun reconociéndole una razón de ser, tiene, como toda regla, su excepción racional.

El Dante fué el primero que dió el ejemplo de emanciparse de esta traba artificial, persiguiendo libremente la idea al través de sonidos análogos, y á veces idénticos, cuidando del fondo más que de la forma convencional ó retórica. La primera vez que tropecé con los consonantes y asonantes apareados, persiguiendo al través de la traducción la idea original, fué en los versos 34-36 del canto III del Infierno, que el mundo entero sabe de memoria; y después de trepidar un momento antes de quebrantar una regla generalmente aceptada, traduje del modo ya citado.

Con este motivo haré notar que, con excepción de dos cantos, todo el Infierno del Dante está lleno de estrofas, en que los consonantes se interpolan con los asonantes, y á veces en una sucesión continua de seis y siete versos, además de los asonantes y consonantes que intencionalmente introduce en el cuerpo de la estrofa, á fin de prolongar la vibración de su nota tónica.

Ejemplos: En el primer canto se encuentran interpolados *via*, *voglia*, *pria*, *ammoglia* (verso 97-100). En el segundo canto *intelletto*, *impero*, *detto*, *vero* (verso 12-22) se suceden sin solución de continuidad, así como *tale*, *tange*, *assale y compiange*. En el tercer canto, se encuentran, alternados ó pareados, *ira*, *aggira*, *tinta*, *spira*, *cinta*, *vinta* (verso 28-31), y estrofa de por medio, la típica, que queda ya citada (verso 34-36).

Para no ser por demás prolijo en un punto accidental, empero tenga su interés literario del punto de vista de la métrica comparada, me limitaré á señalar con sus números algunas estrofas dantescas en que los consonantes están interpolados con los asonantes. Son las siguientes: Canto IV, verso 13-16 y 142-145. C. V, v. 85-88. C. VI, v. 106-109. C. VII, v. 61-64. Canto VIII, donde se encuentran cuatro estrofas asonantadas sobre las mismas vocales, en que hasta los consonantes se duplican alguna vez, como las siguientes:

Volte m'hai sicurtà renduta, e tratto
....
Non mi lasciar, diss'io così disfatto:
E se l'andar più oltre c'è negatto,
Ritroviam l'orme nostre insieme ratto.
E quel Signor che lì m'avea menato.

(Canto VIII, verso 98-105).

Más notable es aún la estrofa del canto XIX, en que se suceden sin interrupción, *uscia*, *riva*, *sinistra*, *viva*, *ministra*, *giustizia*, *registra*, *tristizia* y *malizia*, ó sea dos consonantes duplicados y nueve asonantes perfectos.

Bastan estos ejemplos para justificar en algún caso la interpolación discreta de los asonantes con los consonantes, reproduciendo una de las formas del modelo, debiendo advertir, que en la traducción estos casos son menos frecuentes que en el original, pues á excepción de los cantos XXII y XXVI, en todos los demás los dos sonidos de que se trata están libremente mezclados.

Sin incurrir en la materialidad del sastre chino, que reprodujo hasta los remiendos de una pieza de ropa que se le dió por modelo, pienso haber interpretado racionalmente el texto, al emanciparme por excepción de una regla de retórica meramente convencional, sobre todo cuando persiguiendo una idea ó desenvolviendo una imagen, he procurado seguir pedestremente el vuelo atrevido del poeta, subordinando la forma al fondo, á fin de reproducir con más verdad la intención y la acción que los versos envuelven.

Parole non ci appulcro, dice Virgilio al Dante. Sigo el precepto virgiliano y el ejemplo dantesco, al no pretender limar el cuño primitivo de la estrofa típica.

(28). En esta estrofa, el poeta designa á San Pablo llamándole simplemente *Vas d'elezione;* pero lo nombra en la siguiente. El traductor, en éste como en otros pasajes, ha creido no violar la regla que se ha impuesto, al poner en el texto los nombres sub-entendidos ó que se hallan en otra parte del texto.

(31-33). En la primera edición habíamos explanado el concepto del original:

Ma io perchè venirvi? O chi 'l concede?
Io non Enea, io non Paolo sono:
Me degno a ciò nè io nè altri 'l crede.

Apartándonos del texto — á que ahora nos ceñimos — habíamos traducido del modo siguiente:

No soy Pablo ni Eneas ¿qué derecho
Tengo para alcanzar tan alta gracia
Yo de la vida lánguida desecho?

Justificábamos esta interpretación con la siguiente nota, que reproducimos en esta edición definitiva por vía de antecedente:

"Los comentadores italianos han sentido la necesidad de ampliar el concepto, un tanto vago en sí. Bianchi dice, que "comparándose á Eneas, padre del imperio romano, y á San Pablo, fundador de la iglesia cristiana entre los gentiles, el poeta no se consideraba llamado á ninguna de estas misiones". Robiola apunta vagamente, que la palabra *crede*, la que indudablemente se refiere á la persona del poeta, es "*a corroboramento della nostra fede*", interpretación que dejaría la estrofa sin sentido determinado. Pietro Preda, el último de los comentadores, ve con más sagacidad en las palabras *me degno*, una reminiscencia del *Domine non sum dignus*.

"Siguiendo la regla de no explanar los conceptos del original, sino en casos excepcionales, y esto mismo, dentro de sus propios elementos ó según el espíritu del poema, hemos acudido al efecto á una de las fuentes del pensamiento del poeta. Tomamos la idea complementaria, encerrada en el verso:

«Yo de la vida lánguido deshecho»,

de otro texto del mismo Dante. En su libro titulado "Il Convito" pone por vía de proemio estas palabras: "Ahi piaciuto fosse al Dispensatore dell'Universo, che la cagione della mia scusa mai non fosse stata: chè nè altri contro a me avria fallato, nè io sofferto avrei pena ingiustamente, di esilio e di povertà; poichè fu piacere de' cittadini della bellissima Fiorenza, di gittarmi del suo dolce seno. Peregrino, quasi mendicando, sono andato, mostrando contra mia voglia la piaga della fortuna. Veramente io sono stato legno senza vela e senza governo, portato a diversi porti, e foci, e liti dal vento secco, che vapora la dolorosa povertà!"

"Puede observarse que el Dante escribía su poema á los cuarenta años de edad, cuando en el mismo supone que emprendió su viaje infernal *nel mezzo del cammin di nostra vita*, ó sea como él mismo lo explica en el *Convito*, á los treinta y cinco años, y que habiendo escrito las palabras citadas á los cuarentiocho, podría tacharse la explanación como un anacronismo: pero debe tenerse presente, que en el mismo poema hace varias veces alusión á su próximo destierro, y que andaba ya errante y pobre por el mundo "como buque sin velas ni gobierno, juguete de los vientos" cuando escribía su "Divina Comedia".

(52). Véase la nota al verso 57 del canto I en que hace referencia á este verso. La palabra *limbo* no está en el texto, pero va implícita en el concepto, según antes se explicó.

(58-60). Hé aquí la estrofa original:

O anima cortese Mantovana,
Di cui la fama ancor nel mondo dura
E durerà quanto il moto lontana.

Con excepción de la palabra *lontana*, que se refiere á la prolongación de la fama del poeta antiguo, cuyo concepto está incluído en *durerà quanto il moto*, que se traduce fielmente, todo lo demás está reproducido por su orden, con la sustitución de *aliento* por *fama* como correlativo de "alma noble" *(anima cortese)*.

(72). *—Amor mi mosse, che mi fa parlare.*

El verso original envuelve dos conceptos, el amor que mueve á Beatriz, y el amor que la hace hablar, que la traducción reproduce, acentuando en la palabra *palpito* la vibración del sentimiento que mueve su labio.

(78). *Di quel ciel, ch'a minor li cerchi sui*

En la palabra *inferior* por *minor*, está comprendido el pensamiento cosmográfico del poeta, con arreglo al sistema de Tolomeo á que hace referencia.

(108). *Su la fiumana, onde il mar non ha vanto?*

Este verso ha dado origen á variadas interpretaciones y comentarios, coincidiendo empero en un punto, y es, que se trata del Aqueronte. El artículo *la* indica que se hace referencia á río determinado. Fraticelli observa que el poeta no hace mención de ningún río en la selva que ha atravesado, pero admite que estaba cerca del Aqueronte, según se ve más adelante; y piensa, por lo tanto, que debe tomarse como una metáfora en el sentido político, aludiendo á las discordias civiles de la época del Dante, cuyas tempestades no eran menores (*non ha vanto*) que las del mar. Algunos traductores, tomando en globo el concepto como mera comparación, creen que debe entenderse, que el río á que se hace alusión tiene mayores tempestades que el mar. Bianco Brunone, comentando este pasaje, dice que el mar no puede jactarse ó gloriarse, de que el río en cuestión (el Aqueronte) le dé su tributo, y que alegóricamente significa en el orden moral, el río ó torrente de las pasiones mundanas que arrastran al hombre á la muerte eterna. Alizeri, de acuerdo con la generalidad de los comentadores, en cuanto á que se trata del Aqueronte, que corre dentro del centro del globo terráqueo, y que por lo tanto no tiene salida al mar, explana el concepto, agregando: que si bien el mar es superior ó tiene ventaja (*ha vanto*) respecto de los ríos que corren sobre la superficie de la tierra, no así respecto del Aqueronte, porque este se derrama en el centro de nuestro mundo, dentro *alle segrete cose*, descendiendo al infierno para estancarse en el Cocito. Traducido literalmente el verso dice: *Sobre el río en que el mar no tiene ventaja* ó dominio. Aunque débilmente, nuestra versión reproduce el concepto literal del verso en el sentido general de que el río de que se trata, no desciende hacia mar, ó lo que es lo mismo, que no puede este gloriarse (*non ha vanto*) de que le pague su tributo.

(III). *Com'io, dopo cotai parole fatte.*

La palabra *piadosa* de la traducción está incluída en el sentido de la estrofa. Mas adelante, dice el mismo Dante, refiriéndose á Beatriz:

O pietosa colei che mi socorse.

(112-114). Confróntese la estrofa original con la traducción.

— Venni quaggiù dal mio beato scanno
Fidandomi nel tuo parlare onesto
Che onora te e quei che udito l'hanno.

La palabra *beato* que sería impropia en castellano, está sustituída por *excelso*, pues tampoco vendría bien la de *santo*. En lo demás, el concepto está reproducido, aunque no en toda su amplitud, por las palabras *sin engaño* que no se encuentran en el original, y que comprenden su sentido con relación al *parlare onesto*, ó sea al ingenio recto del poeta antiguo, cuyo auxilio solicita Beatriz.

(127). En el original la imagen está en plural: *Quale i fioretti*, etc. En la traducción está en singular, y parece más propio, desde que la comparación es personal, con relación á una sola cosa y no á varias, como se expresa en el verso siguiente:

Tal mi fec'io di mia virtute stanca.

(135). En el verso original se dice:

.... *che ubbidisti.*
Alle vere parole che ti porse!

El concepto sencillamente expresado por el poeta está reproducido por una metáfora, que envuelve el mismo pensamiento de trasmitir la palabra de verdad ordenada por Beatriz, y que además, se relaciona con el miedo que hace trepidar al poeta antes de oir el discurso de Virgilio, que lo decide á perseverar en su empresa, obedeciendo á la palabra de verdad.

CANTO III

(1). *Per me si va nella città dolente.*

La palabra ciudad, así en castellano como en italiano, tiene un sentido limitado, pero en ambos idiomas envuelve, etimológica y literariamente, uno más amplio, que es el que le da el Dante, como San Agustín en "La Ciudad de Dios" y Campanella en su "Ciudad del Sol". Los comentadores italianos la explican, como derivación del latín, *civitas*, reunión ó condensación de ciudadanos en un punto dado, ú hombres que habitan una ciudad. Esta interpretación se funda en el verso 95 del canto XIII del Purgatorio, en que se dice, hablando de las almas que lo pueblan:

O frate mio, ciascune e cittadina
D'una vera città.....

En el presente caso, se ve que el poeta la ha empleado inspirándose en la concepción de San Agustín, que pone en contraposición á la ciudad divina, ó sea el conjunto de los elejidos que pueblan el cielo, con la ciudad mundana, ó sea el conjunto de los humanos que pueblan la tierra. Así, en el verso 128 del canto I, del Infierno, dice, refiriéndose á Dios y á la mansión celeste:

Quivi è la sua città e l'alto seggio.

En ese verso, hemos reproducido el mismo vocablo, caracterizándole con el adjetivo *divina*, que estaba en la mente del autor. Ahora, en contraposición de la "Ciudad Divina", el poeta pone la ciudad infernal, ó sea la de Dite, y por eso también la hemos repetido literalmente, interpretando en castellano, el pensamiento original, que es, á la vez que una alusión literaria, una antítesis religiosa y moral.

(4). *Giustizia mosse il mio alto Fattore.*

Este verso es á primera vista confuso en el original, á causa de la palabra *mosse*, que en italiano tiene distintos significados según se emplee, y está usada aquí como verbo. Relacionándolo con los que siguen, resulta claro el sentido de la prosopopeya, según lo han observado con perspicacia los comentadores italianos, y expresa la idea, que la justicia movió á Dios á fabricar el Infierno. La palabra *fecemi* que sigue y el simbolismo de la Trinidad con que el concepto se desarrolla, confirman esta interpretación lógica. La traducción, conservando las tres palabras esenciales que constituyen la estrofa y el espíritu del verso, suple la palabra *mosse* por *aliento* que imprime el movimiento, conforme al texto bíblico en que se inspira el texto poético, toda vez que se refiere al Creador del Universo.

Longfellow lo ha traducido relacionándolo con los siguientes versos:

Justice incited by sublime creator;
Created me divine omnipotence,
The highest Wisdom and the primal Love.

(5). *Fecemi la Divina Potestate.*

El verso está literalmente traducido, salvo *gobernanza*, por *potestate*. Aquí viene mejor que en ninguna otra parte este vocablo anticuado y en desuso, pues refiriéndose á una inscripción que se supone anterior á la creación del hombre mismo, la palabra más vetusta será siempre la más apropiada.

(30).

Facevano tumulto, in qual s'aggira
In quell'aria senza tempo tinta
Come l'arena quando il turbo spira.

Este concepto pasa por ser uno de los más oscuros del Dante. Es sin embargo uno de los más claros por su sentido pintoresco en relación á la idea, sobre todo, si se tiene presente el verso 23 de este canto, cuya correlación ha sido señalada antes de ahora por otros:

Risonavan per l'aer senza stelle.

Los antiguos comentadores italianos, se dieron cuenta clara de este concepto oscuro. Landino, el más famoso de ellos, que publicó su obra en 1481, da la siguiente explicación: "L'aria che è à noi, i quali habitiamo sopra la terra, è tinta, cioè oscura, non sempre, ma a tempo, cioè, quando il Sole e partito dal nostro hemisperio, ma poi che ritorna, diventa lucida: ma quivi perquè no vi puo mai il Sole, è sempre tinta. Et è conveniente cosa che chi è vinuto sempre in oscuro, nè mai operò cosa che gli desse lume di fama, sempre rimanghi nelle tenebre." Vellotello que adicionó los comentarios del Landino, y publicó sus estudios en 1564, dice sobre el mismo tópico: "*Tinta senza tempo*, perquè essendo sotto terra, era cosi tinta, et oscura di sua natura non potendovi penetrar i raggi del Sole, e non era tinta per tempo, como alcuna volta è a noi, quando è oppressa da nube, e da nebbia, onde allora diciamo far mal tempo, et l'aria esser tinta, et moralmente, era tinta senza tempo, perquè l'Inferno è sempre tenebroso, non lucendovi mai alcun raggio della divina, et illuminante gratia, e imita Virgilio nel VI ove dice: *Ibant obscuri sola sub notem per ambras*, etc."

Los modernos comentadores italianos entienden, unos, que *senza tempo* significa sin limitación de tiempo ó eternamente, lo que es evidente; y otros, que la palabra *tinta* (femenino de *negro* en este caso) se refiere así al tiempo como al aire, interpretación que carece de concordancia.

En un principio, tradujimos así:

> Suenan, en aire negro, que se aspira
> Sin la cuenta del tiempo, cual la arena
> Que en el turbión arrebatada gira.

Ciñéndonos más al sentido del original, hemos procurado reproducir el mayor número de palabras esenciales, conservando el adverbio *sempre*; traduciendo *tinta*, por *tinto*, ó sea oscuro tirando á negro; y *senza tempo*, por *tiempo eterno*, que acentúa enfáticamente, como en el original, la idea de siempre.

El conde de Cheste, esquivando la dificultad, ha traducido esta famosa estrofa del modo siguiente:

> *Alzan rumor, en discordancia tanta,*
> *Que el gran ámbito llenan por repentes,*
> *Como la arena que el turbión levanta.*

En estos tres versos, rellenados con tres ripios, que alteran el concepto fundamental que forma el meollo de la estrofa, (pues por *repentes*, es lo contrario de *siempre)* se echan de menos hasta las palabras características, que como otras tantas pinceladas del cuadro, le imprimen movimiento, le dan su colorido ó sugieren la idea de la medida del tiempo con relación á lo eterno: *tumulto, aggira, gira, spira, aria tinta, sempre, senza tempo*. Es como una esencia, que al ser trasvasada, ha perdido su apariencia, su color y su perfume.

(34-36). Compárese con la estrofa original:

Ed egli a me: «Questo misero modo
Tengan l'anime triste di coloro
Che visser senza infamia e senza lodo.

Como se ve, el sentido de la estrofa es el mismo en el original y la traducción, con todas sus palabras esenciales, aunque no idénticas en todas sus partes. La palabra *suerte* sustituída á *modo*, y que vale lo mismo en ambos idiomas (suerte, modo, manera) es más expresiva, y el mismo Dante la emplea en el verso 48 de este canto:

E la lor cieca vita è tanto bassa,
Che invidiosi son d'ogni altra sorte.

A la bajeza de la vida, de estos condenados, envidiosos del estado de los demás condenados, ó sea de de su *misero modo* ó *sorte*, cualquiera (*ogni*) que sea, viene bien la calificación de *ignominiosa* de la traducción, conforme en un todo con el espíritu del discurso de Virgilio. La palabra esencial *misero* del primer verso original, ha sido trasportada al segundo de la traducción, quedando así íntegros los dos versos en su fondo y en su forma. El tercer verso es casi literal, con sólo la adición de *vida ociosa*, que amplifica el texto conforme al concepto que encierra la estrofa, acentuándolo en el mismo sentido que lo hace el poeta en el verso 64 de este canto, cuando dice:

Questi sciaurati, che mai non fur vivi,

(54). — *Che d'ogni posa mi pareva indegna,*

Algunos piensan que debe entenderse que la enseña ó bandera, era *indigna* de toda quietud ó la *desdeñaba*, ó bien que era *incapaz* de ella. Lamennais, cuya interpretación ha sido adoptada por algunos comentadores italianos, traduce así este verso: *qu'elle me paraissait condamnée à ne prendre aucun repos.* Este concepto, en otra forma, es el que reproduce la traducción.

(64). — *Questi sciaurati, che mai non fur vivi.*

Los comentadores italianos pretenden aclarar este concepto por medio de un largo circunloquio, que lo diluye en palabras y lo debilita: "*mai al mondo fur nominate nè in bene nè in male*". La idea que el poeta quiere expresar es, que "vivieron como si no fueran", que la traducción reproduce con la misma concisión, y quizá con mayor energía. — El emperador del Brasil D. Pedro II, que se ocupaba simultáneamente de una traducción de la "Divina Comedia" en portugués, al devolverme un ejemplar de mi ensayo de traducción anotado de su mano, puso al pie de este verso, el siguiente, que tal vez es mas expresivo:

Turba que en vida fué cual no creada.

(81). *Carrera.* En el doble sentido de camino que va de una parte á otro y del curso que cada uno sigue en sus acciones, que responde á la intención que encierra: "*infino al fiume*".

(III). *Fianza*, por confianza, anticuado.

(134). *Che balenò una luce vermiglia*

Alguno me ha observado, que el poeta dice *balenò*, y no *fece balenare*, fundándose, en que lo uno es la causa y el efecto, y lo otro, el efecto solamente.

El pronombre *che*, equivalente á *que* ó *el cual* en castellano, resuelve la cuestión. Es el viento la causa que hace relampaguear la luz roja, aunque, como lo observan los comentadores italianos, la imagen no tenga una rigurosa propiedad científica; pero así está escrito.

CANTO IV

(14-16). *Incominciò il poeta tutto smorto*

....

Ed io, che del color mi fui accorto.

Es ésta una de aquellas imágenes del Dante, apenas bosquejadas, con un solo rasgo, y que una sola palabra acentúa como un golpe de pincel en un cuadro lleno de sombras. La palabra *smorto*, que en italiano significa color de muerto, ó sea la palidez cadavérica que se refleja en el semblante de Virgilio, es el golpe maestro de este cuadro. La palabra castellana *desencajado* no reproduce con toda su fuerza esta imagen dantesca. *Esmortecido*, como se decía antiguamente, que es una forma de la palabra original, ó *amoratado*, como se dice al presente, no significa lo mismo en castellano, pues expresa tan sólo el estado de una persona desmayada, ó privada de sentido, y lo mismo *amortiguado*, que equivale á sin fuerzas. No hemos encontrado en nuestro idioma para dar su colorido propio á este cuadro, sino la palabra *amortajada*, en su sentido anticuado, que es lleno de muertes, que á la vez comprende las muertes y los muertos que se reflejaban en el rostro del poeta antiguo, á la manera de una pálida mortaja de su sombra. Más adelante, introducimos la palabra *palidez*, que no se encuentra literalmente en el original, aunque implícita en la parte correlativa *color*, pues *smorto* significa también pálido en italiano. Así, hemos traducido:

> Mi guía con la faz amortajada.
> ....
> Yo que su palidez ví desde luego.

Es la traducción de lo inimitable. La magnífica estrofa encerrada en los versos I9-2I, de este canto, que pinta una de las imágenes más sorprendentes y tétricas del poema, completa el cuadro, en que la palidez del rostro del poeta antiguo, es el tono dominante.

(4I-42). Los versos correspondientes del original, son literalmente más restrictivos en su letra, aunque no en su sentido. La traducción está de perfecto acuerdo con el espíritu de las estrofas correlativas, en que se habla de los espíritus que yacen en el limbo. *Non peccaro*, dice el poeta, y sólo están allí por no haber recibido el agua del bautismo. Entre ellos está el mismo Virgilio, que dice de sí: "*Io era tra color che son sospesi*", ó sea esperando su redención. Esto corrige, de conformidad con la moral religiosa del poema, lo absoluto del verso dantesco:

> *Che senza speme vivemo in disio,*

Así, la palabra *inocente* que no se encuentra en el original, atenuada por la expectativa de *piadosa redencion*, está perfectamente ajustada al espíritu y la letra del texto, conservando empero la fuerza del pensamiento, la condición de "sin esperanza".

(43-45). *Gran duol mi prese al cor quando io intesi*
Perocchè gente di molto valore
Conobbi, che in quel limbo eran sospesi.

Esta estrofa ilustra la anterior, y en la traducción el concepto ha sido reforzado dentro de su espíritu, poniendo en vez de *gente di molto valore*, que al poeta le causaba mucho dolor ver en el limbo, lo que de estas palabras se desprende, es decir gente digna (*di valore*) de la celeste bienandanza, que estaba simplemente suspensa (*sospesi*).

(57-58). *Di Moisè legista e ubbidiente;*
Abraam patriarca.............

Di Moisè legista, e l'obediente
Abraam patriarca.

Estas dos lecciones se registran alternativamente en las más auténticas ediciones del Dante. Unos aplican el objetivo de *ubbidiente* ó *ubedente* á Moisés, que legisló obediente bajo el dictado de Dios, y otros á Abraham que obedeció el mandato supremo de sacrificar á su hijo Isaac. A ambos es igualmente aplicable el dictado, y siendo las dos versiones concordes, hemos preferido la más autorizada por su forma anticuada.

(69). *Oscureza*, anticuado, oscuridad.

(104). *Cuento* en su acepción metafórica, ó sea como lo define Barcia, relación ó noticia difícil de explicar, por hallarse enredada ó mezclada con otras cosas y que traduce con su oculta intención la mente del poeta:

Parlando cose che il tacere è bello,
Sì com'era il parlar colà dov'era.

(136). *Caso* por *acaso* que es lo mismo, y reproduce literalmente la palabra del original, que encierra con concisión dantesca la doctrina de Demócrito.

CANTO V

(3). La gracia de esta estrofa consiste en sus contornos gráficos y en la antítesis que de ellos resulta en palabras condensadas. Según la concepción del poeta, su Infierno es una gradación de círculos concéntricos, que se suceden hacia abajo en un cono invertido. El círculo mayor corresponde á la entrada: así dice Minos al poeta:

Non t' inganni l'ampiezza dell' entrare.

Al descender el poeta al segundo círculo, éste se estrecha:

Giù nel secondo che men loco cinghia
E tanto più dolor, che pugne a guaio.

De aquí surge la antítesis, que "en menor espacio encierra más dolor". Las palabras *pugne* (ó *punge*) *a guajo*, (queja como aullido) caracterizan el mayor ó más grande dolor, por la combinación dantesca del aullido quejumbroso del perro con el sufrimiento del hombre, que hemos traducido por las palabras "aúlla plañidero". En el canto III, verso 22, el poeta repite este tropo, refiriéndose á los quejidos y grita de los condenados:

Quivi sospiri, *pianti*, ed alti *guai*.

(5). *Stavvi Minòs orriblemente, e ringhia*

En la primera edición, este verso estaba traducido del modo siguiente:

Allí, Minos horrible, gruñe ahito

Por vía de curiosidad filológica, conservamos la nota justificando esta traducción, ahora enmendada para ceñirnos más al texto.

Ahito ó *á hito*. Esta palabra está empleada en su sentido anticuado, que es el que recta y genuinamente corresponde á su etimología. En su origen significó *fijo*, y así en un principio se dijo *fito* y después *afito*, que luego se convirtió en *ahito*. Covarrubias en su "Tesoro", dice: "Hito, es lo mismo que *fitto*, que vale tanto como fijo, del verbo figo, figis," y señala como origen del proverbio, el juego del *hito*, que consistía en fijar un clavo en la tierra y tirar á él con herrones ó con piedras hasta acertarle. Barcia, en su "Diccionario Etimólogico" á la vez que apunta la acepción anticuada de la palabra, en el sentido de "quieto, permanente en su lugar", desconoce su etimología y confundiendo su significado figurado con el primitivo, la hace derivar de la raíz hebrea *hita*, pan ó trigo. Cuervo, en su "Diccionario de construcción" etc., la hace derivar con más acierto, como Covarrubias, del latín *fictus*, por *fixus*, participo de *figere*, fijar, "compuesto de *a*, que es intensivo, y *fito*, antiguamente lo mismo que fijo". En su primitiva forma de *fito*, está empleada en el poema del Cid, y Raynouard en su "Lexique roman", trae el adverbio *afitament*, fijamente. La acepción figurada es la que ha prevalecido para significar la hartura del estómago, ó sea su embarazo por la fijeza del alimento no digerido.

La palabra *hito* en su forma y acepción etimológica y primitiva, no se ha perdido en el castellano, y es todavía de uso corriente: así se dice *á hito*, por fijamente; y *dar en el hito*, por acertar en el punto fijo de la dificultad; y *mirar de hito en hito*, por fijar la vista en un objeto; *mudar de hito*, variar de asiento ó de medios de ejecución. En cualquiera de las dos formas en que se use la palabra, sea en su acepción antigua ó moderna, ella estaría empleada con propiedad respecto de Minos, á quien el poeta representa juzgando en permanencia (fijamente) en el segundo círculo del Infierno, y la hemos puesto como equivalencia de la palabra *stavvi* que el poeta emplea, uniéndola á la palabra *ringhia* (gruñe rechinando los dientes) que por no ir acompañada de ningún adjetivo, supone la inmovilidad, como se indica aquí y en los versos siguientes en que lo único de Minos que se mueve, es la cola.

(8). "L'anima mal nata *tutta* si confessa" está traducido por "El alma malhadada *desnuda* se confiesa", dando más desarrollo al concepto, de que para el juez del Infierno "quel conoscitor delle peccata", no hay conciencia oculta ó disfrazada.

(II y I2). Esta imagen gráfica, que es famosa en el retrato del Minos dantesco, difiere de la del Minos homérico, que sólo juzgaba á los muertos, y se acerca más al Minos virgiliano, que agitaba en sus manos la urna fatal en que se encerraba la suerte de los mortales, cuando el terrible juez llamaba las sombras á su tribunal para juzgar severamente su vida. Lo que constituye su originalidad es la singular función del atributo caudal, cuyo número de repliegues en torno de su cuerpo marca el número de grados del infierno que el alma condenada debe descender.

Cignesi colla coda tante volte
Quantunque gradi vuol che giù sia messa.

Esta imagen se expresa concisamente en el verso 6 de este mismo canto, en que el poeta dice:

Giudica e manda secondo che avvinghia.

O sea, según la cola se ciñe al cuerpo en espiral marcando los grados inferiores (*giú*) del infierno dantesco.

En la primitiva versión, nos apartamos de la letra del texto, de manera que la imagen resultaba más pintoresca que gráfica, más abstracta que concreta, indicando que "en los repliegues de la cola va escrita la sentencia del alma condenada", sin marcar el número de grados que los repliegues representaban, y era como sigue:

Cada cual á su círculo endereza,
Y en los repliegues de su cola, escrita
Va la sentencia de cada alma aviesa.

En la traducción definitiva, nos hemos ceñido más al original reproduciendo en su ordenación, las imágenes, los conceptos y las palabras esenciales, con la fidelidad posible.

(15). Es intraducible la concisa energía de la acción que se pinta, en el original, con una sola palabra:

Dicono e odono, e poi son giù volte.

En la palabra *giù* (abajo) está encerrada toda la fuerza del concepto, y agregada la palabra *volte* que determina la acción de precipitar hacia abajo, el cuadro queda completo. No es posible expresar esta acción con solo dos palabras como en italiano, pero si, acercarse un tanto á la versión al original, tomando la palabra *volte* (vuelta) en castellano, en su acepción de *invertida*, ó sea cabeza abajo, lo que dá mas relieve á la imagen haciéndola más pintoresca.

(17). La contemplación "de hito en hito", no se halla textualmente en el original, aunque implícitamente puede deducirse del texto.

Gridò Minos á me quando *mi vide*

Por lo tanto, este agregado no hace sino acentuar un poco más la acción de mirar, sin alterarla ni modificarla.

(19). *Cuito*, proviene del verbo anticuado *cuitar* ó *acuitar* ó sea afanarse, darse mucha prisa por alcanzar algo, y así en el lenguaje moderno se usa todavía *cuitoso*, por apresurado, cuando en el antiguo significaba apocado ó pusilánime. Está usado aquí como adjetivo anticuado.

(23-24). El sentido de las palabras que el Dante pone en boca de Virgilio, es el mismo de la traducción, y sólo difiere en el tiempo del verbo.

Vuolsi cosi colà dove si puote
Ciò que si vuole

Literalmente: "se quiere así, allí donde se puede todo lo que se quiere", aludiendo al cielo cristiano.

En la traducción, el poeta antiguo hace alusion directa al Dios de los cristianos, y dice de él, hablando á Minos "quien todo lo ha podido" además de "puede lo que se quiere", para comprender el tiempo pasado y presente, é implícitamente el destronamiento de los antiguos dioses de la mitología griega y romana, á quienes el mismo Virgilio en otra parte del poema llama "dei bugiardi" (mentidos Dioses).

(27). Traducido literalmente el texto dice: "He llegado allí donde mucho llanto repercute" (en el sentido físico y moral). *Percuotere* en italiano, es también dar golpes. Usando de un circunloquio, la traducción reproduce fielmente el sentido de la estrofa, trasladando la palabra *llanto* al segundo verso, y haciendo que sus ecos unidos á los "del doliente grito" (*dolenti note*) golpeen el oído y el corazón, procurando también reproducir su armonía imitativa.

(34). *Quando giungon davanti alla ruina*

La palabra *ruina* está en el texto por *rovina*, que, según queda explicado en la nota al verso 61 del canto primero, significa en italiano, á la vez que *ruina*, un barranco ó despeñadero, y por extensión, precipicio, abismo. En este último sentido emplea el Dante la palabra, como límite del segundo círculo, que según la concepción topográfica de su Infierno, debía terminar en un abismo ó precipicio, hasta donde llegaban girando las sombras de los condenados, arrastradas por el viento borrascoso y "mudo de luz" de aquel circuito.—En la traducción se pone *negro confín*, que es más vago, pero que tiene la misma precisión gráfica.—F. Alizeri, que en el citado verso del canto I, repudia la palabra *rovinare*, cuyo sentido desconoce, admite en éste, que *ruina* "es, á no dudarlo, (*senz' altro*) una escabrosa y rota bajada", lo que tampoco es exacto, pues esta circunstancia es un mero accidente en el abismo ó precipicio á que el poeta se refiere.

(39). La traducción ha tenido que adoptar una forma elíptica para encerrar concisamente en un solo verso el concepto comprendido en el original:

Che la ragion sommettono al talento

Talento, en su acepción general, vale tanto en italiano como en español; pero en italiano significa además: deseo, tendencia, inclinación, voluntad, y así se dice "mal talento", por rencor ó intención ofensiva. Literalmente el texto dice: "Que la razón sometieron (*al talento*) á sus tendencias, inclinaciones ó deseos" ó sea á sus instintos. La palabra pensamientos equivale á la de *ragion* (razón), en contraposición de los lujuriosos de que se trata.

(45). *Nulla speranza li conforta mai*
Non che di posa, ma di minor pena.

Como se ve, en la traducción está reforzado el concepto de manera que á primera vista parecería un contrasentido, cual es no aspirar á mejorar de suerte. Empero, la traducción está ajustada á la letra y al espíritu del original. "Nulla speranza li conforta mai", dice el poeta; y tan perdida está la esperanza de los condenados, que hasta la aspiración del descanso ó de la menor pena está muerta en ellos, porque saben que el suplicio es eterno y no tendrá fin jamás. Poniéndose, pues, en el caso de los condenados, el contrasentido aparente tiene un sentido excepcional y abunda en la idea del poeta, como el colmo de la desesperación que acompaña al castigo eterno. Podría decirse con más propiedad: "Ni menor pena ni descanso *esperan*" pero resultaría una redundancia.

(46). En una de las anteriores estrofas, el Dante, con referencia á los estorninos, pinta su vuelo en *schiera lunga e piena* (bandada extendida de frente y compacta). En ésta, modificando la imagen, pinta á las grullas volando en sentido de bandada prolongada en fondo, *lunga riga*. La expresión "tendido vuelo" de la traducción refleja esta imagen pintoresca, aunque más débilmente.

(47). El Dante menciona primero el canto de las grullas y después describe el vuelo á que se refiere la nota anterior. Es más lógica la sucesión de la traducción; pero esto es accidental. En el original se dice:

...i gru van cantando lor *lai*.

Como es sabido, el *lai* ó los *lais* designaban, en el siglo VI de la baja latinidad, ciertos cantos históricos, que los juglares y troveros de la Edad Media y del Renacimiento convirtieron en canciones, que asumieron una forma lírica. El verso trocáico de los antiguos latinos cortado alternativamente en la cesura, sirvió de modelo á su artificio métrico, y así lo usaban los trovadores provenzales. Probablemente de aquí tomó el Dante la idea de reproducir métricamente el canto quebrado de las grullas, y tomó hasta la palabra del antiguo francés, que según algunos etimologistas, viene del germánico. El *lai* del antiguo francés, corresponde por la época y por el significado con la palabra del castellano antiguo *cantiga* (canción), á que siguió la palabra anticuada cántiga, que corresponde á cántico en el moderno lenguaje. Al traducir, pues, *cantiga* por *lai*, la traducción ha interpretado histórica, filológica y figuradamente el sentido recto y genuino del original.

(59). Algunos comentadores del Dante han sostenido que el texto original, en vez de

Che *succedette* a Nino e fu sua sposa.

debe leerse del modo siguiente:

Che *sugger dette* a Nino e fu sua sposa.

Ni la historia ni la confusa tradición de Semíramis autorizan esta interpretación, pues si bien Semíramis, esposa del rey Nino, fué madre del rey del mismo nombre que le sucedió, nunca fué esposa de éste, y Voltaire en su tragedia, que es el que ha ido más adelante en la leyenda, sólo ha fundado su trama en el amor que concibió por su hijo. Adoptando la interpretación del comentario, fácil habría sido conciliar en la traducción las dos versiones, poniendo:

Que fué madre de Nino y fué su esposa.

En la palabra *madre*, iba implícita la idea de dar de mamar al hijo, que se supone esposo de Semíramis.

Podría también decirse:

Que de ambos Ninos fué madre y esposa.

De este modo se combinaban de una manera vaga las dos versiones. Hemos preferido atenernos al texto consagrado.

(65). La traducción se ha permitido aquí alguna libertad en la construcción, pero ajustándose á la letra y al espíritu del original.

Elena vidi, per cui tanto reo
Tempo si volse.

La palabra *reo* es la que domina en el concepto, y la que imprime su carácter á la época en que vivió Elena. *Reo* en italiano, además de su acepción conocida, tiene la de malo ó dañoso, ó sea calamitoso, y en esta acepción la emplea el poeta al referirse á los tiempos greco-troyanos, señalando á Elena como causa de ello en las palabras: *per cui tanto reo tempo si volsi*, (por quien tantos males vinieron). La palabra *fatal* de la traducción, envuelve implícitamente este concepto, y la "larga lucha", el tiempo á que se hace referencia en el texto.

(66). El texto dice literalmente: "Aquiles que acabó combatiendo con el amor". En cuanto á la adición: "hijo de Peleo", es una reminiscencia homérica, sugerida por la rima, que parecería un injerto, pero que está en su lugar, no sólo por esto, sino también porque puede asegurarse que estaba en la mente del poeta italiano, así como en la del poeta griego al mencionar al héroe á la par de su progenitor, como lo prueba el verso 5 del canto XXXI de la "Divina Comedia":

D'Achille e del suo padre esser cagione.

(86). *Aire malignoso*, por *aer maligno*. Véase sobre esta palabra anticuada de buena ley, la nota al verso 4 del canto XVIII.

(99). La analogía de la lengua castellana con la italiana antigua y moderna, ha permitido traducir esta estrofa y algunas de las siguientes, con sus mismas palabras y con su misma acentuación rítmica ó melopea. Empero, el tercer verso, envolviendo el mismo concepto, casi con las mismas palabras equivalentes, difiere un tanto en su forma del original.

Per aver pace co' seguaci sui.

Este verso, refiriéndose á la caída del Po en el Adriático traducido literalmente, dice: "Para hacer la paz con sus tributarios", ó sea para aquietar ó apaciguar su corriente. Esta idea está envuelta en la version, aunque sin su graciosa cacofonía.

(101). El Dante, al bosquejar este cuadro, se limitó á perfilarlo con largos rasgos, que la tradición contemporánea completaba, y por eso, al hacer hablar á Francesca de Rimini, sólo le hace decir:

Della bella persona
Che mi fu tolta, e, il modo ancor m'offende

al recordar el modo como fué muerta por su marido, junto con su amante. Debe tenerse presente, que es la sombra de Francesca la que habla al referirse á la *bella persona*, ó sea al cuerpo que perdió ó le fué arrebatado al morir, y que las palabras *ancor m'offende*, significan, que aun siendo sombra, todavía le lastima el modo como perdió la vida ó como le fué quitada. La palabra *offende* está empleada en la traducción en el sentido de *duele*, á que se presta en una de sus acepciones.

(103). *Amor, ch'a nullo amato amar perdona.*

Es éste uno de aquellos versos que salen fundidos con sus delicadas aristas de su molde típico, y que no es posible traducir sin refundirlos y alterar sus puros contornos. Literalmente se dice en él: "Amor, que á ninguno que es amado dispensa (*perdona*) de amar". Es la traducción poética de un proverbio vulgar: "Amor con amor se paga", ó sea "amor á amar obliga". Nuestra primera versión fué ésta:

Amor que á amar obliga *y no perdona.*

La analogía de las dos lenguas permite reproducirlo con mayor exactitud aun; pero el verso típico queda siempre como un producto inimitable de la intuición, de la armonía y de la combinación feliz de las palabras con el sentimiento, tal como brotó de la cabeza que le sirvió de molde.

(118). "*Al tempo de' dolci sospiri*", está traducido aquí "*en el dulce suspiro del delirio*", que procedió á la triste caída de los dos amantes, por la intervención del Amor (Cupido) personificado en la acepción en que emplea el Dante esta palabra, al marcarla con la inicial mayúscula y referirse á él en tercera persona.

(119-120). La palabra *acuerdo* está empleada aquí en el sentido de consentimiento, conformidad, concordancia, equivalente á *concedette amore.* En su origen, ella tenía el mismo valor que en el lenguaje musical: *acorde*, derivado del latín *cor* (corazón) centro convencional de todas las armonías morales. En su acepción recta y genuina, consagrada por el uso, *acuerdo* significa deliberación, acto deliberado de voluntad, y en este sentido es que el poeta pregunta á Francesca, por qué y cómo, en el tiempo de los primeros dulces suspiros, "el Amor concedió", (ó sea Cupido) ó dió su consentimiento para que conociese los tímidos ó dudosos deseos no declarados todavía, á que se refiere el verso que sigue:

— Che conosceste i dubbiosi desiri?

(136). *Tremante* ó *tremente*, de *tremar* (temblar) anticuado. Podía ponerse *anhelante* en vez de *tremante;* pero se ha preferido la palabra original, de igual valor y más expresiva en ambos idiomas.

(137). Aquí, como en lo demás del episodio de Francesca de Rímini, el poeta se limita á alusiones ó referencias que estaban en la mente de los lectores de la época. El libro de Lanceloto del Lago (ó Lanzarote como le llama Cervantes), era tan popular en los siglos XIII y XIV en que escribía el Dante, como lo es el Quijote que acabó con los libros de caballería, y bastaba referirse á uno de sus pasajes para que todos comprendieran la alusión. El pasaje del libro de Lanceloto á que se hace alusión es el siguiente: "Galeoto agregó, " que todas las proezas de Lanceloto no habían tenido " por objeto sino agradar á la reina Ginebra, de quien " estaba apasionadamente enamorado, y exigió que en " recompensa de tan nobles servicios la reina diese un " beso á su caballero. - ¿Por qué me haría de rogar? " dijo ella; pues yo también lo quiero.—En seguida los " tres se retiraron aparte, como para aconsejarse. La " reina ve que el caballero no se atreve á besarla, y to" mándole del rostro lo besó muy largamente delante " de Galeoto". Como se dice en el texto, aquí, el libro y el autor hizo el papel de Galeoto, cuyo nombre se ha hecho desde entonces sinónimo de tercero en amores, lo que ha sugerido á Echegaray el argumento del más célebre de sus dramas.

(140). *De concierto* : en su acepción anticuada de locución adverbial, de conformidad, de acuerdo, de inteligencia.

(141-142). El circunloquio del original: "Com'io morissi", está encerrado en una sola palabra: *desfallecido*, que expresa lo mismo con mayor concisión. El último verso del terceto es idéntico, aunque no tan armonioso; pero hemos sacrificado esta condición á fin de reproducirlo en toda su integridad literal, por ser tan conocido. En la primera versión que de este canto publicamos, tradujimos:

Caí cual se derrumba cuerpo muerto.

Ahora queda reproducido textualmente el original con todas sus palabras.

CANTO VI

(5-6). El movimiento de la frase que sigue la sucesión de las acciones, es en la traducción el mismo del original, como puede verse comparándola con el texto.

Mi veggio intorno, come ch'io mi mova
E come ch'io mi volga; e ch'io mi guati.

(13). *Gurvio.* Este atributo no está en el original. El poeta al pintar al Cancerbero, se limita á decir:

Cerbero, fiera crudele e diversa,
Con tre gole caninamente latra.

Los artistas que han ilustrado la "Divina Comedia", y entre ellos G. Doré, pintan al Cancerbero con colmillos retorcidos, á manera de gurvia, vocablo que además implica la idea de duro ó férreo aplicado al diente de la *crudele fiera diversa*, lo que completa la imagen del poeta dentro de las líneas de su cuadro, poniendo *gurvio* para caracterizar la diversidad de formas de la *fiera-crudele.*

(22). Se ha omitido en la traducción la calificación de *il gran vermo*, en que el poeta parece haber querido asimilar la Bestia infernal á la serpiente:

Quando ci scorse Cerbero, *il gran vermo,*

Esta comparación ó alusión, ha sido objeto de difusos comentarios. Unos la relacionan con un verso de Pulci; otros con un pasaje de Shakespeare en "Antonio y Cleopatra" en que se menciona el histórico áspid egipcio del Nilo, bajo la denominación de *worm*. El Dante tomó sin duda la palabra del nombre genérico de la especie, derivado del latín. —Los ingleses lo tomaron del bajo alemán para aplicarlo especialmente á la serpiente. —No le hemos encontrado sentido preciso ni colocación á esta comparación ó quizás alusión remota. Tal vez el poeta quiso significar metafóricamente, que la mordedura del cancerbero, —*il gran vermo* —representaba las mordeduras ó remordimientos de la conciencia, pues en italiano se dice todavía: *vermo della coscienza.* Paolo Costa se acerca á esta interpretacion, que Fraticelli acepta, fundándose ambos en el texto de Isaías: *Vermis eorum non morietur.* (LXVI, 24). —En el canto XXXIV, el Dante emplea también la palabra *vermo* aplicada á Lucifer, por desprecio.

(52-57). El texto original envuelve una reticencia, que la traducción desarrolla, de conformidad con el discurso del condenado y de la moral que de él deduce Virgilio:

Ma quando tu sarai nel dolce mondo,
Pregoti ch' alla mente altrui mi rechi.

(Verso 88-89.)

Según la letra y el espíritu del texto, el pecador se muestra arrepentido de su culpa al contestar á la pregunta del poeta.

—«*Ma dimmi chi tu se', che 'n si dolente*
Luogo se' messa, ed a sì fatta pena
Che s'altra è maggio, nulla è sì spiacente.

(Verso 46-48.)

— « *Voi cittadini mi chiamaste Ciacco:*
Per la dannosa colpa della gola,
Come tu vedi, alla pioggia mi fiacco.

(Verso 52-54.)

Y á continuación agrega el mismo condenado:

Ed io anima trista non son sola:
Chè tutte queste a simil pena stanno
Per simil colpa,

(Id., verso 55-57.)

Es un verdadero acto de contrición, y por lo tanto, el condenado, que había merecido la compasión del poeta, no podía decirle sino que lo recordase en el dulce mundo, recordando á los suyos su arrepentimiento á la par de su culpa que lo había conducido á tal miseria.

(72). — *Come che di ció pianga, e che n' adonti.*

Algunos traductores refieren el dolor y el vituperio ó vergüenza á los vencedores, es decir, á los *negros*, dueños del poder; los comentadores lo aplican generalmente á los *blancos*, que eran los perseguidos. El concepto está reproducido con las mismas palabras, pero generaliza el caso, teniendo presente que en la época á que en este pasaje se hace alusión, el Dante era uno de los que en medio de los dos partidos que dividían á la Italia, deploraba con los discretos, los excesos de las banderías que afligían á Florencia, como lo insinúa en este canto en la pregunta que hace á Ciacco:

Ma dimmi, se tu sai, a che verranno
Li cittadin della città partita.

CANTO VII

(2). *Pluto.* Algunos traducen Plutón, lo que es un doble error, mitológico y dantesco. Como lo observa Fraticelli en sus comentarios, el Dante no ha querido representar en él al antiguo Dios del infierno, que en la Divina Comedia está sustituído por Lucifer. Esta especie de Júpiter telúrico, que Homero presenta unas veces como carcelero de los espíritus ó como el infierno mismo, y á que Platón da un significado espiritualista, no es el demonio del Dante. Es Pluto, el Dios de las riquezas, y así, al anunciar su aparición al final del canto VI dice:

Quivi trovammo Pluto il gran nemico.

El argumento de este canto, en que figuran pródigos y avaros, y se trata del oro y de la teoría de la Fortuna, demuestra claramente, que es Pluto y no Plutón lo que el poeta ha querido decir y ha dicho, aunque amalgamando el simbolismo infernal y terrestre á la vez, y combinándolo con sus ideas filosóficas. Segun nuestra opinión, si hubiese de buscarse la filiación moral del carácter que el poeta asigna á Pluto, se encontraría tal vez en la famosa comedia de Aristófanes que lleva ese nombre, en que el Dios ciego (como la Fortuna) distribuye primero las riquezas entre los más indignos de poseerlas, y al recobrar la vista, cambia la fase de la vida humana, dándolas á los más dignos.

(2 *bis*). *Estropajosa*—El verso original es así:

Cominciò Pluto con la voce chioccia.

Los comentadores italianos explican las palabras *voce chioccia*, como equivalente de voz ronca, áspera, estridente, precipitada ó balbuciente. Como *chioccia* en italiano significa literalmente *clueca*, de aquí se deriva en esta lengua la palabra *chiocciare* (chochear). En este doble significado está encerrada la idea del poeta, al hacer cacarear á Pluto como una gallina clueca, empollando los vicios que simboliza. La traducción se ajusta á la pintura que de su boca se hace en el verso 7 de este canto.

Poi si rivolse a quell' a enfiata labbia.

La palabra *estropajosa*, que se aplica en castellano á la lengua torpe para pronunciar y que por derivación se liga con la idea de caduco—*estropajo*,—refleja, aunque débilmente, la acción y la intención del poeta.

(12). *Fe' la vendetta del superbo strupo.*

La palabra *vendetta*, entiéndese, que está empleada por el poeta en su aceptación jurídica, expresando que el arcángel Miguel vindicó al cielo del *estupro*, ó sea del ultraje de los ángeles soberbios que se rebelaron contra la justicia divina. — En cuanto á la palabra *strupo* ó *stupro*, las opiniones están divididas. — Según Grossi, *stropus*, significaba en la baja latinidad, rebaño de carneros, que viene de la raíz teutónica, *strup*.

Monti, acepta esta interpretación y agrega, que este vocablo existe todavía en el dialecto piamontés con el mismo significado y el mismo sonido. Alizeri afirma, que en la Liguria se emplea este término, aplicándolo por desprecio á una turba humana. — De aquí que algunos entiendan, que el Dante hablase de los ángeles aludidos como de un rebaño de ovejas, lo que no concuerda con la palabra *superbo* que caracteriza el *estrupo*. — Otros entre ellos Buti, cree que hay una trasposición, licencia frecuentemente empleada por el poeta, y que debe leerse *stupro* y no *strupo*, é interpreta el concepto como una violación de la virginidad divina, por el hecho de la primera rebelión. Blanc, apoya esta opinión con una cita de San Agustín, en que asimila la idolatría y todo lo que pueda dañar á la divinidad, con la fornicación. — Fraticelli, cree que el poeta ha empleado la palabra en cuestión abundando en el espíritu de la Biblia, donde la idolatría del pueblo hebreo es calificada de adulterio. Paolo Costa, sostiene más ó menos la misma opinión, apoyándose en un texto de la Sagrada Escritura, en el libro de Enoc según el cual, Miguel encadenó á los ángeles rebeldes que violaron mujeres. — Brunone Bianchi, dice al respecto: "No desapruebo á los que explican la palabra *strupo* (strup), en el sentido escritural de defección ó infidencia á Dios". — Hemos adoptado la interpretación más racional y generalmente admitida, con arreglo al espíritu bíblico, acentuando el concepto con la palabra infido, ó sea infidencia á Dios, según el comentario de B. Bianchi.

(13-15). Es difícil de traducir esta famosa imagen dantesca en su enérgica sencillez, que pinta con un solo rasgo, un naufragio y una situación moral:

Quali dal vento le gonfiate vele
Caggiono avvolte poichè l'alber fiacca,
Tal cadde a terra la fiera crudele.

En verso suelto, sin la traba de la rima encadenada de los tercetos, sería tal vez posible reproducir con todas sus palabras el movimiento del original, demostrando prácticamente el paralelismo de la lengua italiana con la castellana:

Como las velas por el viento infladas
Envueltas caen cuando flaquea el arbol,
Tal la fiera cruel cayó en el suelo.

Carlyle, en su estudio sobre el Dante comparado con Shakespeare, que es uno de los capítulos de su libro: "El culto de los héroes", admira esta imagen por su verdad; pero la traduce mal al citarla. Confunde las cosas suponiendo: "que es el buque el que se hunde, cuando el mástil súbitamente roto le falla." Esta traducción hace perder á la imagen el carácter de verdad, que con razón le atribuye el original pensador inglés Lo que el Dante dice pintorescamente, y lo que moralmente quiere expresar por medio de esta imagen es:— que así como las velas infladas por el viento caen envueltas ó revueltas cuando les falta el mástil que las sostiene, así se desplomó en tierra el demonio inflado por la rabia al soplo de las palabras de Virgilio. La adición *tormentoso* de la traducción da fuerza á la imagen.

(19-21). Véase la nota á los versos 34-36 del canto III, sobre la mezcla de consonantes y asonantes. En la métrica castellana, es una regla convencional no aparearlos: pero en la italiana no se observa, y el Dante fué el primero que dió ejemplo, mezclando en los tercetos de su poema los consonantes á la par de los asonantes. Al seguir su ejemplo en la traducción, hemos dado nuestras razones en la nota citada, para edificación de los que crean ver en esto un defecto que es intencional, y de que no faltan ejemplos entre los buenos poetas españoles.

(48). *In cui usa avarizia il suo soperchio.*

La idea expresada por activa está interpretada por pasiva: en vez de decir que la avaricia usó en los condenados el exceso de su fuerza — que es la idea original — se dice, para establecer la antítesis con el concepto del verso anterior, que ellos usaron con extremo de la fuerza de su avaricia para con los demás.

(59-61). *... questa zuffa:*
Qual ella sia, parole non ci appulcro.
Or puoi, figliuol, veder la corta buffa.
De' ben che son commessi alla Fòrtuna,
Per che l'umana gente si rabbuffa.

El sentido literal del texto es, que tales riñas (*zuffa*) sea cuales fueren, no deben ser embellecidas ó adornadas (*appulcro*) con la palabra. Textualmente, *zuffa* en italiano corresponde á la palabra *riña* de la traducción, relacionada con la palabra *buffa* del texto, que acentúa el sentido de este concepto. *Buffa* en italiano, es befa, vanidad, burla ó engaño bajo, y también, ímpetu ó soplo violento, y en este doble sentido está empleado por el poeta. *Appulcro* (del latín pulcro ó bello) es adornar con la palabra una cosa ó un hecho. El Dante hace alusión á la palabra hablada, al hacer decir á Virgilio, que aquella *zuffa* (que caracteriza después con la palabra *buffa*) es indigna de ser fijada por ella, y el traductor se refiere á la palabra escrita ó grabada, pero la idea es la misma: en el original en forma oral, y en la traducción en forma gráfica. El Dante emplea con frecuencia en su poema la palabra *conio* (cuño) en el sentido de sello de la moneda corriente de buena ley, y esto autoriza su uso en este caso en sentido metafórico. (Véase "Inferno" C. XVIII v. 66: idem C. XXX v. 115; "Paradiso" C. XIX v. 126 y 141). Además, debe tenerse presente, que el Dante hace hablar á Virgilio con sus reminiscencias clásicas, y que puede ser permitido al poeta antiguo, lo que Horacio en su tiempo encontraba lícito, cuando decía en su "Epístola á los Pisones": "¿Los romanos prohibirían á Virgilio y á Vario, lo que fué permitido á Esinio y á Plauto?" No es, pues, un anacronismo ni una impropiedad poner en boca de Virgilio este concepto, perfectamente ajustado al texto del "Arte poética" del poeta latino, contemporáneo suyo. Todos los latinistas antiguos y modernos - con rarísimas excepciones de mera forma—han traducido el famoso pasaje de la epístola de Horacio, que se refiere á la introducción de neologismos en las lenguas (*nomina nova rerum* y *nomen signatum*) empleando la palabra *cuño*. Martínez de la Rosa, en su traducción de esta famosa epístola, sigue el ejemplo de sus antecesores.

Siempre lícito fué, lo será siempre,
Con el sello corriente *acuñar* voces.

(64-65). Los comentadores interpretan de dos modos este concepto, y varían con su ortografía su sentido. Fraticelli entiende que el Dante se refiere: "al oro que está bajo la luna y al que por el tiempo y el uso ha sido consumido: *già fu.*" Camerini, por el contrario, suprimiendo la coma que Fraticelli pone en *già fu*, piensa, que se hace referencia: "al oro que poseyeron en vida los condenados." Esta es la versión que se desprende racionalmente del texto y á la que nos hemos ajustado, porque el oro es una de aquellas sustancias que aunque se gaste en una forma, no desaparece, y permanece aliada á la materia.

(121-124). La melopea imitativa de los tristes que yacen en el fango, se reproduce por sonidos análogos en el castellano, demostrando, como en los versos 12-15 de este canto, el paralelismo de las dos lenguas.

Tristi fummo
Nell'aer dolce che dal sol s'allegra,
Portando dentro accidioso fummo:
Or ci attristian nella belletta negra!

CANTO VIII

(44). *Alma briosa.* En el texto se dice *alma sdegnosa.* Esta palabra en italiano tiene un sentido más lato que en castellano, y significa no solo *desdén*, sino también todo movimiento súbito de personas ó cosas por acción externa; y así, los comentadores italianos entienden que Virgilio quiso significar la nobleza ó altivez de alma del Dante, como virtud, en contraposición de la ira, que es un vicio. La palabra *persona orgogliosa* es aplicada en la siguiente estrofa al carácter del condenado, y no correspondería por lo tanto. La palabra *briosa*, que en castellano significa fuerte, valerosa, resuelta, gentil ó gallarda, envuelve el doble sentido del italiano y comprende el pensamiento del autor.

CANTO IX

(18). *Che sol per pena ha la speranza cionca?*

Compárese con los versos 41-42 del Canto IV, y véase nuestro comentario ampliando su sentido restrictivo, de acuerdo con el espíritu de los estrofas correlativas, y siéndolo igualmente este verso, su interpretación tiene que ser armónica, tanto mas cuanto que en este caso el texto es menos restrictivo. "Cionca" significa, *truncada*, *rota*, y por extensión *separada*, *alejada ó lejana*. La traducción "esperar dudosos" ó sea "esperanza dudosa" responde á esta interpretación de la letra y del sentido.

(78). En nota anterior deciamos: que el circunloquio ó ripio está á veces en el texto mismo, y que la traducción lo sigue, procurando ceñirle en líneas precisas. En este caso, el *muy* parecería un ripio, no siéndolo ni en el original ni en la traducción. El *muy verdosas*, corresponde al superlativo *verdissime* del italiano:

E con idre verdissime eran cinti.

CANTO X

(32-33). *Vedi la Farinata che s' è dritto:*
Dalla cintola in su tutto il vedrai

Las palabras, *in su tutto il vedrai*, parecerían indicar no solo la parte visible del cuerpo de Farinata, sino también la entereza moral de que dió pruebas en vida y manifiesta en muerte, que, aun cuando solo se mostrase de la cintura arriba, podia verse todo entero (*tutto il vedrai*). Alizeri en su minucioso comento, entiende, que la profundidad de la fosa ardiente en que está sepultado Farinata, puede medirse por lo que él muestra, por cuanto la distancia desde el ombligo á la cabeza es la mitad justa de la estatura humana. De todos modos, la expresión *in tutto* acentúa la aparición, y la correspondiente, *entero*, le da su relieve.

(25). *Locuela*, es la palabra empleada por el Dante, que tiene el mismo valor en italiano y castellano.

(66). *Certía*, anticuado, certeza, Barcia no lo trae.

(79-80). *Ma non cinquanta volte fia raccesa*
La faccia della donna che qui regge

La palabra *gire* de la traducción en sustitución de *fia raccesa* (renazca) expresa la idea de la sucesión de cincuenta lunas ó meses.

(85-87). *... Lo strazio e'l grande scempio*
Che fece l'Arbia colorata in rosso,
Tale orazion fa far nel nostro tempio.

En este último verso, se hace alusión á la costumbre que tenían los magistrados de Florencia de dictar sus decretos, congregados en un templo, dando á la palabra *orazion* un sentido irónico.

CANTO XI

(52-54). Compárese la estrofa original con la traducción.

—La frode, ond' ogni coscienza è morsa,
Può l'uomo usare in colui che si fida,
E in quello che fidanza non imborsa.

Onde è morsa, que envuelve la idea del remordimiento, está traducido por el concepto, *que muerde cual carcoma*, que la implica. La enérgica expresión *che fidanza non imborsa*, y que rectamente significa "no echar á la propia bolsa la confianza", y por extensión en italiano, "acoger con esperanza ó con incertidumbre," está involucrada en el concepto: "de que la buena fe no se recata", ampliando la estrofa dentro del mismo doble sentido: "Y al desconfiado de sorpresa toma".

CANTO XII

(98). *Cuidoso*, anticuado, lo mismo que cuidadoso.

(124). *Bajeza*, anticuado, el lugar bajo en *hondura*.

(135-136). — .... *Ed in eterno munge*
Le lagrime, che col bollor disserra.

Munge del verbo *mungere* ó *mugnere*, ordeñar, extraer, etc. *Disserra*, del verbo *disserrare*, completa el concepto, que comprende la palabra *descuajado*. Podría traducirse textualmente este verso diciendo: *hales ordeñado* etc., que se relaciona "con el eterno llanto" que el hervor del río sanguinoso arranca ó descuaja á los tiranos.

CANTO XIII

(15). *Deshumanos*, anticuado, vocablo que está fuera del uso común sin razón alguna, y que en este caso es más expresivo que *inhumanos*, por cuanto envuelve la idea de una cosa que está fuera de lo humano, ó sea sobrenatural, que es lo que el Dante ha querido expresar en el verso correspondiente:

Fanno lamenti in su gli alberi strani.

(16-19). Es éste uno de los tercetos más débiles y enredados del Dante, lo que hace difícil su correcta interpretación poética, empero no ser esencial, por cuanto sólo se refiere al itinerario de los dos poetas. Literalmente dice: " Y el buen maestro: — " Antes de entrar más adelante, sabe, que estás en el segundo girón, — empezó á decirme, — y que continuarás por él, mientras, " que camines por el horrible arenal".

E 'l buon maestro: — « Prima che più entre
Sappi che sè nel secondo girone,
— Mi cominciò a dire, — e sarai mentre
Che tu verrai nell' orribil sabbione.

(20-21). La traducción es un tanto libre: pero está ajustada á la lección más auténtica, y su sentido es el mismo. El Dante dice:

Però riguarda bene, e sì vedrai
Cose che daran fede al mio sermone.

En la mayor parte de las ediciones de la " Divina Comedia", se lee: — " *Cose che torrien fede al mio ser-*

mone," ó sea, "cosas que despojarían de fe á mis palabras", que es lo contrario, y que Buti y los comentadores italianos que han seguido esta lección, interpretan así: — "cosas que si te las dijera, no las creerías," lo que tiene algún sentido, aunque no sea el verdadero. Foscolo, con más penetración y erudición, adopta la lección que seguimos, que da sentido á la estrofa. Virgilio se refiere evidentemente al pasaje del libro III de la Eneida, en que Eneas arranca un gajo del mirto en que se había transformado Polidoro, y ve correr de él la sangre, pasaje que el Dante ha imitado en este canto, magnificándolo. Para que no quede duda al respecto, el mismo Virgilio hablando con el árbol de que el Dante había tronchado un gajo, y de que veía brotar sangre, le dice al dolorido en los versos 48-49 de este canto:

Ciò ch' ha veduto, pur colla mia rima,
Non averebbe in te la man distessa.

Así, hemos traducido, ateniéndonos al texto originario y al espíritu más que á la letra (Véase verso 48 de este canto).

(25). Este verso amanerado, que podría parecer extraño en la traducción, es una reproducción fiel del original:

Io credo ch'ei credette ch' io credesse.

(42). Compárase con la estrofa original que es una de las más bellas del Dante:

Come d'un stizzo verde, ch'arso sia
Dall'un de' capi, che dall'altro geme
E cigola per vento che va via.

Chirrea, es propiamente *cigola*; y la palabra *tristemente*, aplicada al chirrido, reemplaza á *geme*.

(59). *Ansa*, anticuado, asa ó argolla.

(88). *Asunta*, participio del verbo irregular anticuado *asumir*.

(99). *Tardalero*, lo mismo que tardío. El Dante dice: *come gran di spelta*, (*triticum spelta* de Linneo); en castellano espelta ó escanda, que es una especie de trigo tardío, que madura también al acaso.

(102). *Fanno dolore ed al dolor finestra.*

Literalmente, la traducción de la estrofa es esta: "Crece el arbusto como planta silvestre: las arpías pacen en sus hojas; causan dolor (en el árbol animado) abren ventanas (heridas, roturas, ó aberturas) por donde los clamores de los condenados se escapan." — Respetamos en la versión el estilo dantesco, poniendo *ventanas*.

(143-150). Compárese con el texto original que es algo oscuro por sus reminiscencias históricas, tradicionales y locales, además de su concisión:

I' fui della città, che nel Batista
Cangiò 'l primo padrone: ond' ei per questo
Sempre con l'arte sua la farà trista;
E se non fosse che in sul passo d'Arno
Rimane ancor di lui alcuna vista,
Quei cittadin, che poi la rifondarno,
Sovra 'l cener che d'Attila rimase,
Avrebber fatto lavorare indarno.

Su traducción literal, ajuntada al giro gramatical del texto, es: "La ciudad, que por el Bautista cambió al primer patrón (Marte) el cual (*ond' ei*) por esto, siempre con el arte suyo (la guerra) la contristará (la *farà trista*). Y si no fuese que sobre el puente del Arno aún queda de él algún vestigio (*alcuna vista*), los ciudadanos que la refundaron, sobre las cenizas que dejó Atila, habrían hecho trabajar en vano."

Según algunos comentadores italianos (Fraticelli, Costa, Blanc, Camerini etc.) el fragmento de la antigua estatua de Marte, encontrado bajo las ruinas después del incendio de Florencia por los bárbaros, y colocado entonces sobre el puente del Arno, habría preservado á la ciudad de una nueva destrucción, por cuanto era tradicionalmente considerado como el paladión de ella. La vaguedad del texto se presta á esta interpretación, pero ella pugna con las creencias religiosas del poeta, pues supondría que pensaba, que Marte, su antiguo patrón pagano, había protegido á su ciudad más eficazmente que el nuevo patrón cristiano, que á esta idea respondería la adversativa: "si no" (*e si nonn fose*). Brunone Bianchi respondería á esta objeción: "Era voz corriente, que la dicha estatua de Marte, fuese para Florencia lo que el paladión para Troya; y era permitido al Dante como poeta, valerse de las opiniones y preocupaciones vulgares, y tanto más entonces, cuando pone en escena personas, que sino por su nacimiento, por su modo de pensar pertenecen al vulgo. Así, me parece natural suponer, que el Dante quiso representar en los que hace hablar aquella raza de hombres supersticiosos é ignorantes, muy numerosos en su tiempo, que en vez de atribuir las desgracias de la patria á las malas costumbres y al mal gobierno, echaban la culpa á los astros, á los demonios y á otras ficciones."

Rossetti según Benvenuto de Imola, citado por Bianchi, entiende que debe darse á este pasaje un sentido totalmente alegórico, pero apunta de paso una idea que esparce nueva luz sobre el texto: "La ciudad, aniquilada por la fuerza é invadida por los vicios, habría sido frecuentemente atacada por enemigos y destruída nuevamente *si no hubiese quedado sobre el Arno* alguna fortaleza de difícil expugnación, y un poco del antiguo valor guerrero, de que era símbolo el avance de la estatua de Marte que se veía sobre el puente."

Alizzeri, confirma en parte la última opinion de Rossetti, al analizar el verso:

Avrebber fatto lavorare indarno

Según él, es una reminiscencia del salmo: *In vanum laboraverunt qui edificant eam*, interpretándolo así: "Es un modo de decir, que la nueva ciudad, lo mismo que la antigua, habría sucumbido á los ataques de sus enemigos, si algo del primitivo valor no hubiese quedado en un fragmento de la estatua de Marte.

El pensamiento del autor, en nuestra opinión, es este: que Marte, en venganza de haber sido reemplazado como patrón de la ciudad, le retiró su protección como Dios de la guerra, y que á no haberse conservado un vestigio de su antigua imagen, habría desaparecido el antiguo espíritu marcial. Y que por lo tanto, sus refundadores habrían trabajado en vano, porque habría sido otra vez destruída por sus enemigos. De esta mezcla de reminiscencias mitológicas y creencias cristianas, está lleno todo el Infierno, de manera que puede explicarse la aparente contradición señalada antes, y dar al concepto su verdadero sentido histórico. De cualquier modo que se interprete el texto, lo traducimos casi literalmente en verso, dejando que cada uno le dé el sentido que pueda tener. Por lo demás, todos están conformes con que el Dante se equivocó al poner Atila por Totila, pues aquel no pasó del Apenino.

CANTO XIV

(14). *Desesperanza*, lo mismo que desesperación: s. f. anticuado.

(115). *Esparrama*, verbo anticuado, lo mismo que desparrama.

CANTO XV

(4-6). *Qualle Flamminghi tra Guzzante e Bruggia*
Temendo il fiotto che in ver lor s'avventa,
Fanno lo schiermo, perche il mar si fuggia

Esta estrofa, ha dado margen á las más variadas y contradictorias interpretaciones geográficas, á causa del extraño nombre de *Guzzante*, — ó *Guizzante*, — unido al muy conocido de Bruges.

Fraticelli, autorizado comentador del Dante, y autor de una de sus mejores biografías, asienta, que "*Guzzante* y *Bruggia*, son dos ciudades de Flandes, distantes cinco leguas una de otra." No se conoce tal ciudad de *Guzzante.*

Paolo Costa, dice en sus anotaciones· "*Guzzante*, en aleman *Witsand* (arena blanca), villa *(villaggio)* de Flandes, inmediato al mar". Tampoco se conoce tal villorrio de Witsand en Flandes.

Brunone Bianchi, haciendo una variante á P. Costa, trae: "*Guzzante*, una pequeña tierra *(piccola terra)* de Flandes." Esta tierra como la supuesta ciudad y villa del mismo nombre, nadie la conoce.

Blanc, mas mesurado en su comentario que los anteriores, establece la cuestión dubitativamente, negando la existencia de la pretendida ciudad, villa ó pequeña tierra; pero supone que pueda ser una isla desconocida:

"La isla de *Witsand*, dice, cuyo nombre respondería á *Guizzante*, no se conoce; pero como el mar en aquella parte produce grandes mutaciones, pudiera ser que existiese en los tiempos del Dante."— El mismo agrega, que algunos creen que *Guizzante* sea la isla de *Cadsand*,— ó Cadzand como se lee en los mapas,—situada sobre el mar del norte, en el punto donde el gran canal de Bruges á La Esclusa comunica con dicho mar.

La interpretación de *Cadzand*, ha sido generalmente adoptada por los comentadores italianos y por casi todos los traductores extrangeros. En su apoyo se hace valer el testimonio de Lud. Guicciardini, que residió algunos años en Flandes, y publicó en Amberes en 1567,—más de dos siglos después de la primera edición del Dante, — su obra titulada: "Descrizione di tutti i Paessi Bassi." En ella se lee: "Aquí, frente á frente de La Esclusa, se encuentra la pequeña isla de *Cadsand*, con una villa (*villaggio*) del mismo nombre, que antes fué más grande (la isla) pero que las tempestades del mar han reducido poco á poco casi á la mitad. Este es el mismo sitio de que hace mención en su Canto XV del Infierno, nuestro gran poeta Dante, llamándole incorrectamente, quizas por error de imprenta, Guizzante; donde todavía hoy se hacen continuamente grandes reparos en sus márgenes, á causa de que, por su situación y por lo bajo de la tierra, la marea ó sea el flujo, hacia Bruges, tiene aquí grandísimo poder, sobre todo cuando reina el viento maestro" (norte).—La descripción es exacta y la interpretación geográficamente aceptable, bien que no se aduzca ninguna prueba histórica, aun bajo el supuesto de un error de imprenta.

G. Dalla Vedova, en su libro "Gli origine della Brenta

al tempo di Dante", *apud* Camerini, explica el texto así: "Hallándose *Witsand*, *(paessetto)* hacia el confin occidental de Flandes dantesco, y Bruges hacia la parte oriental, parecería que con estos dos nombres, el Dante quiso indicar el dique flamenco, de un extremo á otro del país, en la extension como de 120 kilómetros." Segun esto, el Flandes dantesco, con los diques que lo protejen contra las irrupciones del mar del norte, se extendería hacia el occidente de Bruges, ó sea hacia el Canal de la Mancha, lo que solo es geográficamente exacto hasta Ostende, y cuando más hasta Nieuport; y esta interpretacion excluiría lo que propiamente se conoce con los nombres de Flandes oriental y Flandes occidental, no comprendiendo por lo tanto, sus dos extremos, como se asevera.

El celebrado dantista Scartazzini, sostiene con mas amplitud aun, una teoría análoga, que ha tenido la fortuna de ser adoptada en Inglaterra por el célebre Gladstone, quien en su ensayo titulado: "El Dante estudió en Oxford?" asienta como artículo de fe: "El lugar que el Dante llama *Guizzante*, ahora se interpreta por autoridad que hace ley, (la de Scartazzini) como *Witsand*." Empero, agrega á renglón seguido, destruyendo su categórica afirmación: "El nombre de *Wissand* ha quedado fuera de memoria; pero el lugar parece haber estado á 15 kilómetros ó 9 millas al sud oeste de Calais, y haber sido en tiempos antiguos el puerto, ó un puerto, de partida para Inglaterra. Parece que toda esta costa en aquel tiempo se consideraba dentro de los dominios de Flandes." Este punto singular de vista, complica más la cuestion sin aclararla, pues los confines de Flandes á que se hace referencia, son los occidentales por la parte de Francia, interpretación que altera diametralmente los rumbos entre el Flandes oriental y el occidental, ó sea lo que própiamente se llama Países Bajos. Aun cuando sea históricamente exacto, que lo que hoy se denomina todavía Flandes francesa, se consideraba como continuación del Flandes flamenco, Gladstone parecería ignorar, que al presente existe sobre la costa meridional del Canal de la Mancha, un punto que conserva el nombre de *Wissant* á 17 kilómetros de Calais, hacia Boulogne-sur-Mer, que algunos geógrafos creen sea el antiguo *Ilus Portus* de los romanos, lo que nos llevaría hasta las altas costas de la Francia, que ninguna conexion tienen con las bajas de Flandes.

Alizzeri, uno de los últimos comentadores dantescos, insinúa vagamente, en el mismo sentido de Scartazzini: "Lo más probable es, que *Guzzante* ó *Guizzante*, sea la isla de Witzand en los confines (?) de Flandes, destruida súbitamente *(via via)* por los embates del mar, y de la que no quedan ni vestigios." Es una suposición que no se funda en ninguna prueba histórica ni geográfica, y que por su vaguedad deja la cuestión en más incertidumbre que antes.

Los únicos que sepamos se hayan apartado de los comentadores italianos en este punto, son, el Conde de Cheste y José María Carulla, en sus respectivas traducciones en verso castellano, quienes ponen *Gante* por *Guzzante*, aunque sin dar ninguno de ellos la razón, lo que hace pensar que se guiaron simplemente por la analogía del sonido, siendo ambos trabajos de la misma época y escuela.

Daremos por nuestra parte, las razones que nos han inducido á interpretar *Guzzante* por *Gante:* 1º El texto mismo de la estrofa, que determina dos puertos de Flandes *(fiamminghi)* hasta donde llega la marea *(il fiotto)* que el viento lleva á ellos *(s'avventa)*, lo que hace necesario reparos ó diques *(schiermo)* á efecto de que el mar *(il mare)* del norte retroceda *(se fuggia)* ante ellos, circunstancias que coinciden en Bruges y en Gante, y más aun, segun la idea que en el tiempo del Dante se tenía de la hidrografía de esos dos puntos. 2° La analogía del nombre, que lleva la consonante inicial, y contener la terminacion íntegra que completa el nombre, prueba que en etimología es concluyente y que no concurre en Gadzand, quedando eliminado el de Wissant, que aunque más parecido, es por lo menos problemático, y no corresponde á la nomenclatura geográfica de Flandes. 3° La presunción racional de que el Dante, al señalar dos puntos opuestos del país de Flandes, á que se refiere nombrándolos, quiso indicar sus dos capitales históricas y geográficas: Bruges, del Flandes occidental, y Gante, del Flandes oriental, que determinan dos extremos flamencos de sus diques en el Valle del Escalda. 4° La inducción lógica de que el Dante, al hacer la descripción de lugares determinados fuera de Italia, no pudo tener otro guía que la geografía de Tolomeo, que era la autoridad de su tiempo en la materia, y sobre cuyo sistema reposa científicamente su poema. 5° El hecho histórico y geográfico, de que en tiempo del Dante, Bruges era un verdadero puerto de mar, no habiéndose cegado aun el estuario del Zwyn, que lo ponía naturalmente en comunicación directa con el mar del norte, lo que pone el nombre de Bruges fuera de toda duda y establece un seguro punto de partida y de comparación. 6° Que en las ediciones de Tolomeo de la

Edad Media, adicionadas segun los conocimientos de la época,— y los del Dante no podían ser más adelantados, Gante está representado en las mismas condiciones hidrográficas de Bruges, aun cuando hoy se sepa que esto no es exacto; pero situado como se halla en la confluencia del Escalda con el Lys y otros ríos, más arriba de Amberes, sostenido por la marea, los diques y obras de defensa son necesarios como en Bruges. Puede compararse la "Nouvelle geographie universelle" de Reclus, con la edición latina de Tolomeo, impresa en Roma en 1508, y la primera edición italiana de Venecia en 1548, en las que, más de dos siglos después de la 1ª edición de la Divina Comedia, todavía Bruges y Gante están figurados en los mapas en comunicación más ó menos directa con el mar y aun entre sí, tal como el Dante los describe en su comentada estrofa.

Basta esto para justificar la lección de *Gante* por *Guzzante*, con más fundamento racional, histórico y científico que la de *Witssant* y *Gadzand*.

CANTO XVI

(45). El vicio torpe de la edad media,—general entonces en toda la Italia,—que expían en el infierno dantesco los condenados de que se hace mención en este canto y el anterior, incluso Bruneto Latino, maestro del Dante, está velado, ó más bien dicho, sub-entendido por su notoriedad Por lo tanto, la traducción no puede ser más clara que el original.

La fiera moglie, più ch'altro mi nuoce.

Ó sea literalmente: "La (mi) fiera mujer me hizo más mal (*mi nuoce*) que todo lo demás (*più ch'altro*)". El condenado que habla da á entender de este modo que la esquivez de su mujer, según unos, ó el odio que le inspiró por sus malas cualidades, según otros, le indujo al vicio torpe porque es castigado á causa de su mujer.

(106). Véase la nota 41-42 del canto I, que se relaciona con esta estrofa:

Io aveva una corda in torno cinta
E con essa pensai alcuna volta
Prender la lonza alla pelle dipinta.

CANTO XVII

(21 - 22). *E come là fra li Tedeschi lurchi*
Lo bevero s'assetta a far sua guerra;

No es posible entender esta comparación, sin acompañarla de un comentario. *Li Tedeschi lurchi*, ó sea, los alemanes, pesados, según unos, glotones según otros, es una humorada del Dante, como una piedra lanzada en su tiempo entre güelfos y gibelinos apuntando á los alemanes que intervenían en las cuestiones de la Italia, pues no obstante ser él mismo gibelino, ó sea partidario del imperio temporal contra el papado, participaba del odio de los italianos contra los conquistadores alemanes, que era también un sentimiento nacional. Es una referencia puramente incidental que hemos traducido por "tosca gente danubiana", que es lo que hace al caso de la comparación.— *Tra i Tedeschi*, según Camerini y los demás comentadores italianos, quiere decir á lo largo de las costas del Danubio. El autor, según Bocacio, hace alusión al castor, que en las costas del Danubio, como se creía entonces, escondía en el agua su cola, que es muy gruesa, y por ser muy grasienta, impregnaba el agua con su sustancia, atrayendo á modo de sebo á los peces, con los cuales el castor se alimentaba, lo que es un error, como lo observa Blanc.—Solo con esta explicación puede comprenderse la similitud que el poeta establece, entre la actitud del castor y la de Gerión, con las respectivas colas sumergidas:

Ma in su la riva non trasse la coda.

(72-73). *Gridando: Vegna il cavalier sovrano,*
Che recherà la tasca coi tre becchi.

La palabra *cavalier* está usada por el poeta en sentido irónico, como calificativo de usurero, según dicen era costumbre en Florencia, en su tiempo; y según Paolo Costa en sus notas, se refería al aplicarla, al caballero florentino Giovanni Bulamonte, que era un grande usurero, y tenía por blasón tres picos de pájaro. La palabra *sovrano*, tal vez responde á la intención de asignarle su puesto superior entre los usureros condenados de antemamo. El concepto queda claro en la traducción, aunque sin su dejo picante.

(85). *Tremulante*, aunque parezca un arcaismo, no lo es, y como derivado de trémulo es más propio que tembloroso para caracterizar el comienzo del ataque de la cuartana con sus síntomas, del modo gradual que lo describe el poeta:

Quale colui ch' è sì presso al riprezzo
Della quartana, ch' ha già l'unghie smorte
E triema tutto, pur guardando il rezzo.

Las palabras *temblar* y *vacilante* de la traducción, cuando sobreviene el acceso del frío, completan el cuadro, aunque no con la intensidad del original que pinta al trémulo doliente mirando la sombra (*guardando il rezzo*) símbolo del frío, que los atacados miran con horror, por una asociación de ideas y sensaciones.

(107). *Perchè 'l ciel, come pare ancor, si cosse:*

Hemos combinado en la traducción la referencia mitológica del autor con la letra del texto original. El poeta hace alusión al origen fabuloso de la formación de la vía láctea, que según el mito, señalaría el trayecto luminoso de la caída del carro de Faetón, que hizo arder (*si cosse*), el cielo como se ve todavía (*come pare ancor*).

CANTO XVIII

(I). *Malebolge.* Esta palabra ha pasado al lenguaje común para designar la región del infierno dantesco así llamada, y por eso hemos preferido conservarla tal y cual, como lo hacemos respecto de los nombres compuestos de los diablos, sin embargo de que se prestaban á ser traducidos. Algunos han traducido Malebolge por Malos-Sacos. Mejor es dejarle la denominación original que forma parte de la nomenclatura de la topografía infernal de la Divina Comedia.'

(4). *Malignoso.* Esta palabra de buena ley no se encuentra en ningún diccionario español, ni aun como arcaismo. Los puristas españoles, en su prurito de eliminar vocablos, que amortizan como anticuados, sin reemplazarlos por otros equivalentes ó mejores, y excluir los neologismos necesarios, tienden no solo á empobrecer el idioma, sino también á inmovilizarlo como una lengua muerta, y ésta misma, mutilada.

El adjetivo *maligno*, lo mismo que *malicioso*, sólo se aplica á las personas propensas á lo malo, ó sea á la malignidad, y metafóricamente, á lo que es en sí malo, perjudicial ó nocivo. Falta por lo tanto una palabra propia, que determine la malignidad de las cosas en sí, y *malignoso* es la que corresponde según su etimología y el recto y genuino sentido que del verbo á que pertenece se deriva.

La etimología de la palabra es conocida; viene del latín *male* y *genitus* (malo y engendrado) ó sea mal género ó mala cosa. Existe el verbo activo *malignar*, que expresa la acción de viciar ó inficionar, y el recíproco, de corromperse y empeorarse. Existe también el sustantivo *malignidad*, que es no sólo propensión del ánimo á pensar ú obrar mal, sino también la calidad que constituye nocivas determinadas cosas, y así se aplica especialmente á las enfermedades.

Barcia, que excluye de su diccionario la palabra *malignoso*, reconoce que "el sustantivo *malignidad* tiene mucha mayor fuerza que el adjetivo *maligno*" pero se limita á considerarlo desde el punto de vista de las personas. Falta, pues, su derivado necesario á este grupo de palabras, y principalmente al sustantivo *malignidad* con relacion á las cosas, y *malignoso* es el que corresponde. Aplicado este calificativo á la sección del infierno del Dante de que se trata, es doblemente adecuado, si se tiene presente el valor del verbo activo y recíproco *malignar*, ya sea en el sentido de viciar, inficionar, ya de corromperse ó empeorarse, que es la idea que el poeta ha querido significar en las palabras *campo maligno*. (Véase la nota al verso 86 del canto V y al verso 12 del canto XXIV.)

(7-9). La construcción de la estrofa original está invertida, pero el sentido y las palabras no difieren.

Quel cinghio che rimane adunque è tondo
Tra 'l pozzo e 'l piè dell' alta ripa dura,
Ed ha distinto in dieci valli il fondo.

(55). *Guisola bella. Ghisola bella* se lee uniformemente en todas las ediciones del Dante. Sin embargo un erudito italiano (Isidoro Lungo "Dante ne' tempi di

Dante", 1888) ha descubierto últimamente el testamento de la persona á que este verso se refiere, y de él resulta que su verdadero nombre era Ghislabella ó Ghisolabella. Nos hemos atenido á la lección consagrada que es la que sin duda estaba en la mente del poeta al evocar la idea de su belleza á la par del recuerdo de su desgracia.

(66). —*Ruffian, qui non son femmine da conio.*

Este verso ha dado origen á las más intrincadas discusiones, en que ha intervenido hasta la Academia de la Crusca Los comentadores antiguos, aunque discrepen en su interpretación, están todos conformes en que el poeta quiso significar, ó bien mujeres que se engañaban ó seducían con dinero, ó que se compraban ó se vendían por él, interviniendo los rufianes. Los modernos han complicado la cuestión. Fraticelli entiende: "mujeres de moneda ó de hacerse dinero con ellas." Blanc: "mujeres que se gozan por dinero", y Camerini: "que se obtengan con dinero". Tommaseo. "mujeres á venta". Bianchi, comentando á los comentadores antiguos, dice: "*Coniare* valía antiguamente tanto como " *engañar;* y *conio*, *engaño;* pero este significado en " tal caso me parece menos oportuno y más débil que " el otro". Por último, el ya citado Lungo, el más moderno de todos, en una difusa disertación de más de 63 páginas, pretende demostrar, que la palabra *conio* es un toscanismo que ha cambiado de sentido con el tiempo, y que "el poeta quiso aludir por boca del diablo, no al lucro ó tráfico de la mujer por dinero, sino al arte engañoso, al fraude para inducir á las mujeres á hacer la voluntad ajena".

Todas estas discusiones son perfectamente ociosas, y las apuntamos por vía de curiosidad. El verso 66 dice claramente lo que dice, y si la palabra *da conio* pudiese dar lugar á dudas en cuanto á su diversa acepción en el transcurso del tiempo, las palabras *femmine* y *ruffian* manifiestan, que se trata de mujeres que se compran ó se venden por dinero, interviniendo en ello los rufianes. La palabra *compra-venta* comprende con precisión todos los sentidos que el concepto dantesco pueda envolver.

(127-132). No siempre puede retrocederse ante las imágenes dantescas, como *del cul fatto trombetta* de los diablos, ó la pintura de Mahoma, *rotto dal mento insin dove si trulla.* Es necesario, pues, tomar á Tais, con su inmunda pomada de pecadora y sin los perfumes de nardo de la Magdalena.

CANTO XIX

(16-21). Las estrofas originales son las siguientes:

Non mi parean meno ampi, nè maggiori,
Che quei, che son nel mio bel San Giovanni
Fatti per luogo de' battezzatori.

L'un degli quali, ancor non è molt' anni,
Rupp' io per un che dentro s' annegava:
E questo sia suggel, ch' ogni uomo sganni.

Se ha dicho, que el Dante, al recordar el hecho, protesta que lo hizo por salvar la vida de un niño inocente, y no por irreverencia como se le atribuía. Por esto dice en el verso 21: "Y esto sirva de testimonio ó sello (*suggel*) para desengañar á todos los hombres".

(45). La expresión de quejarse con las piernas, parecería una impropiedad ó una imagen por demás atrevida; pero no lo es en la situación que pinta el Dante; y para que no se atribuya al traductor, ponemos aquí el verso original.

Di quei che sì piangeva con la zanca.

(49-51). *Yo stava come 'l frate che confessa*
Lo perfido assassin, che poi ch' è fitto,
Richiama lui, per che la morte cessa.

El pensamiento del poeta, en esta pavorosa escena trágica, es, que estaba inclinado y con el oído atento sobre la fosa en que se hallaba soterrado de cabeza el pecador, como el fraile que confiesa al asesino enterrado (*fitto*), que pide confesión para que la muerte cese (*morte cessa*). Lo de enterrado y el cese de la muerte, no podría entenderse sin el auxilio de los comentadores italianos, que recuerdan uno de los bárbaros suplicios de la edad media, el cual consistía, en arrojar vivo al criminal en un hoyo estrecho, con la cabeza abajo, y echarle poco á poco tierra encima hasta sofocarlo: en tal extremidad, el reo pedía confesor, y éste se inclinaba sobre la fosa para oirle, como el Dante sobre la del pecador, y de este modo la muerte cesaba ó se suspendía.

(106-111). Estos dos tercetos, claros en su letra, son confusos por sus alusiones apocalípticas é históricas, y el sentido que les da el poeta, aparece oscuro á primera vista. Deben consultarse los comentadores que los explican bien. He aquí su texto:

Di voi, Pastor, s'accorse 'l Vangelista,
Quando colei, che siede sopra l'acque,
Puttaneggiar co' regi a lui fu vista:
Quella, che con le sette teste nacque,
E dalle diece corna ebbe argomento,
Fin che virtute al suo marito piacque.

(115-117). Véase la estrofa original donde el sentido está más claramente expresado.

Ahi, Costantin, di quanto mal fu matre.
Non la tua conversion, ma quella dote
Che da te prese il primo ricco patre!

(118). Así lo canta también el verso original.

—E mentre io gli cantava cotai note.

CANTO XX

(42). *Cambiante.* Lo mismo que variacion, met. ant.

(67-69). Compárese con la estrofa original en que la palabra *bendecir* de la traducción está oculta bajo la palabra *segnar.*

> *Luogo è nel mezzo là dove 'l Trentino*
> *Pastore, e quel di Brescia, e 'l Veronese*
> *Segnar potria, se fesse quel caminno.*

La palabra *reclamo* de la traducción, que no se encuentra en el original, responde á la idea del poeta, de que hallándose el lugar á que se refiere en el medio *(nel mezzo)* de las tres jurisdicciones colindantes, podrían los tres obispos bendecirlo en común, con igual derecho, ó sea sin reclamo de ninguna de las partes.

(76-78). Los elementos que constituyen la estrofa original, forman igualmente la traducción, con las palabras en otro orden y con la sola diferencia de integrar el nombre geográfico de Governolo, que el poeta llama Governo:

> *Tosto che l'acqua a correr mette co,*
> *Non più Benaco, ma Mincio si chiama*
> *Fino a Governo, dobe cade in Po.*

(80). *Demuda*, del verbo anticuado *demudar*, en su acepción precisa de variar, mudar.

(82). *Virgen cruda*, así llama el poeta á Manto:

Quindi passando la vergine cruda.

(106-111). Deben leerse en el original estas valientes estrofas, que expresan con enérgica sencillez el heroísmo de la Grecia al emprender la guerra de Troya, cuando según la expresión del poeta, "de sus varones apenas quedaron los que estaban en la cuna", al tiempo de hacer cortar Calcas "el primer cable" (de la flota expedicionaria).

Quel, che dalla gota
Porge la barba in su le spalle brune,
Fu, quando Grecia fu di maschi vota,
Sì, che, appena rimaser per le cune,
Augure; e diede 'l punto con Calcanta
In Aulide, a tagliar la prima fune.

Pensamos que en la traducción se hace sentir la vibración del original, aunque no con toda su energía inicial. En lo demás, se reproducen la acción, las imágenes, los conceptos y las palabras sustanciales. La única adición al texto, es la palabra *á la desferra*, del verbo anticuado *desferrir*, (que no trae Barcia, si bien traiga *desferrar*), ó sea soltar las velas, que los puristas, como de costumbre, han eliminado del uso corriente, empero conservar el verbo *aferrar* que expresa la acción contraria. Si se tomase la palabra anticuada desferra en la otra acepción que tiene, de discordia de opiniones, también sería ella propia, puesto que, en la diversidad de opiniones, al emprender los griegos la guerra, Calcas cortó la cuestión haciendo cortar como augur "la prima fune" que sugetaba las naves expedicionarias á la playa. Para expresar esta idea con más propiedad, si se quiere, podría decirse: "en la desferra" en vez de "á la desferra".

(124-125). .... *Tiene 'l confine*
D'ambe due gli emisperi. ....

Es notable este verso en que el poeta establece la esfericidad de la tierra, con sus opuestos hemisferios, y señalando sus confines. Véase el comentario á los versos 61-142 del canto XXVI, en que amplía esta idea del universo.

y por extensión, una
última acepción no la
nos. Por lo tanto, en el
irgillo con el Dante, está
n propiedad, y también de
ginal en este caso.
cuado, que no es necesario
oterráneos.
del cul fatto trombetta. Esta
s diablos, que algunos han criti-
al género, corresponde al carác-
que terrible que el Dante presta á
empezando por el mismo Minos y
mos traducido este verso del modo

endo de trompeta con el ano.

os la traducción literal, porque es carac-
se leen en las Escrituras sagradas, imáge-
crudas?

CANTO XXII

(3). *Á escampo*, anticuado, lo mismo que *á escape;* pero *á escampo* es más expresivo, porque comprende, no solo la acción de ir de carrera, sino la circunstancia de hacerlo en campo abierto ó fuera de él. La etimología de la palabra lo dice: viene de campo y el prefijo *es* (del latín *ex*) ó sea en toda la extensión del campo, determina á la vez que la acción el terreno ó el modo como se ejecuta.

CANTO XXIII

(6). Si hay equivocación en la cita, corresponde al autor; la traducción es textual:

.... *in su la farola d'Isopo*
....
Dov' ei parlò della rana e del topo.

(71-72). En el original la acción no está expresada con más claridad, porque comprende dos acciones simultáneas y la causa del movimiento alternado, lo que hace difícil su traducción con toda amplitud dentro de la estrofa. He aquí el texto:

Venia sì pian, che noi eravam nuovi
Di compagnia ad ogni muover d'anca.

Literalmente: —"Caminaban tan despacio que nos encontrábamos con nuevos compañeros (al lado) á cada movimiento de pierna."

CANTO XXIV

(4-6). Confróntese con el original:

Quando la brina in sulla terra assempra
L'imagine di sua sorella bianca,
Ma poco dura alla sua penna tempra.

Falta solamente en la traducción la comparación rebuscada del Dante, de la helada copiando la nieve, acción que se asocia en el último verso á la idea de la pluma (*penna*) con que se copia un escrito, por la poca duración de este instrumento para imitar ó copiar (*assemprare*). Hay aquí un equívoco que no puede ser reproducido en castellano: *tempera della penne*, ó sea simplemente *temperatura*, se llama así en italiano el temple ó corte que se dá á la pluma para afinarla, imagen que se asocia con la de la temperatura del aire y constituye el núcleo del concepto, un tanto gongórico. El vocablo *trasunto*, comprende la idea que domina la estrofa.

(53-54). —*Con l'animo che vince ogni battaglia,*
Se col suo grave corpo non s'accascia.

Es curioso encontrar en el Dante esta fórmula de la lucha por la vida, que constituye el fundamento de la teoría darwiniana y de la filosofía spenceriana.

(135). Siempre que habla ó hace hablar el Dante, del mundo ó de la tierra, de la vida, del sol ó del aire que respiran los humanos, es con intenso amor, acompañando el sustantivo de los adjetivos más tiernos: dulce, feliz, bello, etc., y esto autoriza la adición de *bienandante* aplicado al mundo, cuando en el original él se refiere á la vida mundanal.

Che quand' i' fui dell' altra vita tolto.

CANTO XXV

(12). Véase la nota al verso 3 del canto XVIII á propósito de la palabra *maligno*. Los españoles que han proscrito este vocablo como anticuado, conservan empero como de uso corriente, *malignante*, participio activo del verbo *malignar* de que en la misma nota se hizo referencia.

(61). Este mismo concepto repite el poeta en varios versos de este canto:

Nè l'un nè l'altro già parea quel ch'era
(Verso 63.)

In una faccia, ov'eran duo perduti
(Verso 72.)

La traducción ha procurado condensar en un verso la fuerza de los tres, dentro de su sentido propio, sin perjuicio de reproducir los otros en su forma modificada.

CANTO XXVI

(98-99). En el original se dice:

. . . . a divenir del mondo esperto
E degli vizii umani e del valore.

Cultura contrapuesto á *vicio,* vale tanto como virtud, ó sea *valore* en su sentido moral, y traduce del mismo modo la idea con su antítesis.

(61-142). Las estrofas comprendidas entre estos versos, encierran la teoría cosmológica del poeta, y forman el complemento de la odisea dantesca, que ensancha los límites conocidos en la antigüedad y en la edad media. El héroe homérico, sale de los contornos del mar Mediterráneo, y se lanza al "tenebroso mar", en busca de la Atlántida soñada por Platón, de la última Thule presentida por Séneca, para dilatar el mundo moderno, entrevisto por R. Bacón antes del Dante (1267) y al fin hallado por Colón. Es el descubrimiento de un nuevo mundo, poética y científicamente adivinado por el autor de la *Divina Comedia*, que dejando de lado las fantasías geográficas de Homero, con arreglo á las enseñanzas de Pitágoras y de Aristóteles, y de Platón en parte, se pone en abierta oposición contra las opiniones de los padres de la Iglesia y de la autoridad de los papas en la materia, admitiendo la esfericidad de la tierra, con sus dos hemisferios y sus dos polos, la continuidad de los mares, su ecuador magnético, su atracción central y sus antípodas, y presupone en consecuencia la existencia natural de una *nueva tierra* En estas dos palabras, está encerrada la síntesis de este canto, que no puede dejar de ser comentado, aunque sea brevemente en los límites de una nota, por un traductor americano del divino poema, en que "pusieron mano cielo y tierra."

Ulises, en el viaje que le hace hacer el poeta, toma por punto de partida el Mediterráneo, dejando el Africa á la izquierda y la Europa á su derecha; navega á lo largo del estrecho de las columnas de Hércules, sin respetar la prevención fatal del semi-dios tirio, y se lanza al ignoto mar:

Quando venimmo a quella foce stretta
Ov' Ercole signò il suoi riguardi
Acciochè l'uom più oltre non si metta;
Dalla man destra mi lasciai Sibilia,
Dall'altra già m'avea lasciata Setta.

Proclama entonces á sus compañeros, ya envejecidos después de largos viajes en el mundo conocido, y les estimula á seguir el camino del sol (*diretro al sol*), esto es, hacia adelante, siempre adelante, hasta encontrar otro oriente en el hemisferio austral, y alcanzar el mundo que está más allá (*diretro*) del astro guiador:

Non vogliate negar l'esperienza,
Diretro al sol, del mondo senza gente.

De aquí parecería deducirse, que el Dante creyera que el hemisferio desconocido estaba inhabitado. Respetando la letra del texto, así lo hemos traducido. Empero, el sentido verdadero parece ser, segun algunos comentadores, que con estas palabras quiso simplemente significar: "un mundo que se cree sin gente". Esta interpretación racional puede apoyarse en el mismo texto del Dante. En primer lugar, él no consideraba inhabitable el hemisferio austral, segun se creía en su tiempo. En los versos 22-27 del canto I del Purgatorio, al referirse á las cuatro estrellas que vió desde lo alto de la montaña del Purgatorio, dice, contemplando los astros del polo opuesto — el antártico — que ellas fueron vistas por la primera gente que lo habitó:

Io mi volsi a man destra, e possi mente
All'altro polo, e vidi quattro stelle
Non viste mai fuor ch'alla prima gente.
Goder pareva il ciel di lor fiammelle.
O settentrional vedovo sito,
Poichè privato se' di mirar quelle.

Los comentadores italianos piensan, — y es lo más probable, — que por *prima gente*, debe entenderse los progenitores del género humano, esto es, Adan y Eva.

Los que han ilustrado la parte astronómica de la *Divina Comedia*, no han esparcido suficiente luz sobre esta vision, que señalaba la aparición de la Cruz del Sud en los cielos. El P. Antonelli, que es el que más especialmente se ha contraído á este punto, dando á la visión celeste el significado moral que á no dudarlo tiene, pretende probar científicamente, que el poeta adivinó la existencia de esta constelación tal cual la contemplamos hoy. Esta interpretación sobrenatural, no tiene consistencia racional.

Humboldt, con más ciencia y menos imaginación supersticiosa, ha demostrado históricamente: I° Que los antiguos tenían otras cruces estelares en su cielo. 2º Que en época anterior al Dante, una parte de la Cruz del Sud era visible en Europa, y el todo ó parte de ella en la extremidad austral de la India y al sud de Alejandría. 3ª Que en el Almajesto de Tolomeo, las cuatro estrellas principales de que se compone la Cruz, fueron confundidas más tarde con los pies del Centauro.

Esta exposición histórica está comprobada matemáticamente. Según el mismo autor, en tiempo de Claudio Tolomeo, la bella estrella colocada al pie de la Cruz, se elevaba aun en Alejandría á su paso por el meridiano, hasta 6°10 grados de altura, en tanto que hoy, en el mismo sitio, su punto culminante queda más abajo del horizonte.

"Para divisarla actualmente, (dice el *Cosmos*), á 6º10 grados de altura, sería preciso, teniendo en cuenta la refracción de los rayos luminosos, colocarse al sud de Alejandría á los 21º43 grados de latitud norte. Los anacoretas cristianos del siglo IV, podían todavía ver la Cruz del Sud á los 10° de altura desde los desiertos de la Tebaida".

Sea que el Dante tuviera alguna noticia de estas observaciones, ó que por intuición de su ingenio poético tuviese la inspiración de las leyes naturales, al simbolizar en ellas las cuatro virtudes cardinales, es un hecho, que si no vió, adivinó la Cruz del Sud, casi en el mismo punto del cielo en que se ha determinado, y que presintió místicamente la existencia del Nuevo Mundo descubierto por Colón, precediendo á su descubridor, con una comprensión clara del universo.

Separándose en esta parte de la geografía homérica, que figuraba la tierra como un disco, circundada de una masa de aguas impetuosas,—el océano,—donde se hundía el sol todas las noches, y donde se encontraba la entrada del Infierno, él coloca la entrada de su Infierno en el hemisferio boreal, y al través de las entrañas del globo llega al austral, hasta los antípodas, mientras hace ejecutar otro viaje á Ulises por la superficie de las aguas, atravesando la línea equinoccial.

El Dante admite con la escuela pitagórica la esfericidad de la tierra, noción que se había olvidado en su tiempo por los sabios y era combatida por los escritores sagrados. Siguiendo á Aristóteles, de cuya doctrina está impregnado, tiene la conciencia de la atracción central. Cree con Platón en los antípodas, como lo demuestra el famoso pasaje del Canto XXXIV del Infierno, cuando dejan Virgilio y el Dante el centro de la tierra, donde estaba enterrado Lucifer en el hielo, y ambos poetas asientan los pies donde antes tenían la cabeza. Habla el Dante por boca de Virgilio.

Ed egli a me: Tu immagine ancora
D'esser di là dal centro, ov'io m'appressi
Al pel del vermo reo ch'el mondo fora:
Di là fuste cotanto, quant'io scesi;
Quando mi volsi, tu passati al punto
Al qual si traggon d'ogni parte i pessi;
E se' or sotto l'misperio giunto
Ch' è contrapposto a quel che la gran secca
Coverchia,...........................
....
Qui è da man quando di là è sera.

Cuando se piensa que esto fué escrito siglo y medio antes del descubrimiento de la América, se extraña que un geógrafo como Malte-Brun, haya dicho: "Entonces, (antes de Colón) la circunferencia de la tierra era desconocida: nadie podía decir si el océano era ó no una extensión inmensa que fuese posible atravesar; no se conocían las leyes de la pesantez, según las cuales, dada la esfericidad de la tierra, la posibilidad de dar la vuelta al mundo era evidente." Con cuyo motivo, asevera el historiador Washington Irving: "que esperar encontrar la tierra dirigiéndose hacia el oeste, era uno de esos misterios que pasan por imposibles." El texto poético responde á estas aserciones de los sabios y de los historiadores, si no experimentalmente, por lo menos por el método inductivo de Bacón, que fué el precursor del hecho que confirmó lo que ya se creía posible, porque se sabía teóricamente, y siendo naturalmente lógico, era no solo probable, sino tambien evidente.

El texto dantesco es tan preciso á este respeto, cuanto puede serlo un viaje imaginario, fundado en incompletas nociones y teorías científicas aun no sometidas á la prueba del experimento.

El itinerario de Ulises al salir de las columnas de Hércules y entrar al gran océano, es en general casi el mismo de Colón. Sigue el camino del sol (*diretro al sol*), aunque no precisamente de oriente á poniente, buscando la *terra nuova senza gente*, lo que manifiesta la creencia de su existencia y la posibilidad de llegar á ella al través del mar, cruzando la línea equinoccial. Costea el Africa, llega al Ecuador, pierde de vista el horizonte de la Europa que deja á popa, y ve los astros del opuesto polo.

E volta nostra poppa nel mattino,
De' remi facemmo ale al folle volo,
Sempre aquistando del lato mancino.
Tutte le stelle già dell' altro polo

Vedea la notte, e'l nostro tanto basso,
Che non surgeva fuor del marin suolo.
Cinque volte racceso, e tante casso,
Lo lume era di sotto della luna,
Poi ch'entrati eravam nell'alto passo.

Aquí descubre la ***nueva tierra***, y naufraga por voluntad de Dios:

Che della nuova terra un torvo nacque
E percorse del legno il primo canto.
................com'altrui piacque
Infin che'l mar fu sopra noi richiuso.

No pretendemos establecer un parangón riguroso entre el viaje imaginario del Ulises dantesco y el viaje real de Colón, que cambió los destinos del mundo. El del poeta, es una fantasía basada en las nociones científicas de la antigüedad y los conocimientos de su tiempo, mezclada con alegorías católicas dentro del plan lógico de su poema, al través de las entrañas de la tierra, del Purgatorio en el hemisferio opuesto al conocido, y de la ascensión al Paraiso en las regiones siderales.

La idea del Dante, es cosmológica, interviniendo en ella la ciencia á la par de la imaginación. La de Colón es cosmográfica, y aunque errada en algunos de sus puntos fundamentales, entre ellos el tamaño del globo terráqueo, se funda sobre el cálculo científico y en la práctica del navegador. La concepción del Dante, parecería que no iba más allá de suponer el hemisferio austral inundado en su totalidad, y en su centro, como antípoda á la tierra santa, la isla y la montaña del Purgatorio, que vió él al salir del Infierno, y que Ulises encontró al término de su viaje, llamándola la ***nueva tierra***, que es probablemente la única que alcanzó á presentir el poeta. Así lo hace creer la metáfora de los versos 121-125 de este canto, al describir los fenómenos físicos producidos por la caída de Lucifer:

Da questa parte cadde giù dal cielo :
E la terra, che pria di qua si sparse,
Per paura di lui fe' del mar velo,
E venni all' emisperio nostro : e forse
Per fuggir lui, lasciò qui il luogo vuoto
Quella, ch' appar di quà, e ne risorse.

Esta montaña aislada, que resurge en el hemisferio meridional, en medio de las grandes aguas tendidas como un velo por huir de Lucifer, es, á lo que parece, la del Purgatorio, la nueva tierra que Ulises alcanzara á divisar en su viaje marítimo, donde naufragó, y á la que llegaría el poeta por otro camino subterráneo.

Relacionando esta parte del poema con las teorías pintorescamente expuestas en este canto, y acreditadas á principios del siglo XIV, vése, que en lo general, ellas son más correctas que las del mismo Colón, á fines del siglo XV, aun después de recibir las lecciones del sabio cosmógrafo Toscanelli. Colón, seis años después de su descubrimiento, (en 1498) pensaba todavía, contra la opinión de Plinio, y siguiendo el texto bíblico, que "las aguas eran muy pocas", y se apoyaba en Aristóteles para creerlo así, concluyendo por afirmar: " En cuanto en esto del enjuto de la tierra, mucho se ha experimentado que es mucho más de lo que el vulgo cree." El Dante piensa por el contrario, que había más agua que tierra aun equivocándose.

En cuanto á las teorías y las visiones del poeta, y los cálculos y fantasías del navegante, pueden señalarse curiosas analogías. Colón combinando sus sueños con sus observaciones, pensaba que el paraiso terrestre se encontraba en la "nueva tierra", más ó menos donde el Dante ponía la montaña entrevista por Ulises, que corresponde á la del Purgatorio después vista por el poeta. Humboldt, al combinar las visiones, las nociones, las intuiciones y las fantasías del gran navegante, y compararlas con las del gran poeta, observa: "Colón, al colocar el paraíso terrestre en la América del Sud, no tuvo más motivos sino la abundancia de las aguas dulces que fluyen, la belleza del clima y la caprichosa hipótesis de una protuberancia irregular de la tierra hacia el occidente. Sería más justo conjeturar, que en la cosmología del Dante (mezcla de ideas cristianas y árabes) esta tierra, que no había sido habitada sino por *la primera gente,* y á la cual se llega al salir del estrecho entre Ceuta y Sevilla (*Sibilia e Setta* del Dante), siguiendo primero el camino del sol y luego navegando hacia el sud-oeste, tiene alguna analogía con la cosmología de algunos padres de la Iglesia. Pero el Dante, lleno de erudición y de filosofía, admitía la esfericidad de la tierra; y el Paraíso que coronaba la cima de la montaña del Purgatorio, estaba situado, según él, en medio de los mares del hemisferio austral, en los antípodas de Jerusalen".

El gran sabio aleman, que con tan vasta erudición histórica ha establecido científicamente en su "Exámen de la geografía del nuevo continente", la posibilidad de que el Dante conociese la existencia de la Cruz del Sud, no anda tan acertado, cuando afirma, - sin comprobar su aserción, - que la cosmología de la *Divina Comedia,* era simplemente una mezcla de ideas árabes y cristianas, análogas á las de los Padres de la Iglesia. En general, su idea de la comprensión del universo es más vasta, y su filiación debe buscarse en otras fuentes. Las nociones astronómicas y las teorías naturales de los griegos antes señaladas, parecen haber sido los guias del poeta en sus viajes imaginarios. Lejos de tener analogía como se dice, con la cosmología de los Padres de la Iglesia, está en abierta contradicción con ella. Tanto San Agustín como Lactancio, niegan rotundamente la posibilidad de los antípodas, y la Iglesia católica adoptó esta opinión como artículo de fe, al punto de condenarse herético por el Papa, á un obispo que la profesaba, llamado Vigilio, la misma que Virgilio explica al Dante en la teoría de la atracción central de la tierra, refutando á otro gran poeta latino (Lucrecio) que la repudió. En cuanto al itinerario marítimo de la odisea dantesca, sus antecedentes históricos y geográficos deben buscarse en las antiguas navegaciones de los fenicios y de los cartagineses, de que Herodoto y Estrabón dan noticia y que la ciencia y la experiencia moderna han confirmado.

Los fenicios realizaron según tradición científicamente comprobada, el primer periplo del Africa en el espacio de tres años, partiendo del Mar Rojo y entrando al Mediterráneo por las columnas de Hércules. A su regreso contaron los expedicionarios, que navegando al rededor de la Libia, habían tenido el sol á su derecha, lo que hizo calificar la expedición de fabulosa, siendo esto el testimonio positivo de su verdad, pues como se ha hecho notar, los fenicios, después de haber pasado el ecuador, debían necesariamente tener el astro á la derecha, como lo tendría Ulises marchando al otro occidente, *diretro al sol*, hasta contemplar los astros del polo austral.

Los cartagineses á su vez ejecutaron el mismo periplo, conocido con el nombre de Hannon, quinientos años antes de Jesucristo, saliendo por las columnas de Hércules y llegando hasta el Cabo *Noun*, segun unos, y aun hasta el Cabo Verde, según lo más averiguado.

CANTO XXVIII

(4-6). Es ésta una de las estrofas oscuras á par que conceptuosas del Infierno del Dante, por su concisión y sus modismos anticuados.

Ogni lingua per certo verria meno,
Per lo nostre sermone e per la mente,
Ch'hanno a tanto comprender poco seno.

Literalmente: — "Toda lengua, ciertamente (*ogni lingua per certo*), vendría á menos (*verria meno*), porque (*per*), nuestra palabra, idioma ó discurso (*nostro sermone*), y la mente (*la mente*), tienen (*c'hanno*), para tanto comprender (*a tanto comprender*), poca capacidad (*poco seno*)."

En nuestra anterior edición, generalizando el concepto del poeta, y aplicándolo á todos los casos que puede comprender la mente y los idiomas, la habíamos traducido del modo siguiente:

Todas las lenguas son poco abundosas,
Porque nuestra palabra y nuestras mentes
No alcanzan bien á comprender las cosas.

Ciñéndose estrictamente ahora al texto original, nos limitamos á relacionarlo con la interrogación de la estrofa anterior, coherente con las que se leen á continuación.

Los comentadores italianos pretenden, que por *mente* debe entenderse "falta de memoria para comprender y retener las cosas, por su cantidad, variedad y novedad," aserto falso en sí, y que debilita el profundo sentido del concepto del poeta, que involucra, no la materialidad del recuerdo de las cosas vistas, sino la facultad de comprenderlas y de expresarlas en el lenguaje hablado.

(16). *Bigardo* por *bugiardo*. Estas dos palabras, si no idénticas á pesar de su analogía, pueden considerarse como equivalentes. En italiano es falso ó falaz. En español, *bigardía*, es fingimiento, y *bigardo*, vago ó vicioso. Juan de Mena, que imitó al Dante en su "Laberinto" á mediados del siglo XV, la emplea acompañándola del calificativo de *faltrero* (ladrón). En cualquiera de sus acepciones cuadra bien al concepto que encierran los versos del original:

> *A Ceperan, là dove fu bugiardo*
> *Ciascun Pugliese.*

(22-24). La traducción de esta estrofa es escabrosa, así por sus pormenores como por los términos empleados por el poeta:

> *Già veggia, per mezzul perdere o lulla,*
> *Com'io vidi un, così non si pertugia,*
> *Rotto dal mento insin dove si trulla.*

Literalmente: — "Jamás (*già*) tonel (*botte*) que pierde (*perdere*) el fondo (*mezzule*) ó duela (*lulla*) abrióse así (*così non si pertugia*) como (un pecador) que ví abierto (*rotto*) desde la barba (*dal mento*) hasta el vientre (*dove si trulla*, donde se pee)". Las palabras *sin duela ó desfondado*, reproducen fielmente el texto en sus detalles, siendo literal todo el resto de la traducción, con la sola excepción de ***dove si trulla***, que la palabra ***vientre*** reemplaza con más propiedad y menos grosería, sin que la imagen pierda de su fuerza, ganando más bien en precisión anatómica y pintoresca.

(42). ***Resacar:*** v. anticuado: ***sacar.***

CANTO XXIX

(I-3). Compárese con la estrofa original:

La molta gente e le diverse piaghe
Avean le luci mie si inebriate
Che dello stare a piangere eran vaghe.

Literalmente: — "La mucha gente (en pena) y las diversas llagas (dolores) habían empapado ó colmado tanto (si inebriate), mis ojos (*le luce mie*), que estaban deseosos de llorar (*a piangere eran vaghe*).

Algunos traductores célebres han interpretado mal este pasaje, tomando al pie de la letra la palabra *inebriate*, y no en el sentido en que la usa el autor, que concuerda con su etimología latina, que han desconocido. — Fiorentino, en su conocido texto, ilustrado por G. Doré, traduce: "Les plaies diverses avaient tellement *enivré* me jeux etc" — Ratisbone, en su traducción en verso coronada por la Academia Francesa, pone: "M'avaient tellement egaré comme enibré la vue". — En italiano, el vocablo, *innebriato*, tiene el doble significado de ebrio, y de empapado ó colmado, y en este sentido se aplica á un río en crecida (*gonffia*) cuyas aguas se desbordan, que es el que le da el Dante, para significar que las lágrimas desbordaban de sus ojos. — Los comentadores italianos, interpretando la palabra en el sentido material de *insuppato*, no han tomado en cuenta el figurado de *gonfiato*, que es el que la da el autor.

Según los etimologistas latinos, *ebrius*, viene de *e* (por *ex*) fuera, y *bria*, vaso ó especie de medida usada por los romanos, ó sea, fuera del vaso ó de medida, y así, Plinio la aplica á una fruta muy cargada de jugo, que es la misma imagen que el Dante ha querido pintar gráficamente. Tal es la idea que expresa también la palabra *colmado*, equivalente á desbordado ó fuera de medida.

(42). La palabra *conversos*, corresponde así en la traducción como en el original á la palabra claustro (*chiostra*) de la estrofa, para desginar sugestivamente el valle cerrado ó foso y sus condenados:

Cuando noi fummo in su l'ultima chiostra
Di Malebolge, sì che i suoi conversi

(63). *Certano*, anticuado, lo mismo que cierto.

Hé aquí el verso original:

Secondo che i poeti hanno per fermo.

(79). *Atarasa* del verbo atarazar, que propiamente es morder ó destrozar con los dientes, que ne este caso se usa figuradamente por morderse las carnes con las uñas, teniendo presente además que el poeta las compara con la almohaza que también tiene dientes.

(91). *Guaste*, del verbo anticuado *guastar* (gastar) consumir. Es la misma palabra que usa el Dante:

Latin sem noi, che tu vedi guasti.

(126). El *tal vez* de la traducción marca la intención irónica del verso del poeta, oculta en una alusión personal:

Che seppe far le temperate spese

CANTO XXX

(16-21). Compárece con las estrofas originales:

Ecuba trista, misera e cattiva,
Poscia che vide Polisena morta,
E del suo Polidoro in su la riva
Del mar si fu la dolorosa accorta,
Forsennata latrò, sì come cane;
Tanto il dolor le' fe' la mente torta.

La traducción de la primera de estas estrofas es casi textual con la sola adición de algunos adjetivos que le dan quizás más expresión, trasladando al cuarto verso la pintura del encuentro del cadáver de Polidoro á orillas del mar. La acción de ladrar como can, está reproducida fielmente. En cuanto al concepto que encierran las palabras *forsennata* y *mente torta*, va envuelto en las palabras de *pena insana* de la traducción; que se completa con la adición del *alma oscura* y de la *razón desierta* que las acompañan según la letra y el espíritu del texto.

(43). El Dante dice *donna* (hembra) en vez de la yegua de la traducción, que es la palabra que corresponde con arreglo á la alusión histórica que hace al presentar la persona de Giann Schicchi, quien tomó el nombre del testador Buoso Donati para heredar la yegua en cuestión.

Per guadañar la donna (yegua) *de la torma.*

Torma en italiano, es hato, ó manada de ganado mayor.

(54). *Che 'l viso non risponde alla ventraia.*

Debe tenerse en cuenta que se habla de un hidrópico.

66). *Desagota*, anticuado, lo mismo que desagua.

(114). *Requesto*, de requerir, aun cuando solo se usa en castellano en femenino: *requesta*, requirimiento.

(145-148). Compárese con la estrofa original:

E fa ragion ch' io ti sia sempre allato,
Se più avvien che fortuna t'accoglia,
Ove sien gente in simigliante piato;
Chè voler ciò udire è bassa voglia.

Piato en italiano, en una de sus acepciones, es *pleito*, y *piatto*, *plato:* hemos tomado la palabra en este último sentido, que coincide con la intencion del concepto. El *piensa*, corresponde á "fa ragion".—*Bajeza*, traduce con toda su fuerza en una sola palabra, *bassa voglia.*

CANTO XXXI

(2). El texto dice: que se le tiñeron ambas mejillas

Sì che mi tinse l'una e l'altra guancia.

(114). Bien que pudiera ser permitido comparar á los gigantes que sobresalían con más de la mitad del cuerpo del fondo del abismo, con los buques que se elevan por demás sobre las aguas muertas, la palabra está empleada en el sentido arcáico de *altivo*, que corresponde á la pintura que el poeta hace de Anteo.

(136-138). *Qual pare á riguardar la Carisenda*
Sotto il chinato, quando nuvol vada
Sovr' essa sì, ch' ella in contrario penda

Este es uno de los pasajes del Dante más difíciles de traducir y de encerrar con precisión dentro de un terceto castellano, y que más trabajo me ha costado vaciar en su molde, á fin de reproducir los múltiples accidentes que pinta sucesivamente la estrofa original. Se hace alusión en ella á una torre de Bolonia, inclinada como la de Pisa, lo que da la clave de la traducción literal, que es como sigue: "Como al mirar la Carisenda, bajo del lado á que se inclina, cuando una nube errante pasa sobre ella, en contrario, parece que se inclinase en sentido contrario (al de la dirección de la nube)". La idea del poeta es, que al mirar hacia arriba del lado de la inclinación, cuando una nube pasa en dirección contraria á esta, no es la nube la que parece moverse, sino la torre misma, que es la misma ilusión que se experimenta, como lo observa Alizeri, cuando una nube pasa por delante de la luna, pareciendo ser esta la que se mueve. El movimiento de Anteo al inclinarse, reproduce la imagen.

(144). Esta es una de las pocas veces en que el Dante hace uso de los consonantes agudos; todo el poema, con rarísimas excepciones, está en consonantes graves, y esta regla de buen gusto en los tercetos, está observada en toda la traducción. En este caso, hemos reproducido con la misma acentuación rítmica del original los sonidos agudos que emplea en la consonancia. Compárense las dos estrofas:

—Ma lievemente al fondo, che divora,
Lucifero con Giuda, ci posò;
Nè sì chinato lì fece dimora,
E com' albero in nave si levò.

Es otra muestra de paralelismo de los dos idiomas, que hemos hecho notar varias veces.

CANTO XXXII

(28-30). *Cricch!* es la palabra onomatopéyica que usa el Dante para expresar el crujido de la nieve rota por una percusión, y la traducción lo reproduce:

> Com' era quiví: che, se Tabernicch
> Vi fosse su caduto, o Pietrapana,
> Non avria pur dall' orlo fatto *cricch.*

(54) —... *Perchè cotanto in noi ti specchi?*

Del verbo anticuado *espejar*, (*specchiare*), que los italianos hanconservado racionalmente y que los españoles han declarado sin razón en desuso, reemplazándolo por el circunloquio complicado y menos expresivo de *mirarse al espejo.* En este caso el vocablo arcáico está usado con toda propiedad, no sólo porque reproduce la misma palabra del original con el mismo significado recto y genuino, sino porque también refleja la doble imagen del poeta. Como el condenado que habla, tenía la cabeza inclinada, no podía mirarle el rostro á su interlocutor; pero, como lo observan los comentadores italianos Fraticelli y Bianchi, el hielo hacía las veces de espejo, y en él se espejaba también el poeta, mirando reflejada allí la cara inclinada del condenado, que á su vez reflejaba del mismo modo la del Dante.—Es un verbo que debe rehabilitarse porque hace falta en el idioma.

(60). *Gelatina*, tal es la palabra de que se sirve el Dante, para dar familiarmente (en el estilo de comedia) la idea de las almas condenadas y fijadas en el hielo:

Degna più d'esser fitta in gelatina.

(96). *—Chè mal sai lusingar per questa lama.*

Lama, tiene en ambos idiomas un significado análogo, aunque no idéntico. En italiano, es una depresión llana del terreno, donde se depositan las aguas, y en este sentido la usa el Dante, que llama estanque al campo de hielo de la Antenora y la Tolomea. En español, es el cieno que se deposita en los terrenos bajos, donde se estanca el agua, con arreglo á su etimología latina (como la trae Barcia), *lama*, sitio pantanoso. Figuradamente puede aceptarse la palabra, en este caso, en la acepción que tiene en los dos idiomas, pues es así como la usa el poeta.

(104). Coca, por *ciocca*, Coca, en español, significa familiarmente cabeza, y es expresión proverbial. *Ciocca* en italiano, es un mechón de pelo.

—E tratti glien' avea più d'una ciocca.

(105). *Conjuro*, en su sentido anticuado de jurar siniestramente.

(III). En el original se dice: "daré de tí noticias verdaderas." En la traducción se dice "noticia no falseada." Ambos modos de decir, por activa ó por pasiva, son irónicos refiriéndose á un traidor.

—Io porterò di te vere novelle.

(126). *Si che l'un capo all' altro era capello*

La traducción primitiva que se corrige es la siguiente:

La del uno sobre otra amontonada.

En la correspondiente nota explicativa de la edición de París, fundaba esta interpretación, en que parecía más propio tomar la imagen de bulto, y representarla pintorescamente, siguiendo las líneas generales del original. Pensaba entonces, que solo en el original son apropiadas todas las palabras de que se sirve el autor para expresar con verdad y energía todas las imágenes y pensamientos. Hacía valer también la circunstancia de que los comentadores italianos son de opinión, que la palabra *capello* no debe tomarse al pie de la letra, y si solo como equivalente de *coperchio*, interpretación que parece conforme con lo que dice el mismo Dante, cuando llama al cabello: *capello*, *coperchio peloso* del *capo*. También podría suponerse, que el poeta quiso hacer alusión al *capello* de los cardenales, por lo amoratado (*lívido*) de las cabezas superpuestas, buscando además la paranomasia (forma frecuentemente empleada por él) de *capo*, *capello* y *capelo*. Después de bien pensado y pesado el pro y el contra, vuelvo á la observancia de mi teoría de traductor, de ceñirme estrictamente al texto y reproducir literalmente sus palabras esenciales y características, respetando en un todo el estilo dantesco. Es lo que hemos hecho en la corrección.

(127). *—E come 'l pan per fame si mandnca.*

La locución *á priesa*, agregada en la traducción, que prolonga la imagen del poeta, está tomada en su acep·

ción primitiva para darle mayor fuerza, representando no sólo la acción de comer con hambre, sino también apresuradamente y sin interrupción. Don Andrés Bello, en sus anotaciones al poema del Cid, dice sobre esta palabra: *A priesa*, parece que al principio denotó no tanto la velocidad de una acción, como la rápida sucesión de muchas, que se representaban como pegadas y apretadas unas á otras, que tal es la fuerza de la raíz latina *pressa*."

(134). *Reseca*, se aplica en castellano, en una de sus acepciones figuradas, á las personas flacas ó descarnadas. En este sentido está usada aquí la palabra, y equivale á *cabeza descarnada*, conforme con el texto que pinta á Hugolino devorando los sesos de Rugiero.

Là've 'l cervel s'aggiunge colla nuca.
...............................rose
Le tempie.... ....
Che quei faceva 'l teschio e l'altre cose.

En la misma acepción empleada en la traducción, se usa aun figuradamente en italiano, y así se dice: *la secca*, ó sea la muerte en forma de esqueleto; y *pare la morte secca*, hablando de una persona descarnada.

CANTO XXXIII

(3). Este es uno de los cuadros más enérgicos del Dante, que para que produzca todos sus efectos en la traducción, sería necesario pintar con los mismos colores naturalistas, como se dice hoy. El condenado, limpiándose la boca en el cabello del cráneo medio consumido que devora, es el rasgo dominante. Los elementos que componen el cuadro, así como sus sombras, se han distribuido convenientemente en el mismo tono general, dentro de sus contornos precisos, en el orden en que se combinan en el original, con algunos ligeros toques que lo acentúan. El verso "Del capo ch'egli avea diretro guasto," que es la acción dominante, está literalmente traducido, reproduciendo hasta la palabra anticuada *guasto* (gastado ó roído), que en castellano significa igualmente consumido.

(24). Este verso encierra un pensamiento apenas bosquejado, y es, que otro condenado será encerrado en el futuro en la misma torre, como él lo fué.

E in che conviene ancor ch'altri si chiuda.

Este es el pensamiento que amplía la traducción, al expresar que algun afligido será encerrado allí del mismo modo. Tal interpretación se ajusta igualmente al comentario de Fraticelli: — "convien ch'altri si chiuda, se continuano in Pisa le civili discordie".

(36). La traducción de esta estrofa es muy deficiente, por la dificultad de encerrar con rasgos pronunciados dentro de la estrofa las acciones que se suceden con rapidez, y que apenas pueden perfilarse ligeramente en la traducción. La fatiga del lobo y los lobeznos, que está representada por la versión "cansado tranco," corresponde débilmente á "stanchi lo padre e i figli," que hace alusión á la situación de Hugolino que habla y á la de sus hijos, alusión que se diseña implícitamente en las palabras "lobo y lobeznos."

(52-54). Compárese con la estrofa original:

Perciò non lagrimai, nè rispos'io
Tutto quel giorno, nè la notte appresso,
Infin che l'altro sol nel mondo uscio.

En algunas ediciones se lee *però*, en vez de *perciò*, que si bien es sinónimo de "por esto", no tiene la misma fuerza de la segunda palabra que también significa "por lo mismo", es decir, por qué estaba empedernido su pecho, como lo dice en el verso 49, al dar la razón de por qué no lloraba, concepto que repite en el verso 52. La traducción "ni entonces", responde á esta interpretación del texto, adoptando la lección más correcta. Es de extrañarse que dos comentadores tan notables entre los italianos, como Fraticelli y Brunone Bianchi, ponga el primero *perciò*, y el segundo *però*, sin dar éste la razón de su preferencia, como la da con acierto Fraticelli.

El bellísimo verso final del terceto está completo en la versión, con la sola diferencia de poner *bendijo* por *uscio* (salió) de conformidad con el espíritu del discurso y la palabra mundo, que envuelve un contraste entre la alegría que esparce la luz del sol sobre la tierra, y la tristeza de la sombría torre y del alma del que habla.

(75). — *Poscia, più che il dolor, potè il digiuno.*

Algunos comentadores italianos, en contradicción con otros, han procurado interpretar este verso de manera de atenuar el horror del cuadro. Boccacio, Robiola, Bianchi y Camerini, opinan debe entenderse así: — "que más que el dolor, pudo el hambre que lo mató" (á Hugolino). De este modo, el sueño de Hugolino, sus presentimientos, la exclamación patética de sus hijos:

. . . . . assai ci fia men doglia
Se tu mangi di noi: tu ne vestisti
Queste misere carni, e tu le spoglia,

así como la estremecedora reticencia con que que termina su discurso, no tendrían razón de ser, pierden todo su efecto trágico y su terror poético, pues todo se reduce á dar á entender, que "al cabo de ocho días de ayuno se murió de hambre!" Para decir esta simpleza, no habría empleado el poeta los más enérgicos colores del claro oscuro de su paleta, que pone de relieve las figuras en la sombra, ni apelar al elemento dramático del fatalismo antiguo, que en los sueños y en los presentimientos, envuelven un desenlace obligado de conformidad con las palabras sugestivas que lo acompañan. Una de las razones que dan los comentadores de esta interpretación, es que "la acción es inverosímil, por cuanto un hombre, después de haber pasado ocho días sin comer, no podía tener fuerzas para comer carne cruda!" Empero, admiten, que "tal vez el poeta quiso hacer nacer artificiosamente en la mente del lector la sospecha de que el conde en su desesperación se comió á sus hijos muertos". Esta es la versión universalmente adoptada, de acuerdo con la tradición, y ésta es la que hemos seguido, procurando hacer más conceptuosa la reticencia, de modo de comprender su doble intención. El sentido ampliado de la traducción es éste: — "que el hambre pudo más que los sentimientos morales y naturales, y los sofocó".

(93). Unos condenados tienen la cabeza inclinada hacia abajo ó vuelta hacia arriba (canto XXXII); éstos por el contrario la tienen levantada, pero trastornada hacia la espalda:

— Non volta in giù, ma tutta riversata

(108). *Veggendo la cagion cha 'l fiato piove.*

Es un modo de decir dantesco, en que la palabra *piove* tiene fuerza activa, como lo observa Alizeri, en el sentido de que el aire cae allí como la lluvia, en la región sin vapores que se describe, — es decir, — que no está sometida á la acción del sol, como lo dice más arriba el poeta:

Già mi parea sentire alquanto vento;
Perch' io: Maestro mio, questo che muove?
Non è quaggiuso ogni vapore spento?

Virgilio le contesta: que el ojo del mismo Dante le dará en breve la respuesta, refiriéndose á Lucifer, que en el Cocito, al agitar sus alas gigantescas, produce el viento que hiela el antro infernal, y cae como una lluvia, según se describe en el canto siguiente.

CANTO XXXIV

(11-12). Estos dos versos han sido diversamente interpretados por los traductores:

> —*Là, dove l'ombre tutte eran coperte,*
> *E trasparèn come festuca in vetro.*

El sentido de la imagen es claro: las almas encerradas en el hielo se ven en trasparencia como al través del vidrio. A este respecto no cabe duda. Las palabras *come festuca*, son las que han dado origen á la diversa interpretación. Algunos han traducido *feto* por *festuca*. Ortolán, en su estudio jurídico literario: "La penalidad del Dante" traduce así: "Las sombras aparecen en el hielo, como los fetos en una redoma". El conde de Cheste, adoptando la interpretación de Ortolán, y poniendo *frasco* por redoma, traduce así la estrofa:

> Era, (y con susto el cántico acometo)
> Ya do las almas todas, trasparentes
> Adentro están, como en el frasco el *feto*.

Todos los comentadores italianos, — aunque sin dar la razón, — entienden sin fundar su opinión, que el poeta quiso significar con estas palabras una paja encerrada dentro de un vidrio (V. Fraticelli, Brunone Bianchi, Camerini). Esta es la interpretación que hemos seguido, después de estudiarla del punto de vista filológico, poético, pintoresco, histórico é industrial, á fin de darnos cuenta exacta de su verdadero sentido.

La palabra *festuca*, ó *festuco*, significa en italiano un fragmento de paja, de madera ó de cosa semejante, y vale tanto como *fuscello* ó *fuscellino* en su sentido recto y genuino. A este respecto tampoco cabe duda, pues *festuca* no puede confundirse con la palabra *feto* que viene del latín *fœtus*, idéntica en italiano y en castellano y análoga en todas las lenguas romanas. *Festuca* viene también del latín, con su significado propio de fragmento de paja ó de un gajo tierno, y los antiguos latinos la empleaban en su tiempo en el mismo sentidol como lo demuestra el proverbio que nos han legádo: *ne festuca quidem* (ni siquiera una paja). De aquí el *fétu* francés (que en un tiempo fué *festu*), y el italiano *festuca*, *fuscello*, etc.

Esto basta para eliminar la interpretación de feto, dada por el conde de Cheste y por Ortolán.

Queda una cuestión por resolver: ¿Qué relación encontró el Dante entre el vidrio y la paja, astilla de madera ó cosa parecida? Pensamos — y ésta es una hipótesis nuestra — que la imagen le fué sugerida por los vidrios de Venecia que ya en su tiempo se fabricaban, que más tarde hicieron célebre la fábrica de Murano, y que por imitación se fabrican todavía, — en que se ven encerrados dentro de una masa de vidrio fragmentos de diversa especie y color, y entre ellos sustancias vegetales para demostrar la habilidad del artífice, como en la fábrica de acero de Sheffield se encierra una paja en la hoja de una navaja, sin quemar la paja. La comparación, aunque vulgar, tiene más verdad pintoresca y más sentido que la del feto encerrado en una redoma, pues no se trata de embriones, sino de formas muertas en la plenitud del anterior desarrollo vital.

Conocida la filiación histórica y filológica de la palabra, y dándose cuenta de la imagen pintoresca, la intención poética resalta de suyo naturalmente. Las sombras condenadas yacen fijamente, — por siempre, — aprisionadas entre el hielo, transparentándose en él como la paja fijamente encerrada en el vidrio. Además, *fuscello* implica figuradamente la idea de flaco ó de seco, que corresponde al estado de las sombras congeladas, revueltas en el hielo, y en diversas actitudes como los cadáveres confundidos en una huesa común, según la pintura del poeta:

Altre sono a giacere, altre stanno erte,
Quella col capo, e quella colle piante;
Altra, com' arco, il volto a' piedi inverte.

(44-45). *La sinistra a veder era tal, quali*
Vengon di là, onde 'l Nilo s' avalla.

Es un modo figurativo de explicar por medio de una alusión indirecta y remota, que la siniestra cara de Lucifer era negra, como lo determina por incidente el poeta en el verso 65 de este canto, al mencionar una de las tres caras: *del nero ceffo.* La traducción literal de los dos versos transcritos es: "Y la siniestra (cara) que se veía era tal, cuales son (las caras) de los que vienen de allá donde el Nilo desciende", lo que significa del color de los negros habitantes de la Etiopía en el punto donde el Nilo tiene su origen y cae en cataratas, ó sea del pie ó falda de las montañas africanas, que en tiempo del Dante se creía ser las llamadas de la Luna. Tal es la figura y alusión geográfico-etnológica que la traducción refleja, poniendo *falda* por *s' avalla*, para designar el punto de descenso del mencionado río.

(68). *E l' altro è Cassio, che par si membruto*

Todos los comentadores están conformes, en que el Dante confundió al Cayo Casio de la conjuración contra César, con el L. Casio de quien habla Cicerón en sus Catilinarias, en que pinta al segundo como muy corpulento. El Casio á que se hace alusión, aunque de él no se conserve ninguna efigie, es pintado por todos los historiadores como flaco y pálido. Por eso decía César refiriéndose á él, que era uno de esos hombres sobríos, pálidos y flacos, á quien temía. Esto justifica la palabra *enjuto* empleada en vez de *membruto*, conservando empero la idea de la fortaleza física y moral del personaje y de la letra del texto.

(112-115). *E se' or sotto l' emisperio giunto*
Ch' è contrapposto a quel che la gran secca
Coverchia, sotto 'l cui colmo consunto
Fù l' uom che nacque e visse senza peca.
....
Qui è da man, quando di là e sera.

Esta estrofa, envuelve un conjunto de reminiscencias bíblicas, difícil de resolver por la concisión del texto original sin el auxilio de los comentadores italianos que la han ilustrado. El poeta imagina, que se halla en el hemisferio austral, contrapuesto al boreal, que cubre la gran tierra seca, (*la gran secca*) bajo de cuya alta cima (*sotto 'l cui colmo*) fué consunto el Hombre-Dios, que vivió y nació sin pecado. Entiéndase: donde el Hombre-Dios fué sacrificado, ó sea en Jerusalen, que el

Dante supone ser el punto antípoda de aquel en que se encuentra, como lo explica mas claramente en los versos I-3 del 2o çanto del Purgatorio; de manera que se hallaría este bajo la parte más culminante del cerco celeste que los comprende. La ***gran secca***, es la "tierra árida", la Palestina, que la Escritura denomina así, traduciendo con propiedad: "tierra santa", que reproduce más claramente el concepto. La palabra ***consunto***, derivada del latín, p. p. del verbo consumir, tiene el mismo valor en ambos idiomas, y hemos procurado conservarla, porque se piensa generalmente, que es una alusión al ***consummatum est*** del Evangelio.

(I04-II3). En estas estrofas están encerrados los pensamientos sobre la esfericidad de la tierra y atracción central, de que hicimos mención antes al comentar el descubrimiento de la ***nuova terra*** por Ulises, que corresponde á este punto. (V. nota I42 del canto XXVI.) Hé aquí el texto de estas notables estrofas, y que tienen por antecedente el verso 79 de este canto:

Volse la testa ov'egli avea le zanche.

Al dar Virgilio la explicación de este movimiento en el punto céntrico del globo terráqueo, dice al Dante:

Ed egli a me: Tu immagini ancora
D'esser di là dal centro, ov'io m'appresi.
....
Quando mi volsi, tu passasti il punto
Al qual si traggon d'ogni parte i pesi:
E se' or sotto l'emisperio giunto
Ch'è contrapposto a quel che la gran secca
Coverchia....................... .....

Las estrofas siguientes se refieren á los antípodas de

que nos hemos ocupado ya, al explicar la teoría cosmológica del Dante.

(117). *Che l'altra faccia fa della Judeca.*

No debe confundirse este nombre con el de la Judea. En observancia de la regla que nos hemos impuesto como traductores, mantenemos la ortografía de los nombres propios del original, y especialmente los de la topografía de la región infernal. La *Judeca*, denominada así por el poeta, es el cuarto compartimiento del noveno círculo, que forma según su plan la parte opuesta (*l' altra faccia*) del punto en que á la sazón se supone

(136-139). Esta estrofa final del Infierno del Dante, es conocida en el mundo entero bajo la denominación, del *riveder* de las estrellas:

Salimmo su, ei primo ed io secondo,
Tanto ch' io vidi delle cose belle,
Che porta il Ciel, per un pertugio tondo,
E quindi uscimmo a riveder le stelle.

El último verso podría haber sido traducido algo más literalmente de varios modos:

—Salimos á rever á las estrellas
—Saliendo á ver de nuevo las estrellas
—Y allí, volver á ver á las estrellas
—Y allí vimos de nuevo las estrellas
—Y tornamos á ver á las estrellas
—Y aquí vimos de nuevo las estrellas.

Hemos preferido una forma menos literal, pero más poética, que da mayor solemnidad á este momento final, acentuando el concepto que se reproduce, aunque no con la concisión del original. La locución *contem-*

plar de nuevo, por *riveder*, es más propia y más conprensiva que el *rever* castellano, que no obstante el intensivo que le acompaña, no tiene el mismo valor por ser limitado en su sentido.

A causa de esto, la palabra característica que imprime su sello á la estrofa, no puede ser reproducida en castellano con todo el sentido que tiene en el original. El *revidere* latino, de que se deriva, trasformado en el *rever* español, no tiene la misma fuerza intensiva que el *rivedere* italiano y el *revoir* francés que se prestan á tan variadas como expresivas acepciones. El *rever* español, palabra dura y limitada en su aplicación, significa simplemente volver á ver una cosa ó volverla á examinar con cuidado. Así para expresar la idea de volverse á ver dos personas que se quieren, hay que apelar en español al circunloquio "hasta la vista" ó "hasta más ver;" en vez del afectuoso y conocido *a rivederci* ú *au revoir*. He aquí la razón del circunloquio de la traducción, que refleja débilmente la luz del original y el resplandor de las estrellas á que se hace alusión.

Nuestra traducción fiel al texto en su sentido, difiere un tanto de la interpretación que le han dado los comentadores italianos y los traductores que se han conformado con ella. Según los comentadores (Fraticelli, Brunone Bianchi y Camerini), hay dos acciones sucesivas encerradas en los citados cuatro versos: la visión parcial de las cosas bellas del cielo (*delle cose belle che porta il ciel*) y la de las estrellas limitando el alcance de la palabra *tanto* (*hasta* ó *hasta tanto*) á la primera acción, que nosotros pensamos domina toda la oración, y se refiere en consecuencia á una sola y única acción.

Los comentadores y traductores aludidos entienden: que los dos poetas subieron á lo alto de la caverna, uno en pos de otro, hasta tanto que el Dante pudo ver por la abertura redonda de ella (el *pertugio*, que el conde de Cheste traduce por *buzón !)* "las cosas bellas que el cielo hace girar en su movimiento", limitando hasta aquí el alcance de la palabra *tanto;* y que después *salieron* á volver á ver las estrellas, interpretación á que se puede prestar la vaguedad del texto, que la implica, pero no como acción distinta, sino como consecuencia de ella y condensación del mismo pensamiento.

Si se lee con atención el cuarteto del Dante, vese que la acción está encerrada en los tres primeros versos, y que es una sola. Basta traducir literalmente: "Subimos (*salimmo su*) él primero y yo segundo (*ei primo ed io secondo)* hasta tanto (*tanto*) que pude ver *(ch' io vidi)* algunas de las cosas bellas (*delle cose belle*) que el cielo comporta (*che porta il ciel*) por una abertura redonda (*per un pertugio tondo*)." El último verso es el resumen ó la síntesis de esta acción única: "Y aquí, ó desde aquí (*quindi*) *salimos* (*uscimmo*) á volver á ver las estrellas (*riveder le stelle*) ó sea *le cose belle* (todas) *che porta il ciel*" perdidas de vista desde su entrada á las regiones infernales, alumbradas en parte tan sólo por la pálida luz de la luna Fijándose, pues, en la construcción gramatical, se observa, que en el primer verso el poeta habla en plural: subimos (*salimmo*); en el segundo en singular (*io vidi*)*;* en parte del segundo, y en el tercero, en particular de las cosas bellas (*delle cose belle*) que vió, y en el cuatro verso vuelve á hablar en plural (*uscimmo*), condensando el concepto encerrado en los tres primeros versos. "Y de aquí — ó de allí — salimos á volver á ver (ó contemplar de nuevo) las estrellas" ó sea todas las cosas bellas, antes señaladas, que el cielo comporta, vistas ó entrevistas por la abertura, que era lo único que podía verse en una noche estrellada.

Marco Foresi, en su libro "La Divina Comedia voltata in prosa," interpreta de una manera análoga este pasaje: "Finché da un foro tondo scorsi alcune delle belle cose che il cielo trae seco nel suo corso, e di là per il pertugio medesimo uscimo á rivedere le stelle.

Nuestra traducción responde á esta interpretación lógica, al relacionar el cuarto verso con los tres primeros en vez de aislarlo, y darle el valor de la explosión del pensamiento de su autor al volver á ver en contemplación el resplandor de las estrellas.

NOTA FINAL

¡Loado sea Dios y el Dante, al salir de las tinieblas, de las medias luces, y de los reflejos pálidos de una traducción poética esclavizada á la rima, que es una especie de tormento infernal, que el mismo Dante experimentó, y poder contemplar el resplandor inextinguible de las estrellas del texto original!

Al emprender este trabajo, hacía como cuarenticinco años que yo no escribía versos, y no conocía absolutamente un solo comentador del Dante. Todo mi bagaje dantesco se reducía á un ejemplar pelado de la "*Divina Comedia*" sin notas ni comentarios, cuyo texto me habían enseñado á descifrar algunos emigrados liberales italianos en Montevideo, hasta aprenderlo en gran parte de memoria y penetrarme directamente de su espíritu.

Puesto sériamente á la tarea, la he llevado á término con placer y sin pereza, estudiando con atención todos los comentadores antiguos y modernos, pesando el valor de las palabras, y he procurado darme cuenta racional del texto que interpretaba con amor y conciencia.

Al comenzar la traducción, puse al frente del manuscrito estas palabras, con que el autor se refiere á las sombras que se ven en trasparencia al través del hielo:

"*E con paura il metto in metro*". Al terminar repito con él, cuando pedía poder exprimir "*il suco*" de su pensamiento con palabras no sujetas al yugo de la rima:

> *Ogni lingua per certo verria meno*
> *Per lo nostre sermone e per la mente,*
> *Ch'hanno a tanto comprender poco seno.*

Versos que los comentadores,—con más palabras que dicen menos—glosan así:—"Todas las lenguas son insuficientes, porque la naturaleza misma del lenguaje humano está subordinada al intelecto del hombre, y por esta razón ellas tienen poca capacidad (*poco seno*) así como la mente, para comprender todas las cosas."

Buenos Aires, Mayo Iº de 1889.

ÍNDICE

FE DE ERRATAS

CANTO	VERSO	DONDE DICE	LÉASE
I	55	el	aquel
IV	127	Bruno	Bruto
XVI	20	formaron	formaran
XVII	97	Y gritó á Gerión ...	Y á Gerión gritó
XXXI	113	levantando	levantado
XXXIII	35	les	los

CPSIA information can be obtained
at www.ICGtesting.com
Printed in the USA
BVHW042203271120
594403BV00006B/48